講談社文庫

新装版
花怨（かえん）

瀬戸内寂聴

講談社

目次

花怨

簪(かんざし)

その家はいつでもうす暗かった。

木口の凝(こ)った、ちょっとした数寄屋造(すきやづく)りだったけれど、如何(いか)にも旧(ふる)い。何度か造り直した黒板塀(べい)だけが、家にはそぐわない新しさで、その小ぢんまりとした家をかくすように丈(たけ)高くめぐっていた。

板塀にとりつけた木戸の横には滝沢(たきざわ)とだけ書いた黒ずんだ表札がかかっていた。

ちりちりと鈴の鳴る木戸をあけると、目の前に迫った感じで座敷の丸窓の明り障子(しょうじ)がほの白く浮んでいた。家の壁を包んだ木肌は、歳月の風雨にさらされ、灰色にくすみ、木目(もくめ)も毛ばだって見るからに、もろそうな感じに古びていた。

一坪(つぼ)ほどのせまい庭にうずめた飛石が木戸から左へむかって数箇並び、その先に玄関があった。

玄関の戸も田舎家(いなかや)の入口のような鄙(ひな)びた紙障子の軽々としたものに凝(こ)っている。玄関脇に、犬のうずくまったような青いまるい石が二つよりそっており、その裾(すそ)を季節によってつわぶきや都忘れが飾っていた。土にはうっすらと苔(こけ)がひろがっている。

木戸も玄関の障子も、幼い奈々緒(ななお)の手で、軽々と動いた。

外で遊びに夢中になっていて、急に尿意に気づくと、奈々緒は年より小柄な軀(からだ)を弾(はず)ませ、息をきらせて家に駈けこんでくる。

ちりちりとふるえる木戸の鈴の音が、頭上に聞えると、安堵(あんど)で全身の緊張が一時にゆるみ、飛石を五つばかり飛んで渡っていくのさえ、もうあやうい気持になる。一文字に結んだ薄い唇(くちびる)をきゅっとひきしめ、まつ毛のそりかえったつぶらな目をいっそう強くみはると、奈々緒は急にもつれそうになる足で玄関まで走り、戸をあけるかわりに、青石のかげにぱっととびこんでしまう。しゃがめば、小さな奈々緒の下半身は石のかげにかくれ、スモックかざりのついたエプロンの衿(えり)もとと、おかっぱ頭のハート型の小さな顔だけがちょこんとのぞくのだった。青石のかげから、滲(にじ)んでくる透明なものに、そのあたりの苔がみるみる色をまし、つわぶきの根もとをじっとりとしめらせていく。

玄関がうちからひらくと、白髪の老婆の肉の薄い顔がのぞく。

「おやまた、この子は、こんなとこでおしっこしてる。おじいちゃんにいいつけますよ」

いつものきまりのふさのことばであり、まだ、下ばきをあげきらない奈々緒のかわいらしいまるいお尻をぴちゃぴちゃと平手で叩くのも、きまりとなっている型ばかりの折檻(せっかん)だった。

「ほんとうにお行儀の悪い子だ。またこんなことすると里子(さとご)にだしてしまうよ」

次につづくことばを奈々緒はもう聞いていない。生理的にさわやかになった軀は、急に空腹をうったえてくる。

「おやつ、なあに」

祖母の手にぶらさがって、きゅっと両脚をちぢめ、宙に浮こうとする。

「あぶない、ほら、ころぶじゃないか」

いくら並より小さくても、もう五歳の奈々緒の軀を、ふさの片腕はささえきれなくなっていた。ふたりでいっしょになったままよろけ、かろうじて障子につかまって身を支えるのだった。

「ほんとに、奈々はだんだん悪さになるね、もうもうおばあちゃんじゃ見きれなくなっちまうよ」

奈々緒はふさのぐちは、すべてひとりごとだと思っている。ふさのこごともおどしも、ひとつとして自分の上に実害を及ぼしたことがないので、この甘い祖母をなめきっていた。祖母のふさも、祖父の新三郎も、奈々緒がかわいくてたまらないのを、この小さな孫は本能的にみぬいていた。ふたりに愛されているという自信と安心感で、奈々緒の毎日は、いつでも明るく、くったくがなかった。

時々、ふさが里子に出すとおどすことばも、奈々緒には実感がない。ふさのことばによれば、どうやら奈々緒はこのうす暗い家に来る前は、練馬の田舎にあずけられていたらしいけれど、それは記憶になかった。

滝沢奈々緒が物心ついた時は、すでに雑司ケ谷の鬼子母神の近くの、墓地の崖下のこの家に住んでいた。

家の中はいつでも薄暗く、夏でも冬でも同じように、ひっそりと静まりかえっていた。

時々、祖父母の知りあいらしい老人や中年の男女が何人か集ってくると、二階でひっそりと何時間もすごしていく。そんな日は、うなぎ屋や、すし屋の出前があり、奈々緒にもあてがわれる。そういう日は決して二階へ上ってはいけないことになっていて、それだけは祖父母とも揃って、奈々緒にきびしかった。

そんな客のあったある夜、早く寝ついた奈々緒が、夜中に、こわい夢にうなされ目をさましたことがあった。いつもは並べてしいた二つの床の中の、ふさのふとんの中に、ふさに抱かれて眠っていたが、日によっては、新三郎のふとんの中にもぐりこんで眠ることもある。ふさの寝床は、匂いがなかったけれど、新三郎の寝床は、たばこ臭い匂いがこもっていた。

ふさの乳房はしなびていて、中身のない袋のようなものがしょぼっと胸にたれ下っている。奈々緒はそのすべすべと柔かな薄い乳房にふれ、乳首を指でまさぐりながら眠った。新三郎の胸は、見かけよりずっと厚く、堅かった。ふたつの干葡萄(ほしぶどう)をくっつけたような乳首は、奈々緒がいじっていると、小さいなりに堅くなってとがってくるような気がした。

ふさの乳首とは全くちがった感触だったけれど、奈々緒は祖父のこの堅い小さな乳首も好きだった。二つの乳首の間をいっぱいにひろげ、親指と中指をものさしにして、はかっていくのも楽しかった。

新三郎の右の背中から腕の上膊(じょうはく)にかけて、桜の花の彫物があった。奈々緒はそれを、つばをつけて掌や腕にはりつけて写す、うつし絵だとばかり思っていた。自分も大きくなったら、あんなきれいな桜のうつし絵をからだいっぱいにはってみたいと思った。

新三郎が枕がわりに奈々緒の首の下にのばしてくれる腕にも桜がさいている。その桜からも、たばこの匂いがしていた。舌をだしてちょっとなめてみると、本ものの桜の花びらのようにはつめたくも、すべすべもしていなかった。ふさの軀より新三郎の軀の方が奈々緒にはずっと強く感じられた。

その夜、まだ夢のつづきにいるような神経で、さがしてみると、ふさも新三郎も寝床にいなかった。二階で、何かざわめいている話声がし、女の笑い声が聞えた。

奈々緒は豆電球だけついた座敷の暗さにおびえ、急に泣きだしたくなった。いてもたってもいられず、人の気配のする二階の階段を上っていた。階段の途中でようやく、お客のある日は絶対に二階に上ってはいけないといわれていることを思いだしたが、もうおりていく気はしなかった。

踊り場まで上りきると、すぐとっつきの三畳は真暗で、襖の向うの六畳から人声がしていた。襖の細いすきまから、光りが一筋三畳に流れこんでいた。

もうはっきり目がさめていた。奈々緒は高ぶってきた好奇心にどきどきしながら、光りのもれている方へ近づいた。部屋の中から、また急にざわざわ話声がした。その声の中に新三郎の声もふさの声も聞えない。奈々緒は心配になった。ふたりに置いてけぼりをくい、迷い子にされているような心細さに捕えられた。ふいにこみあげてきた泣き声を全力でふりしぼりながら、奈々緒は襖に、小さな軀をうちつけるようにして部屋の中にとびこんでいった。

　おびただしい光りがたちまち奈々緒の全身をつつみこみ、一瞬目がくらんだ。

　室の中はしいんとして、あっけにとられた人々が、この不意の闖入者(ちんにゅうしゃ)をみつめた。とっさに立ち上った人もいた。煙草の煙のこもったもやのかかったような部屋の中は、むっと暖かく、車座になった人々の真中に、花札がちらばっていた。

　片肌ぬいだ新三郎の背が、奈々緒の目の前にあった。桜の花がその背を染めあげている。電灯の光を集め、花は背にびっしりと盛りあがり、その中から今にも蝶や蜂が虹のようにとびたってきそうな感じがした。

　ゆっくり新三郎の首がまわり、奈々緒の姿をみつめた。

「はっはっは」

　突然新三郎の笑い声がひびくと、緊張した空気がさっととけ、人々の堅くなった軀が、崩れた。

　気がつくと奈々緒はふさに抱きあげられていた。

「寝ぼけたのだな」

新三郎がとりなすようにいった。次の瞬間にはもうみんな花札の方に向き直っていた。その時以来、奈々緒はふたたび彼等のそういう姿を見たことはなかった。けれどもやはり、彼等はいつということなく、どこからともなくあらわれて、二階へすいこまれていくのを知っていた。

月に一度か、二度、奈々緒は新三郎につれられて赤坂の母の家へいった。その日は頭に大きなリボンをつけたり、よそゆきのビロードの服や、時には袂の長い友禅のきものをきせられたりする。

辰つぁんと呼ばれている老車夫のひく人力車が、新三郎はごひいきだった。

新三郎の膝にだかれてせまい車の中に乗りこむと、蹴こみの足もとに、ふさが、一つ二つみやげの包みをのせる。辰つぁんが、ふわっと赤いケットを奈々緒のひざからかけ、新三郎の脚までつつみこむ。そこでほろがおろされ、ぐっと梶棒(かじぼう)が上げられる。

もうタクシーがはやりはじめていた昭和のはじめだったが新三郎はがんこに人力車を愛用していた。

赤坂の福吉町の坂道にみあげるような石垣がつづいていた。石の一つの大きさが、奈々緒の背丈ほどもあるりっぱな石垣は、子供の目にもいかめしく、宮城のお堀の石垣よりまだりっぱだと思っていた。

石垣のだんだんを上りつめると、広い庭がひらけていて、東京の町が一望のもとにみわたせる。

庭の奥に、平家の、落ちついた家がかくれるように建っていた。

母の菊江(きくえ)は、いつでもたった今髪結が帰っていったというような瑞々(みずみず)しい結いたての丸まげに、古渡り珊瑚(さんご)の五分玉の簪(かんざし)をさしていた。

地味なお召の縞ものや、江戸小紋の着物を裾が畳をするくらい長く着つけていたが、胸もとがぴしっとしまっていて、だらしのない感じはない。

新三郎に似た面長なすっきりした顔立の中で、一重瞼の、眦(まなじり)がちょっと吊り上ったような切長の目がきわだっていた。顎(あご)がはり、厚い唇の口が大きすぎる感じが難だったが、品のいい鼻筋といい、描いたようなはえぎわといい、人をふりかえらせるだけの美しさだった。

色は浅黒い方だったが、きめがこまかく、ほとんど化粧をしていないような感じにみせている頬や首筋の肌が、しっとりとなめらかで、たった今、油を吸いこんだなめし皮のようにつやめいていた。

る。表情の少い顔で、いついっても、冷い、面のような顔つきで新三郎と奈々緒を迎え

庭に面した八畳の居間に通されると、ふさより年よりの老婢が待っていたように新三郎には酒を、奈々緒にはおしるこや、カステラの厚切を出してくる。

奈々緒は赤坂へくる車の道中は大好きなので、いつでも、来る前は、はしゃぐくせに、一歩母の家に入り、母の冷い無表情にちかい顔をみると、たちまち来るのじゃなかったという気持に捕われた。

雑司ケ谷のせまい庭からみると十倍もありそうな庭も、うっかりおりていくと、

「あっ、その苔ふんじゃだめ」

「奈々、花をむしるんじゃありません」

「だめ、その灯籠に触ったら」

いちいち、菊江の声がとんでくる。要するに、庭におりるなということなのだ。広い家の中は、雑司ケ谷の家よりは明るく陽がさしこんでいたが、ちりひとつなく磨きあげられた家のすみずみから、不思議な冷気が滲みでているようで、奈々緒の神経には、やはり、暗い冷い感じがする。

老婢の孫の十六、七の小娘もいて、たまと呼ばれるその娘が、奈々緒がいくとす

ぐ、つきっきりで奈々緒の面倒をみる。つまりは奈々緒の監視役だった。奈々緒は頰の色がいつでも桃色に染まっているこの肥った髪の赤い小娘が好きだった。

母と祖父が、ひそひそ話をしている部屋から遠ざかり、たまを相手にかくれんぼをしたり、おはじきをしたりして時間をつぶした。

たまは、時々雑司ケ谷の家にも使いに来るので、奈々緒はいっそう親しさを覚えていた。

「たま、ここと、奈々ちゃんちと、どっちがすき？」

「さあ、どっちもいいですわね。両方とも静かで」

「じゃ、おばあちゃんとおじいちゃんとどっちがすき？」

「さあ、どっちがいいかしら」

「じゃ、おばあちゃんとおかあちゃんとどっちがすき」

「奈々ちゃんは」

「あのね、奈々ちゃんはね」

奈々緒はそこでそっと首をのばし、向うの部屋の母と祖父の気配をうかがうような表情をしてみせ、たまの耳にとがらした口をもっていく。

「あのね……おかあちゃん、だいきらい」

「まあ、どうして」

たまは、びっくりしたように身をひいて、小さな奈々緒の顔をまじまじとみる。

「だって、どうしてもきらい」

「そんなことだめですわ、好きにならないと」

「だって、おこってばかりだもの、おばあちゃんもおじいちゃんもおこらないわ」

「それは……」

「よそのおかあちゃんのようじゃないもの」

「だって、それは……」

「みっちゃんのおかあさんだって、しんちゃんのおかあさんだって、いつでも家にいて、おそうじしたり、ごはんたいたりしてるもの」

「そうそう、お手玉しましょうか。奈々ちゃんにあげようと、昨夜、ばあやとつくっておいたんですよ」

「ほんと？お手玉しよう、お手玉しよう」

たまの気転で他愛なく話をはぐらかされ、奈々緒はすぐ、母の話を忘れてしまった。

その時、たまにつげたかった奈々緒の気持は、奈々緒のとぼしい語彙(ごい)ではあらわしきれないものだった。

　またある時、奈々緒はたまにいきなり、

「ね、めかけの子ってなあに？」

　と聞き、たまをたじろがせた。

「だれにきいたのです。そんなこと」

「だって、みんないうわよ。しんちゃんや、みっちゃんが、奈々ちゃんとけんかする時、いうんだもの、めかけの子、めかけの子って」

「そんなこと、みんなが意地悪で、でたらめいうんですよ。相手にしないですてておきなさい」

「じゃ、めかけってどろぼうじゃないのね」

「ちがいますよ」

「じゃ、なんなの」

「それはね……それは……」

　たまは、桃色の頬をますます赤くして、しどろもどろになった。

「お金もちのことですよ。ね、いつでも、奈々ちゃんが、きれいなビロードのお洋服をきたり、いいお靴はいたりしてるでしょ。お人形だって、羽子板だって、だれのより大きいでしょ。だから、みんながやっかんで、そんなことというんですよ」

「ふうん、そう」

奈々緒は、つぶらな目で、じっとたまをみつめていたが、そのまま、その話はしなくなった。

たまが今、うそをいっているような感じがした。みんなのいうめかけの子ということばのひびきは、今、たまの説明してみせたようなものとは雰囲気がちがう。けれどもその感じのちがいをやはり説明するだけのことばがまだ奈々緒にはなかった。

とにかく、みんなが自分を非難するたねに母がなっていることだけは、物心ついて以来奈々緒が皮膚で感じとってきている。

たまのしどろもどろの答えをする表情をみつめてから後、奈々緒は母に対する自分の気持を誰にも云うまいと思った。いつか、雑司ケ谷の二階でみた大人たちの集りのことや、花札のことを、誰にもいう気がしないのと、それは同じ種類の、奈々緒の心の襞(ひだ)のようだった。

自分に妹があることを奈々緒は知っている。

その子は由美子(ゆみこ)といって、今、里子に出されている筈(はず)だった。

一年ほど前、二週間ばかり、由美子が雑司ケ谷の家に来ていたことがある。まだ赤ん坊で、一日、ふぎゃふぎゃ、力のない声で泣いてばかりいた。

急性の結膜炎(けつまくえん)にかかったという赤ん坊はまぶたがはれ上り、目は痛々しくふさがっていた。

小石川(こいしかわ)の病院へ毎日洗いにゆくため、雑司ケ谷から通わせることにしたのだった。

ふさが、つきっきりで由美子の面倒を見ていた。

さいしょは珍しさのあまり、赤ん坊のまわりにつきまとおうとした奈々緒は、

「お目々の病気はうつるから」

といって、よせつけられなくなった。新三郎は、タオルから石鹼(せっけん)まで、ふさのものと別にして、自分と奈々緒にうつらないように気をくばった。

そんな時も、菊江は一度も雑司ケ谷を訪れなかった。

ただ、一週間めくらいに、たまが使いで、ふくさづつみの金を届けてきた。

由美子は目が治ると、また練馬(ねりま)の里へつれてゆかれた。

ふとった赤ら顔の里親が、不似合なお召しのねんねこで、由美子を背負って鬼子母神の方へ遠ざかっていくのを、奈々緒は板塀にもたれてしばらくみつめていた。

目が治って、まぶたのはれのひいた中からあらわれた黒々の瞳は、あやすとじっと奈々緒をみつめたが、まだ何の表情も浮べなかったのを思いだしていた。

やっぱり妹というからには、みっちゃんの家のたかちゃんのように、お菓子の奪いあいをしたり、おにごっこの相手にならなければつまらないと思った。

それにしても、なぜ、由美子が、自分といっしょに暮さないのだろうと、奈々緒は不思議に思えてきた。

母も妹もありながら、ちりぢりの家に住んでいるのが、不思議といえば不思議だった。

たった一度、奈々緒は母の体温をしみじみと味わった記憶がある。

その日は赤坂へいくとすぐ、新三郎は俥(くるま)を待たせておいて、どこかへ出かけていった。菊江も承知の予定の行動だったらしく、玄関まで送って出た菊江が、

「それじゃ、御苦労さまでもよろしくお願いします」

と挨拶していた。菊江と新三郎の間のことばづかいは、妙に固苦しい丁寧なものだった。奈々緒が聞きなれている新三郎とふさの間のぽんぽんした親しみのあるやりとりとはどこかちがっていた。

いつもは、すぐ奈々緒を奪うように奥へつれていくたまも、その日は使いに出されていて留守だった。

珍しく菊江は奈々緒を長火鉢の横にすわらせると、自分から珍しいチョコレート

や、ボンボンをとりだしてくれた。

「おや、つめがのびていること。ちょっとおかし」

長火鉢の小引だしから金の鈴のついた小さなにぎり鋏をとりだすと、菊江は奈々緒の指をひきよせて自分の胸のあたりに持ってきた。

「おやおや、こんなにささくれが出来てる。痛いだろう。ささくれの出来るのは背ののびる証拠なんだよ。奈々はおチビだから、もっともっと大きくなった方がいいね」

菊江は器用に鋏をあつかい、小さな薄い幼女の爪を、次々につみとっていく。

奈々緒はいつにないことなので、妙に緊張して堅くなっていた。口の中にみるみる唾がたまっていくけれど、のみくだすとごくっと音がしそうではばかられた。こんなに身近によると、母の胸元からは、うっとりするような甘い匂いがただよっているのがわかる。薄紫のしぼ縮緬の襦袢の衿元から、その香水の匂いはたちのぼってくるようだった。

「あんまり似てない親子だけど、血筋ってほんとに不思議なものさね、この爪の形があたしそっくりじゃないか……それに、薄い貧乏耳も、似ちまったねえ」

ひとりごとのようにつぶやいて、両手の爪をきり終ると、

「さ、こんどは耳のお掃除」

といい、くるっと奈々緒を横に抱きころがし、おかっぱ頭を自分の膝にのせた。

菊江は自分の髪から珊瑚の簪をぬきとり、その金づくりの脚を持って、奈々緒の耳垢をとりはじめた。

冷い金と珊瑚の感触に、奈々緒はきゅっと全身をちぢめてみせたが、すぐ、耳の中で柔かくうごめくものの感触のよさに、うっとりと、長いまつ毛をあわせていった。はじめてふれる母の膝は、すべすべした柔かい絹地を透してあたたかさが頬にしみとおってくる。弾力のあるものの肉はふっくらともり上っていた。奈々緒はやせて、白い皮がだぶついている祖母の細い裸のももを思いだした。

膝の奥からも、そこはかとなくいい匂いがしみだしてくるようだった。「さ、こんどはこっち……ずいぶんいっぱいつまっているんだよ」

そんな母の声が遠い所に聞えていた。寝がえさされたように思うけれど覚えていない。

目をさました時は、もう別の部屋にいて、茶の間からは、祖父と母の声が聞えていた。

その日の母のあたたかな体温や、香水とも体臭とも定め難い甘い匂いは、しばらく奈々緒の記憶の中でなやましくこもっていた。

物心ついて以来、およそ、母らしいやさしさで抱きよせてくれたり、愛撫してもらったりした覚えがないだけに、たった一度の、そんな淡い接触が、奈々緒にとっては忘れ難い記憶になっているようだった。

雑司ケ谷をひき払い、奈々緒が母の家にひきとられたのは小学校の二年の時だった。

その冬、新三郎が感冒をこじらせ、肺炎をおこして、あっけなく死んでしまったため、ふさと奈々緒が、雑司ケ谷をひき払ったのである。

同じ赤坂といっても、もうその前に、菊江はあの石垣の家を出ていて、坂の下の町に待合茶屋を開いていた。「菊の家」という看板をあげ、どうやら、店の特色も客たちにゆきわたり、結構はやりはじめている頃だった。

菊江は、石垣の家時代の大丸まげを古風なひさし髪の変形に結い直し、おでこの出た自分に似合う独特の自分の髪型をしていた。

珊瑚の簪のかわりに、目だたないべっ甲の地味な飾り櫛がさされていた。

ぞろりと着つけていた柔かい着物が、結城に代り、白足袋の小はぜが三つもみえるほど、裾短かにきりっと着つけていた。着物は前より地味になったのに、相変らず化粧のあとを目立たせない、たった今水洗いしたような艶々した皮膚が瑞々しく、しゃつきりした動作のせいか、三つ四つ若返ったようにさえみえる。

菊江は商っている母屋の背後に離れを建てまし、その境は建仁寺垣と孟宗竹でさえぎった。

庭つづきに往来は出来たが、子供たちはみだりに母屋へはよせつけなかった。石垣の家時代の老婢は、もう年をとりすぎひまをとっていき、孫娘のたまだけは、いっしょに来ていた。奈々緒たちが移ってからは、たまは、離れ専属の女中になって、奈々緒と、このごろめっきり弱ったふさの面倒をみていた。同じ家にすむようになっても、菊江に顔をあわせることはほとんどなかった。

いってはいけないといわれていても、奈々緒はやはり、賑やかなざわめきの聞える垣根の向うに心をそそられ、こっそりしのんで、庭づたいにすべりこんでいく。

菊江はたいてい、大切な上座敷に出ていたり、帳場で采配をふっているので、そんな奈々緒をみつけることはめったになかった。

「あら、お嬢ちゃん、いらっしゃい」

たいていは、出入りの芸者や、手のあいている女中が奈々緒をみつけ、こっそり上へひきあげてくれる。

「女将さんが、堅く育てたがっている」

という噂はもうゆきわたっているのだけれど、彼女たちは、そんな菊江の気持に同感しながら反撥もあって、わざと、菊江の目をかすめ、奈々緒をかまいつけるのにスリルを感じるのだった。

日曜日の朝など、こっそりしのんでいくと、女中たちは、大広間に集って火鉢の灰掃除をしていた。

煙草のすいがらはいうまでもなく、糸くず一つ髪の毛ひとつおちていてもいけない。毎日灰は灰ふるいでふるわれ、まっ白な灰が、ふわっと火鉢の中に形よくはきこまれていなければならなかった。

姉さまかぶりをして、たすきがけした女中たちが、灰をふるうそばで、奈々緒は羨(うらや)ましそうに笑っていた。たのんだって誰も灰をふるわしてくれない。誰かが奈々緒のおかっぱにも姉さまかぶりをさせてくれたのが嬉しい。

女中たちは、最初は奈々緒を相手に、からかったり、笑ったりしているうち、いつのまにか自分たちだけの会話に入り、客の品定めや、出入りの商人の噂話におちいる。よく来る芸者たちと客の複雑な関係から、どの妓(こ)は顔はいいけれど、閨(ねや)の行儀が悪いなどというきわどい話にまで落ちていく。

「高輪(たかなわ)の御前さまくらい、風呂の行儀がきれいで、閨の汚い方もないわねえ」

「そうそう、御前の入った風呂は、女が入った後よりきれいなのよ。物の位置なんかちゃんと直してさ。それがまあ、おたちになったあとの寝床の狼藉（ろうぜき）ったら……」

「だって、それはお相手の芸者が悪いのよ」

「そんなこといったって、芸者衆は、御用がすめば帰ってくあと、御前はまだ寝てらっしゃるんだもの、片づけ様がないんじゃない？」

「でもまあ、次第に若い妓のしつけが出来ていなくなったって、うちの女将さんだってこぼしてたわよ」

「うちの女将さんも昔は、ここでずいぶん羽ぶりをきかせた名妓（めいぎ）だったんでしょうね」

「まあ、あんた、何てまぬけなことといってんの、うちの女将さんは、れっきとした女中上りよ」

「れっきとした女中上りはよかったわね」

みんなはわっと声をあげて笑う。笑うと灰がぱっと霧のように女たちの息でふきあげられ白くまい上った。

「こんな茶屋は芸者上りと女中上りの女将がいるのよ。どっちかっていうと、芸者上りの女将のとこの女中はつとめやすいわよ。雰囲気で売ろうっていう商法だものね。それにくらべると、女中上りの女将のお茶屋は、玄関の波の花の置きかたから水のうち方、番茶の入れ方、灰のふるい方まで、うるさくってやりきれないわ」

「そのかわり、まあいい修行にはなるわけね。いずれ自分も店をもつ勉強にはね」

「そんな大それた望みのかなう女中は百人にひとりですよ」

「でも、うちの女将さん、二号さんもしてたんでしょ」

「しいっ」

誰かが、目をいっぱいにみはって、一心に耳をかたむけている奈々緒に気づき、話し手の袖をひっぱった。

「えへっ、えへん、えへん」

急に、とってつけたように咳払いをしてむせこんでみせ、女中はあわてて話題をかえていく。

そんなことのくりかえしの中で、奈々緒は次第に、自分の家や母の商売というものを、おぼろ気ながら理解していった。

女中たちとちがって、芸者たちにつかまった時は、大変だった。

「まあ、かわいい」

「ふらんす人形みたい」

「女将さんに似てないわ」

「女将さんより別嬪さんよ」

「バタくさいわ」

「だれ？　この子のパパさん。誰か知ってる？」

「知るもんですか。菊の家の女将は口が堅いというので評判なんだもの。自分の子たちの旦那の名前を、決して親にだって教えなかったそうよ」

「へえ、まさか、そんなことって出来る？」

「出来るわよ。旦那の名を出していけない人となれば」

「しいっ」

目顔で、ようやく一人の妓の胸に抱かれてじっと耳をすましている奈々緒を指すのに、

「平気よ。まだわかるもんですか。子供じゃないの」

そんなことのあげくは、芸者たちがめいめいの厚板の帯の間からコムパクトを出して、奈々緒の顔に白粉をつけたり、ちょんぼり口紅をなすったりする。

「ああ可愛いい。たべちまいたい」

肌の白い肉づきのいい若い妓が、ぎゅっと奈々緒を抱きしめて頬ずりをすると、母

の胸から匂ったのとはちがう、もっと強い烈しい蠱惑的な匂いが、奈々緒をつつみこんで目まいがしそうになるのだった。

ふさは、こっそり母屋へ遊びにいく奈々緒を気づかった。菊江にみつかって、どんなに自分に文句をいわれるかと怖れているのだ。

奈々緒はまた、誰にもみつからず、広い家の中をひとりであちこち探険することがすきだった。

この家には、雑司ケ谷や、石垣の家のような暗さはなく、どの広間もどの小部屋も、障子さえ開けば陽があかあかとさしこんでくる。

ただし、夜の、客のたてこんでくる時の明暗は、奈々緒にはわからない。

明るいくせに、どこかしいんと空家のように静まっている空気の中にも、人の気配や、しのび笑いや、ひそひそ声がこもっていそうで肌なつかしい感じがする。不思議なほど、階段が多く、どの廊下からも、せまい暗い秘密めかしい階段の下り口に通じ、するりと玄関のそばへ出られるようになっていた。

何度しのんでいっても、家の中は不思議な迷路がいっぱいかくされているような気がした。泊り客が、誰の目にもふれず、洗面や用便をすまされるよう、そんな階段の構造になっているわけは、奈々緒にわかる筈もなかった。

奈々緒はまた、こっそり広い母屋の厠にしのびこむのが好きだった。青いタイルではりつめた厠の中は樟脳の匂いがこもっていた。のぞくと暗い汚い底のみえる見馴れた厠とはちがって、母屋のには、つるりと白い陶器の肌が小さなボートのようにみえる穴のない便器があった。水の流れ口だけは小さくあいていたが、それは男子用のものでもなかった。

その便器の上には必ず、医院でみるイルリガートルがとりつけてあるのを不思議がりながら、奈々緒はよくその白いボートにまたがった。

ビデという設備の必要な待合の厠のことまで、奈々緒に理解出来る筈はない。奈々緒の使ったあとでは、必ず一悶着おこっていることもしらない。

女中がみつけた時は、あわてて掃除をしておくけれども、時には菊江の目が誰よりも早くそれをみつけてしまう。

「誰だい、いったい、洗滌器にうんちなんぞしこんじゃって、どこの田舎者だい」

菊江の癇の立った声がひびくと、女中たちは思わず笑いをかみしめて顔をみあわせてしまう。

「ほんとに汚いってありゃあしない。いくらあわてたって、あんなとこに……」

「女将さん、あれは、子供のものですよ」

とうとう女中のひとりがふきだしそうな顔で口を開く。

いくらあわてたってそれの見わけがつかないのかといいかえされたようで、菊江はあっと声をのんでしまうのだった。

「ほんとに、仕様がないったらないね、奈々っぺは。お前たち、みつけたら、すぐ、追いだしておくれよ。教育に悪いからね」

自分のことばのおかしさに気づき、菊江の顔に苦笑いが浮ぶ。

何となく、母屋の厠には、大人のかくしごとがかくされているようで、そこを使うこと自体が、やましい恥しい行為のように感じられてきたのは、奈々緒が、菊の家の離れに移って一年もたった頃からだった。

その時にはもう、誰に教えられたわけでもなく、奈々緒は、自分の家の商売の性質を漠然とのみこんでいたし、めかけの子ということばの意味を、自分の口で説明出来ないままに、何となく肌で理解していた。

寒椿

ある日、奈々緒(なお)が学校から帰ってくると、たまが女の子を縁側で遊ばせていた。奈々緒のもう使わなくなった人形や積木(つみき)や輪投げが、縁側いっぱい所せましとばかり並んでいる。

たまは、その小さな子に気をとられて、奈々緒が庭づたいに帰ってきたのに全く気づかなかった。奈々緒は足音をしのばせて、そっとふたりの方へ近づいていった。たまは奈々緒に背をむけて、女の子のために、積木をつみあげるのに夢中になっていた。

「ほらね、たあかいたあかいお家をたてましょうね。デパートみたいに高いんですよ。ええ、ええ、エレベーターもエスカレーターもありますよ。エレベーターでちゅっと屋上へ上ります。屋上からは富士山が見えます。あっちには海もみえます」

たまは、相手が聞いていても聞いていなくてもいいという調子で、しきりに口の中でぶつぶついいながら、積木を積んでいる。女の子は、たまの向うがわから細い首をのぞかせ、早くから奈々緒に気づいていたが、おびえたふうも、おどろいたふうもなく、肩がかくれるほど下っているおかっぱの前髪の中から目尻の吊りあがった感じの目をみひらいて、じっと近づいてくる奈々緒をみつめていた。

紺色のワンピースを着ているその子は、奈々緒より、四つ五つ下に見えた。小さな顔に顎がとがっていて、色は浅黒かった。目がきついのと、唇を力まかせに結んでいるので表情が険しく、可愛げがなかった。

女の子の目とあって、奈々緒は思わずにっこりしようとしかけたが、微笑が途中で凍ってしまった。

白眼の多い女の子の目があんまりまじまじと奈々緒をみつめているのが、まるで睨みつけられているような感じがしたからだった。

「わっ」

奈々緒は、急に大きな声を出してたまの背後から飛びついていった。たまはその拍子に、悲鳴に似た声をあげた。

しちゃあ」

「ああ、びっくりした。いけませんね、五年生にもなって奈々ちゃん、そんなおいたしちゃあ」

たまは、まだ動悸のおさまらない胸を大仰におさえて、軽く奈々緒を睨んだ。

奈々緒は縁側にとびあがって、そんなたまに、わざと、しなだれかかりながら、

「だあれ、あの子」

ときいた。

「あら、奈々ちゃんはごぞんじなかったかしら、由美子ちゃんじゃありませんか、練馬の由美子ちゃんが帰ってきたんですよ」

「へえ、由美子ちゃん」

奈々緒は、由美子という妹のあることは識っていたので、嬉しくなり、また由美子にむかって笑いかけようとした。けれども由美子は相変らず白眼の多い目を、上目づかいにして、おこったようにこっちをみつめているばかりだった。およそ可愛げのないこの表情は、奈々緒の近づくのを全身で拒否しているような感じがした。

「由美子ちゃんなんか、大きらい」

奈々緒は、自分の気持を受けつけようとしないその小さな妹に憎らしさを感じて、すねたようにいい放った。するといきなり由美子は、物もいわず膝の前の積木の一つ

を摑んで、ぱっと奈々緒めがけて投げつけてきた。とっさのことで、奈々緒は身をさけることも忘れてあっけにとられていた。積木は奈々緒の膝に当った。

積木がぽとりと下に落ちてしまってから、事態がのみこめ、奈々緒は急にわあっと声をあげて泣きだした。

「まあ、由美子ちゃん！」

あっけにとられていたたまも、ようやく声をだした。力まかせに投げたとみえ、積木は、奈々緒のまるい小さな膝小僧に赤いかすり傷をのこしていた。

「由美子ちゃん、こんなおいたしちゃいけません」

たまはおろおろして、泣きわめく奈々緒を抱きしめ、由美子をたしなめた。由美子はそれでも、顎をひいた、上目づかいの表情で、じっとたまや奈々緒を睨みつけたまま、顔色もかえなかった。

赤ん坊のころから里子にだされたままの由美子の心の中など、誰にもはかり知れなかった。

最初の出逢いが、そんな気まずいものであったことは、このふたりきりの姉妹の将来を暗示していたともいえるが、奈々緒も由美子ももちろん、そんなことに気づくわけはなかった。

由美子はその春から、奈々緒と同じ小学校へ上った。練馬では幼稚園にも上っていなかった由美子にとって、学校は生れてはじめての集団生活の経験だった。浅黒い顔を神経質にひきしめ、目ばかり見はって、由美子はいっそう無口になっていった。

母の菊江は、由美子が来ても、奈々緒をかまいつけないと同様、やはりほとんど放任していた。姉妹のことは、もうすっかりふさとたまにまかせっきりで、何の不安も感じないらしかった。

由美子も、次第に赤坂の家に馴(な)れてくると、奈々緒の真似をして、境の垣根から表の庭にしのびこみ、母のいる建物の方へ通っていくようになった。

女中や、芸者たちは、奈々緒とはちがった意味で、由美子に興味を示した。奈々緒のように人なつこくない由美子は、女中や芸者にもなかなか馴染(なじ)んでいかなかったけれど、根気よく手なずけられると、まるで義務のように毎日訪れるところがあった。

もう奈々緒はたいてい女中たちの会話の中身はわかるらしいので、用心して喋(しゃべ)れない。由美子は、まだ、いくらかしこそうな目つきをしていても、たかが小学一年生だった。女中たちは以前、奈々緒の前で安心して喋りあったような気易さで、由美子を交えると、おしゃべりに活気がついた。

「もちろん、この姉妹、種(たね)がちがうんでしょ」

「聞くまでもないわ。二人全然似てないじゃないの」

「年が開いてるところみると、間にも何人かいたかもしれないわね」

「子供が？」

「ううん、男がよ」

「そんなこと、当りまえじゃないの」

「でも不思議ね、この子たち、ふたりとも、女将（おかみ）さんには全然似てないのね」

「そうね、でも、由美子ちゃんの方が、体つきなんか似てるんじゃない、色の浅黒いとこなんかも」

「きりょうは断然、上の子ね」

「でも、由美子ちゃんは役者の紅十郎（べにじゅうろう）の子だって噂じゃない？」

「あら、そうお？　あたしは文楽（ぶんらく）の浜太夫（はまだゆう）の子だって聞いたわ」

「じゃどっちにしろ、その当時の女将さんは古典趣味時代というわけね」

　笑いがどっとまきおこる中で、由美子はじっと無表情に耳をかたむけていた。その大人っぽい落着いた表情は、まさかと思い乍ら、時々女中たちの心をひやした。そっくり自分たちの内緒の会話が女将の菊江に通じてしまわれると大変なことになる。

「それにしても、どっちに似てるの」

「そうね、色の黒いところは浜太夫だけれど目の吊り上ったところは紅十郎かな」

「あら、紅十郎って、そんなにみっともない役者だったの、四、五年前に急死したあの人でしょ」

「そうよ。メーキャップ映えがしたけど、素顔は、それほどでもなかったそうよ」

「でも、子供の顔って、小さい時、みっともないくらいの方が、年頃になると、見ちがえるように良くなるものよ。奈々ちゃんみたいに、子供の時から、お人形のように可愛らしいのは、案外、大人になると間のぬけた顔になる例が多いわ」

「そうよ、由美子ちゃんみたいなのが、個性的なチャーミングな娘になるかもしれないわよ」

「それにしても、女将さんはこの子を里子に出しっぱなしだったたっていうじゃない。ずい分薄情ね」

「奈々ちゃんだって、御隠居さんにあずけっぱなしだったたってことよ」

そんな話を聞いても由美子は離れへ帰って決して誰にもいいつけたりしなかった。

祖母のふさは、由美子がひきとられた頃からリューマチをおこし、ほとんど床につきっきりになっていた。

奈々緒と由美子はほとんどのように華々しいけんかをするが、奈々緒の方がけろりとして、すぐ仲直りもしていた。由美子の可愛げのない強情さは、里子に出しっぱなしのせいだったのだろうと思うと、ふさは由美子に不憫がかかるようだった。

菊江が、商売もそっちのけにして、珍しく奈々緒の面倒をみた時機があった。奈々緒の女学校入学の前だった。菊江は、裕福な家庭の子女の通う、歴史の旧い私立の女学校を五つくらいえらびだし、その規則書と首っぴきで研究した。座敷へ来る客の誰彼を摑まえては、それらの学校の優劣をしつこく問いただした。

「まるで女将が若がえって入学するようじゃないか」

客たちは菊江をからかったが、この時だけは菊江はいつものようにさらりと話を流しきれず、まだどの女学校の方が格が上だとか下だとかしつこく訊いただすのだった。

奈々緒の担任の教師や、学習塾の先生たちは何度か菊江にまねかれて、大げさな振舞いをうけた。

あんまり、勉強好きでない奈々緒を、何とか優秀な名のある女学校に入れたいというのが菊江の強い望みだった。

「奈々ちゃんは、明るくて素直な、ほんとにいいお嬢さんですよ。まだ欲が出なくて、勉強に力を入れないけれど、そんなことは女学生になれば自然、自分からやるようになります。誰にでも好かれるいい性質を恵まれていらっしゃいますよ」

担任の教師がいくら、奈々緒の性質をほめても菊江は嬉しがらなかった。

「性質なんて、それこそ女が大人になれば、自分で都合のいいようにつくりかえることが出来ますわ先生。それより、何といったって世間に出て、恥をかかないですむのは、まっとうな教育をたっぷり受けておくことです。女の子は、もちろん、嫁に行くのが自然の道ですから、その時に教育ということは良縁をつかむ上の何よりの必須条件ですもの。第一私の商売がこれですから、余けいうちの子にはれっきとした教育をつけておきたいんですよ」

菊江は、切れ長な目に熱をこめて、いう。教師たちの話によって、奈々緒が菊江の望む第一、第二志望の学校には、おそらく入学出来ないということがわかると、菊江は、がっくりと気おちのした表情になった。

めったに訪ねない離れにふらりと菊江があらわれたのをみて、たまはおどろいて中腰になった。

「いいんだよ。ちょっと、おばあちゃんを見舞おうと思ってね」

たまがあわてて、奥の間に寝たきりのふさにしらせにゆく間に、菊江はもう裾短かにきりりと着つけた結城の裾から水色無地の綸子の長襦袢をちらつかせ、奥座敷の方へ入ってきた。

「おや、何かあったのかい」

ふさは、あわてて、寝床の上に起き上ろうとした。

「いいのよ。楽にしててよ。どう、容体は」

菊江はろくにふさの方を見もしないで、縁側の柱に背をもたせ、庭に視線をやった。

寒椿が、母屋との境の垣根の手前に、濃い紅の花をつけていた。

「椿がよく咲くのねえ」

「ああ、いい樹だったとみえるよ」

ふさが、ごほごほ力のない咳をしながら、たまに助けおこされるのを、菊江はもう止めはしなかった。菊江は同じことを二度いわせる人間を何より嫌っていた。商売柄に似合わずお世辞の少い頭の高い女と評されるのも、そんなところにあったかもしれない。

たまが茶の支度に去るのを待ちかねたように、菊江は、椿に目をあてたまま、ぽつりといった。

「奈々緒の頭は誰に似たんだろうねえ」

「…………」

「あたしの選ぶ女学校に入れないっていうのよ」

「だってお前、学校の成績と頭のよさとはちがうんじゃないかい」

「そんなことあるもんですか、大学生じゃあるまいし小学校の勉強なんて、いろはの初歩じゃないの、そこで出来ないいじゃ仕方がないじゃないの」

ふさはまるで菊江に奈々緒の監督不行届（ふゆきとどき）を責められているような気分になった。ふさはこの勝気な娘に対して、いつまでたっても打ちとけないものを感じていた。もともとふさは、吉原の女郎上りで、死んだ新三郎にとっては三人めの妻だった。ふさが新三郎といっしょになった時には、もう最初の妻の子の菊江は十四になっていて、まるで若い主婦のように、一家を整然と守っていた。

水戸の浪士上りだという新三郎は、もうとうに身を持ち崩していて、桜の彫物（ほりもの）を自慢の色町の用心棒のようなことをしていたが、新三郎が武家の出だということは、娘の菊江を見れば、うなずけた。

新三郎がやくざの出入りにまきこまれて、腰を痛め、二年も寝たっきりになった間に、菊江は世話する人があって、赤坂の待合茶屋の女中に住みこんだのだった。それ以来、ふさは、この娘からずっと養われてきている。

利発で勝気で美しい菊江は、難しい女将の気に入られ、二十の頃には、もうその茶屋でなくてはならない人間になっていた。身持が堅いということでも評判だったが、そうなるといっそう想いをかける男も出てきて、菊江の水揚料は芸者並だと噂されているなどということも耳に入った。

けれども菊江からは、そんな相談を一言も受ける親たちではなかった。

雑司ケ谷の家を菊江が買って、両親の隠居所としたのは、菊江の二十五の時だった。女中の十年間の貯金で買える家ではなかった。

「菊江の旦那って人はどんな人なのかえ」

ふさは新三郎にきいてみたが、新三郎も首をふるだけで、

「口の堅い娘が、口を割らないのだから、いっちゃ名前にかかわるような人なんだろうよ」

「御挨拶しなくていいんだろうかねえ」

「妾の親に挨拶されるのは男にとっちゃ、うるせえだけだよ」

「奥さんになおる希望はないんだろうか」

「ぜいたくいっちゃあいけねえ。女中は女中、妾は妾、分を越えた量見をおこすとろくでもないことがおこるんだ」

菊江の男はその後何人か変った気配はあったが、親への仕送りはきちんきちんと届き、物価高に応じて、だまっていてもそれは割増になるという気のつけ様だった。旦那が変っても、男が死んでも、やはりぐちひとつ、泣言ひとつついわない菊江に、ふさはいつまでたっても親しみというものを感じなかった。

ただ、菊江が奈々緒を産んで、その養育を雑司ケ谷にまかせることになった時だけ、ふさは菊江に近づいたような感じがした。けれども、菊江の子供に対する愛情の示し方は、およそふさの考えている世の常並のものではなく、いったい菊江の中には人と同じ熱い血が流れているのだろうかと不思議になった。

子供を産んだことのないふさが、赤ん坊の世話にかまけるうち、すっかり情が移って、片時も手放せない気持になったのにくらべ、菊江は生後十日めから、もうふさに奈々緒を預けっぱなしにして、ろくに顔を見に来ようともしないのだった。

勤めはお産の前後しか休まず、また待合の女中をつづけていた。そしてまた四年めに、菊江は女の子を産み、今度はすぐ練馬に里子にだしてしまった。

菊江が、はじめて人に囲われる気になった時は三十に手のとどきそうな年になっていた。

その時も、新三郎やふさは一言の相談も受けなかった。

ある日、俥屋が菊江の手紙を持って迎えに来、新三郎がつれて行かれてみると、福吉町の石垣の家に、菊江が大丸髷に結っておさまっていたのだ。

新三郎は勝手に凝った数寄屋造りの家を見廻った末、

「本職の妾ってものは辛えもんだぜ。お前につづくかなあ」

といった。

菊江は、ちょっと唇を嚙んだだけで、薄く笑った。

「ずいぶん、凝った建具だな、相当な物持か」

「ええ、まあ……」

菊江は新三郎が庭に降り、石や、苔を見廻るのを縁側から眺め、

「ね、お父さん、実はね、旦那は、奈々緒の父親なんですよ」

と低い声でいった。

「ほう、そうかい」

新三郎は、池の端の木賊の中に立っていたが、わざと娘の方をふりかえらなかった。

「ちょっと事業の手違いで、沈んでたんですけど、芽がふいたんです。それで、一年でも二年でも、少しは仕事をはなれて楽をしろというものだから」

「そうか。実のある方じゃないか」

「さあ……」

菊江は、生返事で、

「あたしにも、つづかない気がするんだけど……」

「まあ、やってみな……しかし、それじゃ奈々緒を見ていただかなくちゃあ」

「いえ、いいんです。子供なんか十人もある人ですよ。珍しくも何もありゃしない」

「だってお前」

「いいんですって……子役をつかうほど、あたしゃ自分をおとしたくないんだ」

「ふむ」

新三郎はもうそれ以上いわなかった。

「由美子のことはご存じなのか」

「ええ、ちょっと話はしておきました。きちんときれていた間のことだし、気がねはないんです」

それをいいたくて、新三郎をわざわざ招いたらしかった。けれどもその時も、菊江は相手の名前は打ちあけようとしなかった。菊江の気性を知っている新三郎も、あえて聞かない。もちろん、ふさに、菊江の男の名の知れよう筈はないのだった。新三郎の予言通り、妾をやめて、待合を持った後、男とどうなったかということも、説明してきかせる菊江ではなかった。

　奈々緒は、菊江の選んだ学校の一つに無事パスした。良妻賢母教育の、古風な校風が菊江には安心がゆくらしい。

　セーラー服の制服を着ても小柄な奈々緒はクラスで小さい方から五人めという可愛らしさなので、まだどこか小学生臭さがぬけなかった。刈りあげにした髪の後ろのぼんの窪（くぼ）に、稚さが惨（にじ）んでいるといって上級生が目をつけているのも一向に感じない無邪気さだった。旧式な学校ほど抑圧（よくあつ）された青春の血が変則に煮える。

　生徒たちはそれぞれの校舎の昇降口に、自分用の靴箱を持っていた。そこへ通校靴をしまい、ズックの校内靴に履（は）きかえるのだった。

　新入生の入学式がすむと、もう翌日には、上級生に自分の靴箱の番号を覚えられる生徒がある。奈々緒もそんなひとりになっていた。

　入学式のあくる朝、登校して、靴箱をあけた奈々緒は自分の真新しい白いズックの上靴の上に乗っている白い角封筒をみてびっくりした。

細いきれいなペン字で、滝沢奈々緒さまと書いてある。自分にあてた手紙にはちがいないらしいけれど、こんなところに手紙を入れるなんてことがあるだろうか。裏がえしてみると、ただまっ白で差出人の名はなかった。

手紙を持ったまま、とまどっている奈々緒の背後から、どしんと背を叩かれた。

「おめでとう」

クラスはちがっていたが同じ小学校から上って、ここでは同クラスになった青野隆子が笑っていた。

「今日、靴箱に手紙の入っている人は、幸運なのよ」

「あら、どうして？」

「まあ、あなた何も知らないの、Sの手紙じゃないの」

「エスってなあに」

隆子は、まのぬけた奈々緒の質問に、呆れかえったような表情をみせ、

「誰にもいっちゃいやよ。実はね」

と、もったいぶって、自分も靴箱から今、発見したという手紙を得意そうに奈々緒に示した。そうしておいて、上級生と下級生が特別の愛情で結ばれるのをSというのだと説明した。

「つまり、お姉さまと妹の約束をするのよ」

奈々緒はわかったようなわからないような気持で、隆子の説明をきいた。母もこの学校の卒業生であり、二人も本当の姉が上級生にいる隆子は、何となく学校に馴れていて、奈々緒から見ると万事頼もしい。その隆子のいうことだから、Sの話もでたらめではないのだろう。けれども隆子にすすめられて、ひらいてみた手紙は、奈々緒には一向に面白くも有難くもなかった。

「可愛いい可愛いいあたしのスイートピーちゃん」

という書きだしの手紙はレターペーパーに五枚もぎっちりつまっていたが、奈々緒にはほとんど、どうでもいいことのような気がした。

「まあ、四年生の斎田(さいだ)さんよ。すてき！　滝沢さん、どんなに多ぜいの人からうらまれるかわからないわよ。憧れの君ですもの、斎田さんて」

隆子はまた、口をきわめて、斎田貴美子(きみこ)がどんなに成績優秀で、美貌で、水泳がうまいかということを力説した。

貴美子の手紙は毎日のように靴箱ポストに入っていた。時には手紙の代りに、手芸の時間の作品らしい刺繍の手さげや、絞りのお弁当包みなども入っている。

奈々緒も、隆子に督促(とくそく)されて、まるで隆子の口うつしのような返事も、ようやく書くようになってきた。斎田貴美子は、たしかにすらりとした肢態の、額の広い眉と目の優しい美少女だった。

一ヵ月もたたないうちに、貴美子と奈々緒のカップルは、学校中で公認のような華やかな噂のSになってしまった。

貴美子はいつでも奈々緒の帰りを図書館で待っていてくれた。奈々緒の早い日は、奈々緒も図書館で貴美子を待つ習慣をもった。

貴美子の選んでくれる本を仕方なく片っぱしから読んでいくうち、奈々緒にも次第に読書の愉しみがわかってきた。貴美子の選ぶ本はたいてい美しい恋物語や悲恋物語の世界名作で、読書の習慣のなかった奈々緒にははじめ退屈ですぐ眠ったけれど、いつのまにか、物語にひきこまれるようになっていた。

祖母やたまにしか甘えたことのない奈々緒は、貴美子に馴れてくるにつれ、貴美子に甘えられる愉しさを覚えた。

いっしょに歩いていて、思わず、貴美子の腕に腕を通したくなったり、貴美子の制服に顔を押しつけたくなったりする。すると自分が、小さな猫になったような感じがして、喉まで鳴らしたくなるのだった。

学校の裏庭には、昔の大名屋敷の名残りだという庭園の一部が残っていて、小高い丘があり、そのスロープは灌木と芒におおわれていた。

放課後、貴美子に誘われて、奈々緒はよくそのスロープで時間を費すこともあった。

「うちは待合なの」

奈々緒が貴美子に告げたのもそのスロープの灌木のかげだった。

「知ってるわ」

貴美子がおだやかな声でいった。

「いやなうちだわ」

「でも……それは奈々ちゃんには関係のないことでしょ」

「でもお姉さまのおうちは大学の先生のおうちでしょ。やっぱりうちみたいの恥しいわ」

「…………」

「今日もお昼休み、あたしがパンを買って教室へ帰ったら、急に窓ぎわに集って話してた人たちがぴたっと話をやめるの、変だなあって思ったら、あとで、あの人たちは、あなたのおうちが待合だってことをしゃべってたのよって教えてくれた人がいるんです」

「両方ともつまらない人たちね」

「でも、やっぱり、恥しいことでしょ。それに、うちの母は、おめかけさんだったこともあるんです」

「奈々ちゃん、そんなことはあたし以外の人にはいわない方がいいのよ」

「そりゃあ、いわないわ。だって、とても恥しいんですもの。母は、あたしを、女高師でも女子大でも入れたがるの。自分が、早くから苦労して、学校出なかったせいだって、おばあちゃんなんかいいます。でも、あたし、学校なんかあんまりゆきたくないの」

「あら、どうして？　じゃ、どうしたいの」

「あのね……笑っちゃいやよ。お嫁さんに早くいきたいわ」

「まあ、どうして？」

「だって、そうすれば、うちから完全に出ていかれるでしょ。今、離れに、おばあちゃんと妹と、女中のたまさんとで住んでるけど、この頃、とてもつまらなくなっちゃった」

「今まではよかったの」

「だって小学校の時は、遊びにばっかり出てて、うちなんかいなかったんですもの」

「悪い子ね」

「あたし、不良少女になりたいわ」

「仕様のない不良少女よ、もう、そんなことというのは」

奈々緒は貴美子が、何をいっても聞きいれてくれるので、話しやすかった。まるで吸取紙みたいな人だと思った。

貴美子を知るようになって、奈々緒はこれまで自分の家で、ほとんど話らしい実(み)のある話などしたことがなかったということに気づいた。貴美子とする会話こそ、本当の話というものだと思った。

貴美子に愛され、愛されることの幸福を識るようになってから、奈々緒の躰(からだ)は、相変らず小さい乍ら、急に細胞がふくれ上るような瑞々(みずみず)しさを持ってきた。

自分でも、自分の皮膚が瑞々しく、しっとりとうるおっているような感じがした。

もっと、貴美子に知らせたい秘密があった。

けれどもそれだけはまだ恥しくて云えない。

発育の年よりおくれていた奈々緒は、このごろになって、急に胸がふくらみはじめてきたのだった。

まるで一朝毎に、ふくらんでいく花の蕾(つぼみ)のように、その柔かな不思議なものの隆起は、日ましにほのぼのと大きく育っていく。いつでもむず痒(がゆ)いような感覚が乳房の奥にあり、ぷくっとふくらんだ乳首の薄桃色の先は、ナイフで傷をつけたような一筋の浅いくぼみがついていた。パジャマの胸ボタンを外し、寝床で自分の乳房をさわっているとと、その乳首は、どこまで押してもぐんぐん中へへこんでいき、躰の中は綿菓子のような柔かい組織でつまっているのかと、錯覚されるような気がした。

奈々緒は、セーラー服の白い蝶結びのネクタイをつきあげるようにもり上っている貴美子の胸の隆起をみると、そっとそこに手をあてたい甘えた気持になってくる。祖母のしなびた乳房や乾葡萄のようだった祖父の乳首の感触が、ほのかな記憶になって指先にかえってくる。けれども母の乳房の感触には奈々緒の記憶はなかった。

夏休みがもう間近だという頃、いつものように、奈々緒は貴美子と裏庭のスロープづたいに、夏草がのびているので、そこに寝ころぶと、ふたりの軀は草の中に沈みこんで、まるで外界からかくされているような形になった。

強い草いきれの中に、貴美子の体臭が、何かの花の匂いのようにただよっている。奈々緒は今朝から気持の悪いくらい嗅覚が鋭敏になっているのを感じていた。

「あたし、犬みたいに、何だか今日、とてもよく匂うの」

ほら、というように、奈々緒はふざけて、くんくんと鼻を鳴らしながら、貴美子の顔のまわりに顔をよせ、その匂いを嗅ぐようなふりをした。貴美子がふれるかふれないかの境いめで匂っていく奈々緒の呼気の下でくすぐったがり、喉を鳴らして身震いした。奈々緒は面白がるふりをして、まだくんくんいいつづけながら、貴美子の胸に顔をよせた。薄いポプリンの夏セーラーの胸が高くあえぎ、はっと思った時、柔かさが奈々緒の唇に触れた。次の瞬間、ふたりは、どちらからともなくひしと軀をあわせていた。奈々緒の頭は貴美子の手に押えされ、奈々緒の唇は服の上から貴美子の柔かく熱い乳房に吸いついていた。

貴美子がくすぐったがるように奈々緒の軀（からだ）の下で身をもんだ。

すると不思議にあらあらしい情感が身内にわきあがり、奈々緒は、唇に力をこめて、柔かな貴美子の乳房を吸った。ポプリンの服が邪魔（じゃま）だった。貴美子の手が、ものうそうに動き、胸のホックを外した。奈々緒は命令されたようなす速さで、貴美子の胸をかきあけ、裸になった乳房を片掌（かたて）でそっとすくいだした。すべすべした柔かさが掌の中いっぱいにひろがった。草の緑の反射をうけて貴美子の乳房は、うっすらと青味を帯びてみえた。汗に軽くしめって、乳房は掌に重いような感じがした。

「どうしたの」

貴美子のかすれた声がした。

「きれい！　とっても。みとれてるの」

「おばかちゃん」

貴美子の両手が奈々緒の小さな頭を抱きよせた。

唇の中に、やわらかな貴美子の乳房が入ってきた。舌の先にふっくらとした乳首が触れた。と思うまに、その乳首がぴしっと、ゆすらうめの実のようなつるつるした固い感触になってきた。

奈々緒は母の乳房の覚えがなかった。貴美子の胸のやわらかさは、奈々緒をこれまで知らなかった甘美な陶酔にさそいこんでいった。

時間が無限に流れていったように思った。

気がついた時、ふたりとも、ぐったりして草の中に横たわっていた。汗ばんだ手と手が軽く握りあわされている。奈々緒の頭が貴美子の肩先に軽くあずけられていた。

恥しさはなかった。

その日のことを、奈々緒がはっきり覚えているのは、その日もっと忘れられないことがおこったためだった。

奈々緒は女の軀に、やがてそういう変化の訪れることを、つい最近、学校で教わったばかりだった。

初老の国語の女の教師が、一ヵ月ほど前のある日、授業に入る前に、

「今日は、みなさんに大切なお話をしておきましょう」

という前ぶれで、女の生理について、淡々とした口調(くちょう)の話があった。はじめは、くすくす笑い声がしたり、一種のざわめきが教室にさざなみのように拡がったが、すぐしゅんとそれが止んだ。奈々緒は教師の話が異様で、物珍しくびっくりした。菊江の教育はむやみに、そういうことをかくしたがるので、奈々緒は、あれだけ女中たちに近づき、何とはないみだらな話には耳馴れているくせに、女の生理についてなど、聞いたこともなかったし、想像したこともなかった。教師の話で、ぼんやりそのことのりんかくはつかめたけれど、やはり、どんな形でそのことが訪れるか、つかみ難かった。

奈々緒を愕(おどろ)かせたのは、最後に教師が、すでに、その経験のある者はとたずねた時、クラスの半分以上の者が手をあげたことだった。

小さな奈々緒は、最前列に席があったが、その瞬間、子供じみた好奇心で、くるっと首をめぐらせてみたのだ。

手をあげた者は、みんな、一種のうす笑いを頬にうかべて、くすぐったそうな表情をみあわせていた。

奈々緒は、その時、いかにも自分が子供っぽく、世間知らずのような気おくれを感じた。

その夜、奈々緒は、英語の単語ひきに熱中していた。明日は、リーディングが当る日なので、予習に念を入れておかなければならなかった。

二時間ほど机の前に坐っていた時、奈々緒はふと、異様な感触(かんしょく)が、軀のそこにあるのを感じた。とっさにそのことの意味がつかめず、不快さを顔に浮べて、奈々緒は立ち上った。何気なくふりかえった勉強机の椅子のくりぶとんのカバーに、思いがけない汚れをみとめて、はっとなった。ピンクのブロードに、花の刺繍(ししゅう)のついたふとんカバーの真中に、褐色の泥絵具をなすったようなしみがついていた。不気味さをこらえて指でさわってみると、汚れが指にうつってきた。

厠(かわや)の中で、奈々緒は下着の汚れにもっとたしかにそれをたしかめた時、全身にふき出ものがいっせいに出るようなむず痒(がゆ)さと、不潔さを感じた。国語の教師のこの間の話が思いだされたけれど、こんな不快な汚ならしい色をその話からは想像出来なかった。

奈々緒はそのことのイメージを、椿の花びらのような鮮やかな色彩として描いていた自分にはじめて気づいた。

心細さと不潔感で、身震いにおそわれると奈々緒は急に世の中が薄墨色に曇ったような感じがした。厠の壁に頭をつけ、しばらく声をしのんで泣いた。

風呂場で、こっそり汚れたものを洗っていると、いきなり戸があき、たまが首をだした。

「あらっ、何をしてらっしゃるんですか」

たまは、信じられないように奈々緒の手もとをみつめた。奈々緒はこれまでハンカチ一枚自分で洗ったことはなく、汚れものは一切、風呂場の入口の籐籠の中になげこんでおくだけだった。

「洗濯よ」

奈々緒は赤くなってぶっきら棒にいった。たまは、まだ疑わしそうに、まじまじ奈々緒の手許をみつめていたが、しだいにひいてゆくシャボンの泡の中からあらわれてきた洗濯物の正体をたしかめると、自分もさっと頰を染めた。

それから急に、やさしい口調になって、

「奈々ちゃん……お客さまがあったんですわ。はじめてですね」

といった。それから十分もたたないうちに、たまは、必要なものを薬屋から買いととのえてきて、奈々緒に手渡した。

その夜の食卓に、頭つきの焼鯛と、赤御飯が上った。

「あらっ、誰のお誕生日？」

由美子が食卓につくなりはしゃいでいった。

誰も何も答えないので、由美子は不満そうにそれっきりだまって、食事をさっさとすましてしまった。奈々緒は、たまから、

「こういうことはあたしの田舎じゃ女が赤ちゃんをうめる一人前になったという意味でお祝いするんですよ、御隠居さんにうかがってみて、よかったら今夜はお祝いしましょう」

ときかされていたので、食卓の意味はわかっていた。

不快なことは一週間もつづき、日を追っておびただしくなり、奈々緒は恐れをなした。何だかこれから永久にこういうことがつづくような不安にかられた。

終ると、まるで夢だったような感じがした。

あの不快さも気味悪い感触もすぎてみればきれいに拭ったように忘れさっていた。

そのことがあってから、奈々緒の胸はもう遠慮がちではなく、日毎に誇らしげな勢いでみちみちてきた。

終ってから半月もたって、ようやく奈々緒は貴美子にそれをうちあけた。

「あら、まだだったの」

貴美子はこともなげにいった。そして自分は小学校の六年の春からだと告げた。

貴美子が卒業していく頃は、奈々緒はもう貴美子との関係が、つまらなくなっていた。同じような恋文のくりかえしは、退屈なだけで読む方はまだしも、書く気になれなかった。

話も貴美子に甘えて聞いてもらうより、同級の隆子なんかと遠慮なくうちあけ話や、共通の知人の棚おろしをすることの方がはるかに面白くなってきた。

貴美子が卒業していくと、正直、奈々緒はほっとした。

卒業した貴美子には、もう婚約者が決っていて、すぐ結婚しなければならないのだといった。相手は陸軍の将校だという話だった。

「ちっとも好きになれないのよ。軍人さんなんてあたしは嫌いよ。でも今、そんなこといえば国賊でしょ」

奈々緒たちのまわりは、平和でのどかで一向に戦争の気配など感じられなかったけれど、大陸では戦争の地域が日毎に拡まっている頃だった。

町角で千人針を持って、道をゆく女たちを呼びとめて、一針ずつ縫ってもらっている人の姿が目立つようになっていた。

戦争があると色町や料理屋は栄えるらしく、菊江の家は連日、さばききれない客で賑っていた。

三年生になった正月、奈々緒は、菊江の部屋に珍しく呼ばれた。母の部屋には、青山に住んでいるという髪結いのおまさが来ていた。もう日本髪など芸者たちでもないと結わない時勢になっていたが、おまさは日本髪しか結わない昔乍らの女髪結いだった。

菊江とは、気があうのか、菊江がもう日本髪を結わなくなってからも、一ヵ月に一度か二度はふらりとやってきて、半日くらい遊んで帰っていく。友だちつきあいのない菊江としては珍しく長くつづいている交際だった。年は菊江より、ひとまわり以上多い筈だった。

色は白いけれど、長い顔にそっ歯がひどく、女中たちはかげでおまささんといわず、おんまさんと呼んでいた。

おまさは、大晦日は芸者の出の髪を結い明し、徹夜だったといい乍ら、コップ酒をのんでいた。口でいうほど疲れていないらしく、そっ歯をいっそうつきだすようにして、菊江相手に、芸者たちの棚おろしをしていた。

奈々緒が入っていくと、

「おや、奈々ちゃん、まあ、ちょいとみない間にすっかり別ぴんさんにおなりじゃないか」とあびせかけた。菊江はもうおまさの手で、品のいい丸髷に髪があがっていた。客に軍人筋がふえてくると、女の風俗も古風なものが好まれるのか、このごろは、芸者たちもお座敷では日本髪でないと通らない。菊江も正月くらいは日本髪を結う気持になったらしい。

「ここへお坐り、髪を結ってもらうんだよ」

奈々緒は、シングルカットだった髪を三年の間にのばし、今では背中まであるたっぷりの髪を二つにわけておさげに編みおろしていた。

「まあ、いい髪だねえ。お菊ちゃんの若い頃より、もっと多いんじゃないかい」

おまさは、奈々緒の髪をつれてきた梳き子に梳かせながら、横でまだコップ酒をつづけていた。合の手のように銀煙管で、煙草を吸っては、掌でぽんとはたいて吸殻を落す。

「髪の多い女は、色の苦労をするというけれど、これじゃ、奈々ちゃんも一苦労も二苦労もおしだね」

「おまささん、この子はおく手なのよ。そんな話は聞かせたってわかりゃしない」

菊江が迷惑そうに、たしなめるようにいっても、もう酔のまわってきはじめたおまさは一向に気づかない。あるいは気づいていてもわざと菊江に嫌がらせのつもりなのか、一向に話をあらためるふうもなかった。

「もういくつだって、十六？　へえ、早いものだね。あたしゃ、菊ちゃんがこの子を産んだ時から、いやこの子のお父さんと出合った時から知ってるんだものね。全く自分の年をとるのも忘れちまうよ」

菊江はもう、おまさをだまらせる手はないとあきらめたように、むっつりして相槌をうたない。

女中が呼びに来たのをしおにさっさと立ち上ると、

「じゃ、おまささん、頼んだわよ。はじめてだから、あんまり根をきつくしないでね。今日一日でとけてもいいんだから」

といっておいて出ていった。いつもの菊江のやり方で、当の奈々緒には何の説明もない。

髪が梳き終ると梳き子は先に帰っていった。

おまさは奈々緒の後ろにまわり、仕事にかかった。顔には酔が惨んでいたが、髪に手が触れたとたん、もうしっかりと手許はきまっていて、目には光りがこもる。

「今日は、髪をあげて、お父さんのところへ御挨拶にいくんだってね」

「あらそうお、しらないわ」

「へえ、そうかい。奈々ちゃんのきれいになったのをみせたくなったんだなと、あたしは思ったんだけどね」

「おばさんは、あたしのお父さんをよく知ってるの」

「知るものかね。菊ちゃんはあんな強情な人だろう。普通の女のようにぺちゃくちゃ秘密を喋らない人だよ。でもね。ああいうことはかくしたってわかるものさ。まあ、あたしらの仲間じゃ、みんな知って知らないふりだよ」

「お父さんなんて、顔みたことないのよ」

　奈々緒も、おまさには平気でそんなことのいえる気易さがあった。

「へえ、奈々ちゃん、逢ったことないのかい」

「ええ、小さい時は逢ったかもしれないけど、覚えていないもの。学校に上るようになってからは、そんなこと一度もなかったわよ」

「ふうん、よくよく気の強いおっかさんだね」

「でも、今更、お父さんですなんていわれたって、親身な情なんてわくかしら、ねえ、変なものじゃない？」

「そうさね。お前さんのいう通りかもしれないね」

「どうして、今ごろ、わざわざこんな大げさなことして逢ったりしなければならないのかしら」

「さあね。何しろ、ああいう御大家には、われわれにはわからない難しいことが多いからね」

「御大家って、お父さんの家はそんなりっぱなの」

「さあ、いっていいのかわるいのかしらないけど、東亜電気の社長さんだよ」

「えっ、東亜電気？」

奈々緒は、さすがにびっくりして、息をつめた。

東亜電気がどんな大会社かくらいは奈々緒も何とはなく識っている。家庭で使う電気製品のほとんどに、東亜の富士山を図案化したマークのついていないものはないくらいなのだ。特に東亜の製品は、いつでも斬新なデザインの新製品を後から後から発売するので、何度でも買いかえたくなってしまう。

奈々緒は次第に結い上っていく自分の大げさな頭をみて鏡の中でふきだしてしまった。

島田は奈々緒には似合わないといって、桃割れに結いあげたおまさは、いつのまに菊江が用意しておいたのか、きれいなかんざしをいくつもとりだして、髪を飾った。

「何だかこっけいだわ」

奈々緒は重い頭をふってみて、まだ鏡の中でころころ笑っている。

「何がこっけいなものかね。よく似合ってるよ。これでお化粧さえすりゃあ」

おまさは、自分の結いたてた髪に見惚(みほ)れるように目を細めていたが、すぐ金だらいにお湯を運んできて、ついでだからと、奈々緒の化粧までほどこしていった。思い切って、肩からすっぽり肌ぬぎにされると、菊江の鏡台から衿白粉(えりおしろい)や牡丹(ぼたん)ばけをとりだし、馴れた手つきで、奈々緒の首筋から背中へ白粉を塗りこめていく。ひやっとした肌ざわりに、肩をすくめながら、奈々緒はされるままになっていた。いつのまにか、写真でみた舞妓(まいこ)のような顔の少女が、鏡の中に仕上っていた。そんなお化粧をすると、日本髪がどうにか似合ってきた。

「何ていい娘だろう。惜しいねえ。これで芸者に出せばすぐ売れっ子になるのに」

おまさは遠慮のない口調でいい、

「おっかさんにそんなことといったら大目玉だね」

と首をすくめてみせた。

奈々緒は、次第におまさが好きになってきた。今まで時々みかけても、こんなに打ちとけて話をしたこともなかったのだ。

「おばさん、いろんなこと識ってるらしいわね。あたしの小さいころのことなんか」

「奈々ちゃんの小さい頃は、あんまり知らないんだよ。おっかさんの若い頃をよく知ってるのさ。でもね、あんたのおっかさんは賢い人で、賢こすぎて、友だちの出来ない人だからね。わたしなんざ、あの人の賢さの部分とはおつきあいしないから、つづいてるのさ」

おまさのいい方がおかしいので奈々緒はふきだした。

「あたし、おばさんちへ遊びにいってもいい？」

「そりゃあいいけども、うちなんざ、面白くもないよ。でも来るならいつでもおいで。ただし、あたしはほとんどいやしないけどね」

おまさは、奈々緒が紙きれを持ってくると青山の自分のうちの所番地を書いて教えた。

「奈々ちゃんのお相手になる変りもんの息子がひとりいるんだよ」

「あら、おばさんの子」

「いえね、あたしのなくなった妹ののこしてった子でね。敏夫っていうんですよ。柄は大きいけど、奈々ちゃんと同い年だよ」

「どういう風に変りものなの」

「男のくせに役者になりたいってきかないんだからいやになっちまうよ」

「役者って俳優？」

「それが歌舞伎のさ。あたしなんか、昔っから色街に育って、内幕をよく知ってるからね。役者の内実がどんなものかよく知ってるから、男のなるもんじゃないと思ってるのさ。それにあの世界は何てったたって、毛なみの世界だからね。家柄に生れてなきゃあ、芸があったたって、駄目なんだよ」

「へえ、やっぱり変りもんね」

奈々緒も一人前のように口をきいておまさと相づちを打った。まだみたこともない敏夫が、なよなよした気持の悪い女くさい男に想像された。

「もう出来たの」

菊江が首を出した。すっかり着換えをしていた。鶯色(うぐいすいろ)の江戸小紋(こもん)の裾に、山水を染めだして、背に縫紋(ぬいもん)をつけていた。

片手に持ってきた黒綸子(くろりんず)の羽織を鏡の中ですらりと肩にかけた。

女中が、後からたとう紙につつんだ奈々緒の晴着をかかえてきた。

「さあ、時間がないから、さっさと着つけてよ」

おまさは、一々たとう紙の中の品を目と指でたしかめながら、

「さすがだねえ」

と嘆息した。品は全部えり円のもので揃えていた。

「戦争がもっとつづくと、もうこんなもの着られなくなるよ。せいぜい着ておくんだね」

おまさは、奈々緒を人形のように扱い乍ら器用に着つけていく。

「おや、いやだ。こんないい着物着るってのに、この子はズロースなんかはいてるよ」

「だって、いやよ、これとるの」

奈々緒は泣きそうになって菊江に訴えた。

「ま、いいじゃない、おまささん、そのままにしてやってよ」

「いやだね。恰好が悪いったらありゃあしない」

おまさはぶつぶついい乍ら、幾本もの紐できゅっきゅっと奈々緒を締めあげていった。

水浅黄（みずあさぎ）の地に、四君子（くんし）を現代風に図案化した中振袖に、朱と金の亀甲（きっこう）の帯をしめると、奈々緒は鏡の中のあでやかな少女が自分とは思われないような気がしてきた。

ハイヤーでひっそりした元旦の町を走り乍らも、菊江はほとんど口をきかなかった。

「お父さんて、いくつぐらいの人」

奈々緒が聞いた時、

「それほどおじいさんでもないよ」

と一言いったあとで、思いだしたように、

「お行儀よくするんだよ。お行儀のうるさい人だからね。もしお食事でもいっしょにすることになったら、本当に気をつけるんだよ。女はものをたべる姿がいやしく見えたらもうおしまいだからね」

とつけ加えた。奈々緒は何となく、いつもより緊張している母をからかいたくなった。

「まるでお見合いみたいじゃないの、そんな猫かぶりつづきゃしないわよ」

「何だっていいのさ。とにかくあたしの顔をつぶすような馬鹿なことはしないでおくれ。何かきかれたら、はいとかいいえぐらいでだまっておくんだよ。お前は由美子よりずっとおしゃべりだからね」

「じゃ、何もあたしでなく由美ちゃんをつれてくればいいじゃないの、由美ちゃんだってお父さんの子なんでしょ」

菊江は、じろっと奈々緒をふりむいただけで返事をしなかった。

念入りに化粧した菊江の肌は、陶器のように照っていて、いつもより、冴え冴えと美しかった。

奈々緒は今の自分の厭味が充分母の心を射ぬいたことを母の沈黙の重苦しさの中にはっきりと感じていた。

だまっている母が憎らしくなり、いっそう、何かいってやりたくなった。

「あたし、逢ったこともない人にお父さんなんて、よべやしないわ」

「何もそんなこといわなくてもいいさ。だまってしとやかにしてればいいのよ」

「へえ、じゃ、いったい今日は何なの、お父さんがあたしの首実検でもするというの」

菊江はさも、憎らしそうな冷い目つきで、ちらっと奈々緒をにらみつけたまま、また前方に目を据え、もう見むきもしない。

車は、銀座に近い日本橋の、とあるビルの前についた。

受付の窓口に、守衛が坐っていた。火鉢で餅を焼いている。

菊江がその守衛に社長によばれてきたとつげると、守衛はびっくりして席を立った。

電話で来客の報告をし終ると、守衛は電話口でしきりにお辞儀をした。よほど緊張してあわてているらしい。

守衛に案内されて長い廊下を歩く間に、菊江はす速く守衛の手にお祝儀をにぎらせていた。守衛の態度はいっそう馬鹿丁寧になった。

幾曲りもした廊下の果で守衛は立ちどまり、ここだとさしておいてさっさと引き下った。

菊江がノックすると中からドアが開いた。

頭のはげ上った小肥りの中年の男が、

「これは、これは……御苦労さまでございます」

と、軀を二つ折りにして菊江に挨拶した。

「社長にお目にかかりに来ました」

「さあ、どうぞお待ちかねでいらっしゃいます」

菊江にうながされ、ぼんやり突っ立っていた奈々緒も後にしたがった。

螺鈿を豪華にはめこんだ支那風の衝立のかげに、大きな安楽椅子や応接セットがあった。

窓ぎわの安楽椅子の中に埋もれていたやせた男が顔をあげた。逆光線の中からこっちをみているので奈々緒にはその男の顔がすぐにはわからなかった。

菊江が丁重に頭をさげ、

「明けましておめでとうございます」

と挨拶した。男は、軽くうなずいて、

「ふむ」

といっただけだった。奈々緒の目にようやく、男の顔がはっきりみえてきた。年の頃はわからなかった。皮膚や、軀つきからみると、相当年よりくさくみえるのに、頭髪がたっぷりしてしかも染めたように黒い。鼻が高く唇が厚かった。

奈々緒は男のどこからも、なつかしい感じをうけなかった。むしろ、奈々緒の好きでないタイプの男だった。

「これが奈々緒でございます。只今女学校の三年生になっております」

菊江が奈々緒の背をつきだすようにして前へすすませた。奈々緒は教えられた通りしとやかそうにお辞儀をしてだまっていた。

頭が重く、うつむくとかんざしがちゃらちゃら音をたてた。ものをいう気にはならなかった。

「三年生にしては、いやにチビだな」

それが男のことばだった。

奈々緒はむっとして下をみていた。これまでも、小柄なので、小さいとかチビとかは、何人にいわれてきたかしれない。けれども、今聞いたような冷いひびきでいわれた覚えはないような気がした。どんな事情があるにしろ、今まで親子の名乗りもしたことのない実の父と娘の出合いなら、も少し情味のある言葉がはかれてもいいような気がする。

奈々緒の不機嫌を、恥しがっているとでもとったのか、男は一向に気にもかけず、

「それじゃ、出かけるか」

といった。

そういう手筈(てはず)になっていたらしく、さっきのはげ頭の男が、すぐオーバーをロッカーからとりだし男の後ろにまわろうとした。それを菊江が、横から手をだし、男の後ろにまわって着せかけた。

そんなふたりの様子を奈々緒はじっとみつめていた。客と女中のようにしかふたりの姿が見えなかった。あのふたりがどんな睦(むつ)みあいをして自分という子が出来たかと思うと、やりきれない淋しさがふいに胸につきあげてきた。

　会社の入口には、もう車が廻っていた。男をのせ中に奈々緒を坐らせ、菊江が一番後から車に乗った。

「今日はお年始が大変でございましたでしょう」

「ふむ、家は面倒だから昔の学校みたいに元旦は社でやることにしてあるんだ。結局この方が早く片がつくよ」

「でもまた、二日三日は別なお年始の方が」

「ああ、うるさくてかなわない」

　話はそれきりだった。

　ふと、男は手をのばして、奈々緒の手をさぐってきた。

　奈々緒ははじめ、男のする意味がわからず、マッチでも落したのかと思った。袂(たもと)のかげにそろえていた奈々緒の手にゆきあたると、男は袂のかげでそっと奈々緒の手を握りしめた。

　ぞっとする感触に奈々緒は身震いが出そうだった。思わず手をひっこめそうにして辛うじて堪えた。この男、今日逢ったばかりのこの老人くさい男が、自分の父なのだ。東亜電気の小玉善之助(こだまぜんのすけ)といえば、世間に名のとどろいた大実業家かもしれないが、自分の母をかつて愛して、自分という子をつくらせた父だということだ。父が娘の手をとるのに何の不思議があるだろう。それを邪けんにふり払うのはあんまり礼儀もやさしさもなさすぎる。

奈々緒は無理に自分にそんなことをいいきかせて、父がとった手をそのままにしておいた。

父の手の皮膚は、気味の悪いくらい柔かかった。その柔かさが、奈々緒にはまたぞっとするほど気持が悪い。

片手でとった奈々緒の手を、もう一つの手でゆっくり撫でさする。そのうち、一本一本の指を丹念にしごくようにする。

奈々緒は次第に全身がむず痒くなってきた。

貴美子に手をとられ、愛撫されたことはあるが、それは甘美な官能の喜びを伝えてくれた。手の皮膚がこんなに敏感にさまざまなことばや意味を持つのかと、不思議がったくらいだ。

それが今、父に手をとられて気味悪さしか感じないというのはどういうわけだろう。

菊江は、そんなことに一向気づかないらしく、とりすました顔で前方をみつめていた。

父がふっと思いだしたように菊江に話しかける。

「雑司ケ谷の家はどうした」

「一昨年買手がついて、手放しました」

「そうか」

それっきりで会話はとぎれた。一昨年の話まで出るところをみると、ふたりもずいぶん逢わない仲なのかと奈々緒は想像した。それにしても、そんな久しぶりに逢ったようにも見えぬ冷さで、どっちもとりすましている。

父の手はますます執拗（しつよう）に奈々緒の手をいじりまわす。

奈々緒はもうがまんがならず、父の手をふり払おうかと思った。その時、車が止った。

板塀の粋なつくりの門がまえの外に、門松が立っていた。

車の中で、ほとんど夢中だったので奈々緒にはそこがどのあたりなのか見当もつかなかった。

長い廊下を案内されて落ちついた部屋には、親子三人だけになった。日本髪に結った女中が次々膳を運んで来る。

白木の折敷（おしき）に乗った三種肴（こう）は、加良寿美（からすみ）、化粧田作り（けしょうたづくり）、黒豆、千代呂木（ちょろぎ）が裏白に敷かれていて、いかにも正月らしい献立だった。

銀の銚子で屠蘇(とそ)が汲みかわされた。

奈々緒は好きな黒豆からまず箸をつけた。ふさが自慢で煮る黒豆よりも、もっと柔かく、この豆は、祝箸(いわいばし)の先にかかったと思うと、つるりとすべり落ち、ころころ卓の下に落ちた。はっとして奈々緒は思わず、豆のあとを追って、卓の下をのぞきこんだ。その時、横にいた菊江の手がつとのびて来て、いきなり奈々緒の脚をつねりあげた。思わず声をあげそうになったほどの痛いつねり方だった。奈々緒はあわてて上体をしゃんとのばした。床の間を背にした父は一向に気づかない様子で、女中の酌をうけている。菊江は何事もない表情でとりすまし、加良寿美を口に運んでいた。奈々緒は、その陶器のように照りのある母の横顔を、涙の滲んだ目でみつめた。何となくこの母の表情を生涯忘れないような気がしてまじまじとみつめていた。

乱れ雲

父と対面して以来、奈々緒は月に一度か、二ヵ月に三度くらいの割合で、父の会社を訪ねていった。

いつでも菊江のいいつけでそうするのだった。

守衛はもう奈々緒を覚えていて、セーラー服の奈々緒をみると、すぐとび出すようにして迎え、うやうやしい態度で、

「いらっしゃいまし、お嬢さま」

と挨拶する。

奈々緒は勝手知った長い廊下をずんずん歩き、はじめて母と訪ねた時の奥まった部屋のドアを叩く。

必ず、はげ頭の秘書長の竹田が待っていて応接間へ通された。奈々緒とあまり年のちがわないらしい給仕の女の子がお茶を運んでくると、竹田があらわれる。黒塗りの小さな盆にのせた紙包みをうやうやしそうに持ってきて、テーブルの上に置き、

「社長は会議中でいらっしゃいますから」

といって、その紙包みを両手でおしやるように奈々緒の方へすべらせる。

奈々緒はそれを学校用の赤い手さげの中へ無造作につっこむのだった。いつでも会社を訪ねる時は、学校がお昼までの土曜日の午後に決めていた。

自分が何の用で父の所に来るのか、奈々緒も、二、三回で納得していた。会社を出て、喫茶店に行き、奈々緒は紙包みの中身をたしかめてみる。いつでも手の切れるような真新しい札が入っていた。

金銭の不自由をしたことのない奈々緒はそれだけの金が、自分たちの生活にどれほどの価値を持つのかわからなかった。金に困っているわけでもない菊江が、わざわざそんな金を奈々緒にせびりに行かせるような形をとるのも解せなかった。けれども、その大げさな紙包みとは別に、ハトロン紙の袋に無造作に入れた方のもう一つを、竹田は必ず後から渡してくれる。そっちは、

「これはお嬢さまのお小遣いですよ」

とことわるので、奈々緒は大っぴらに自分で使うことが出来た。その金は実際に使って、たしかに使いでがあった。

「馬鹿々々しい、こんな小娘に一人前の月給取りの給料くらいも小遣いをやるなんて」

菊江はそのハトロン紙の袋の金をたしかめた時、今にもとりあげそうにしたが、奈々緒は渡さなかった。

「いやよ。これはあの人が、私のお小遣いにくれたんだもの、お母さんの分はそっちにもらってきてあげたじゃないの」

菊江は、奈々緒の言葉に、さっと顔色を変えて気色ばんだが、だまって横をむいた。

それ以来、奈々緒は、父の会社に行く度、自分のお小遣いをせしめにいくような気持になっていた。第一印象で嫌いだった父が、ほとんどあらわれないのも気持を楽にした。

竹田は馬鹿丁寧なだけで、気のいい男だった。

一ヵ月に使いきれないほどの小遣いを持つ奈々緒の遊び方は次第に派手になってきた。Sの手引きをしてくれた隆子は、今度は男の子の仲間に入る案内をしてくれる番だった。親が金持の、子供に甘い家庭の少年や少女たちばかりが六、七人集まって、グループをつくり、レコードを集めたり外国切手の交換をしたり、スキーやキャンプにいっしょに出かけたりして他愛もない遊び方をしていた。そんなことも、軍国主義時代の学校では、きびしく取りしまり、隆子や奈々緒は、軟派の不良とつきあっているから不良だということにされていた。奈々緒は、自分のどこが不良なのかさっぱりわからなかった。

仲間の少年たちや少女は、お人よしで軽薄で陽気で騒々しいだけで、別にじめじめしたところはなかった。ただ少年たちは、一様にみんな戦争をこわがっていたし、いつかは戦場にやられるということで絶望的な表情をしたがった。女はいいなあ、それが彼等の口癖だった。そのくせ彼等の親たちは、軍人だったり、軍需景気の成金だったりした。

奈々緒はスキーに行く時でも、キャンプに行く時でも、隆子の名を使って菊江をごまかした。隆子の父が私立大学の教授だということで、菊江は安心しきっていた。菊江は金持は怖れないくせに、大学教授の家庭とか、華族の家柄とかいうものをひどく有難がるところがあった。

隆子の遊びの費用は奈々緒が持つことにいつのまにかなっており、それがくせになって、たいていの費用は、仲間のものを奈々緒がみんなまかなうようになっていた。金はそういう費い方をしても充分だった。そのうち奈々緒は母に内緒で父の会社へ無心にゆくようになっていた。

広い応接室には、歴代社長の写真が額に入れて麗々しく飾ってある。みんな首が太く、鼻の大きな唇の厚いところに共通点があった。部屋の隅の飾り棚にはブロンズの現社長、小玉善之助の首がのっていた。奈々緒はその前に立ち、小さなげんこでその盛り上った頭をこづいたり、思いきり唇をまげていいーっと憎まれ顔をしてみせたりした。

あの正月から後一、二度しか顔を合わせていないが、何かためすようにじろりと細い目の中から見る小玉の瞳の冷い光りに奈々緒はどうしてもなじめないでいた。

竹田は、奈々緒が、べろっと舌をだし首をすくめて、

「ねえ、おじちゃん、お母さんに内緒よ。少しお小遣い前借させて」

といって白い掌をつっとさしだすと、はじめての時は、ぎょっと身をひいて目を白黒させた。てっきり菊江の使いであらわれたと思いこんでいた竹田は思いがけない奈々緒の要求に心から愕かされたらしい。二度、三度と回を重ねる毎に、竹田は愛想よくなったが、この密約が出来てからは、少しずつ、奈々緒と応接間で話しこんでい

くようになった。

「いったい、そんなにたくさんのお小遣い何にお使いになるんですか」

「いろいろといるのよ。おじさんなんかに説明したってわからないわ」

「でも、もし、社長が、おさしとめになったら、どうなさるんです」

「その時はその時のことよ。ねえ、おじさん、おじさんはうちのお母さんと、お宅の社長さんのこと、昔から知ってるの」

「はあ」

竹田は、どぎまぎして、目の前の小柄なセーラーの女学生の、無邪気な顔をまじまじとみつめてしまう。

「昔からと申しますと？」

はげ上った、額にわきでる汗を拭い乍ら、竹田は口調もへどもどしてくる。

「つまりさ、あたしの出来る頃のことよ。その頃からおじさんは彼にくっついていたの」

「社長とか、彼とかおっしゃらずに、お嬢さまはお父さまとおっしゃればおよろしいのです」

「あ、あんなこといってはぐらかしてら、だってあの人には、ちゃんと外に家があって、奥さんがあって、息子たちもいるっていうじゃないの、もう孫も何人もいるんですって」

「そういうこと、どなたにお聞きになるんです」

「あたしの遊び仲間よ、つまりこのお金をいっしょに使う人たちよ。十人近くもいるんだから情報はとても速いし正確よ。いつか、お礼におじさんのお役にも立ってあげるわよ、つまり娘さんの素行調査とか、奥さんの浮気の探偵とか」

「お嬢さま、どうもお友達がよくないようですなあ」

竹田はいっそうのぼせあがった様子で額の汗をあわただしく拭く。それでもそんな奈々緒の相手が面白いのか、竹田は奈々緒がゆけば必ずいくらかの金をいつものハトロン紙の袋に入れてもってきてくれるのだった。

「あんまり、お使いになると、お母さまに密告しますよ」

と時々おどしてみたりするが、そのおどしが一向に奈々緒にきいていないことも知っているのだ。

仲間の中で、奈々緒は緒方珠彦という少年と、ほのかな恋をしはじめていた。珠彦は九州の鉱山の持主の息子で、家は青山にあり、何不自由なく暮している。奈々緒より一つ年上で青山学院の中等部に通っていた。

キャンプで知りあったのがきっかけで、いつ誘っても出てくるようになっていた。背が高く、奈々緒は見上げるようにしなければ話が出来ない。奈々緒はよく珠彦に誘われて珠彦の家にも遊びにいった。お静という女中頭がいて、珠彦の友だちには至れりつくせりの歓待をしてくれる。すっきりしたなで肩で色白のお静はいつでも地味な着物をきりっと着つけていたが、首筋から衿足が匂うように美しいと奈々緒は感じていた。お静は珠彦の友だちの中でも特に奈々緒が気に入っているらしく、奈々緒がひとりで行った時の待遇は特によかった。

「あれ、ほんとは、オレの母親なんだぜ」

珠彦が奈々緒にいった時、奈々緒はまじまじと珠彦の整いすぎた顔をみつめた。

「オレが知らないと思ってるんだ。オレ、もう十年も前から知ってるよ。大人のしてることって、いじいじしてていやさ。いいじゃないかね、女中の子だって何だって。お静は、ぼくが奈々ちゃんと結婚したらいいと思ってるのさ。

奈々ちゃんなら、生涯自分をじゃけんにしないだろうって、想像してるんだな。ぼくが正式に緒方の息子として扱われたいくせに、一方、緒方にふさわしい嫁が来ると、自分の立場が追い出されるんじゃないかと思って心配している。その点、奈々ちゃんは妾の子だから、何となく安心してるのさ。ばかばかしい話さ。オレ、親じだっておふくろだって、大きらいだ。正妻はもっといやな奴だよ」

「へえ、あたしと似てるのね。あたしだっておかあさんがどうしても好きになれないわ。父親ってやつはもっと嫌いよ。感覚的にきらいだわ」

そんな話から、珠彦と奈々緒は、いっそう心が通うようになった。お静は、奈々緒が遊びに来ると無理にひきとめて晩ご飯までいさせ、必ずそんな時は、菊江あてに電話でことわりをいった。菊江は、緒方の財力を承知していたから、珠彦と近づくのは好都合くらいに思っていた。

女学校の卒業まぎわになって、奈々緒は軽い肋膜炎にかかった。その冬スキーで転んだ時、人のスキーにあたった箇所のうち所が悪かったという原因だった。

菊江はレントゲンの結果を示された時、見苦しいほど狼狽した。嫁入前の娘に肺病が出ては、嫁入りの傷になるということが苦の種だった。

卒業式には出ないで、奈々緒はある日竹田が迎えに来た車に乗ってきて、逗子へつれていかれた。

「旦那様のお別荘です」

というだけの説明で、奈々緒は逗子の家に療養生活をすることになった。医者は三日に一度は診察に来て、食事や散歩時間の注意だけして帰る。退屈だけが苦痛だったが、奈々緒は思いがけない孤独な時間が珍しく、本を読んだり、女の子らしく編物をしたりして日を送った。そのうち、少しよくなれば、内緒で珠彦たちを呼んでやろうと思っていた。

珠彦は青山の高等科に通っていて、相変らず奈々緒とつきあっていた。

別荘番をしながら、今は奈々緒の女中のような仕事をしているおさく婆さんが、

「今日は旦那さまがお見えになります」

とつげ、急に、大がかりな掃除をはじめた。

「いいじゃないの、来たって、どうせすぐ帰るんでしょ」

「いいえ、二、三日、ご滞在になられます」

おさく婆さんは、無表情にいい、掃除の合間に、ふとんをひっぱりだして、庭先に干しはじめた。

奈々緒はあの男と、二、三日もこんなところで暮すのかと思うと逃げて帰りたくなった。

その日の夕方、奈々緒が海岸の散歩から帰ってくると、家の中に華やかな女の笑い声が聞えた。女客もあるのかと思って、縁側から入っていくと、座敷の机に向いあって、しゃべっていた小玉善之助が、奈々緒の方にふりむき、

「少しはいいか」

と声をかけた。いままで見たこともないような機嫌のいい声だった。奈々緒は、上目使いにうなずきながら、座敷に上っていった。

小玉の前にいた女は、三十すぎに見えたがすっきりとしたやせぎすの粋な女だった。芸者とも女給とも奈々緒には見わけがつかなかった。ただ素人でないことだけはわかった。

「娘の奈々緒だ」

善之助は女に説明し、

「華子だ」

とだけ、奈々緒にいった。華子は、ぱっと目もとから光りの出るような明るい笑顔になって奈々緒を見た。

「まあ、可愛らしいお嬢さんね。何て可愛らしいんでしょう」

「もう女学校の五年生だよ」

「あらっ、そうなの、あたしまだ三年生くらいかと思っちゃった」

奈々緒は華子の目もとを綺麗な女だと思った。口が大きく、歯が出ていたが、目ざわりというほどでもない。陽気なたちらしく、ひっきりなしに喋るので、かえって、善之助と二人きりになるよりはましだと思った。

料理屋からとりよせた晩の食事が終ると、もうおさくが寝床をとりはじめた。

「あらっ、あたしたちいっしょに寝ましょうよ。ね、その方が奈々ちゃんだって淋しくないでしょう」

おさくがびっくりしたような顔で、華子のとっぴなことばを聞きとがめ、伺うように善之助の顔をみる。

「いいだろう、次の間に三つ床をとりなさい」

善之助が薄ら笑いを浮べた顔でおさくに命じた。

床の間を枕に、真中に善之助の床がとられ左右に、華子と奈々緒の床が並んだ。八畳の部屋が三つの床でいっぱいになった。

奈々緒は、食事がすむと、早くから寝床に入り、いつものように床の中で本を読むことにした。縁側近く、善之助の左側に奈々緒の床がとってあった。

善之助と華子は、ふたりになってから、まだ何本も酒をつけさせ、しきりに酒をくみかわしている。

別荘といっても、凝った数寄屋造りなので、隣室の話などはほとんど聞えて来ない。ただ時々華子のもらす笑い声が、夜が更けるにつれ、妙にねっとりとつやめいてきていた。

いったいどういう気持で、かりにも娘の出養生しているところへ、情婦をつれてきたのか、奈々緒は善之助の気持がはかりかねた。

そのうち奈々緒はうとうと眠りこんでどれくらい時間がたっただろうか。

ふと、躯に障るものを感じて目をさました。奈々緒の枕元よりずっと離れたところに、行灯型のスタンドが移っていた。躯に触れるものは奈々緒のガーゼ浴衣の寝巻の裾をもぞもぞといじっている。

最初は、奈々緒はそのことが信じられず、自分がまだ夢をみているのかと思った。自分の手で払いのけようとしたが、手が急に鉛で出来たように重くしびれてきた。目をみはると、天井の木目まで、うすぼんやりした光りの中に浮んできた。隣りの善之助のふとんは、み動きもしていない。誰の息もしないほど空気が重く凝っていた。

相変らず動くものはその運動を止めず、なまあたたかい指先が、奈々緒の肌に直接触れてきた。

思わず、声をあげそうになったが、声も咽喉にはりついてしまった。全身を堅くして、奈々緒は、鳥肌立ちながらかすかに震えだした。頭の中に、煙がつまったようになった。その煙りの中で思考が右往左往する。

いったい、こんな事があっていいのだろうか。たとい、こっちがいくら虫が好かないといったところで、この隣に寝ている男は母と交った男で、その結果として私が生れたのだ。その証拠はないけれど、母がそういってるのだし、この男もそれを認めたしるしとして今頃まで金を私たちによこしている。私が病気といえば、自分の別荘にひきとり出養生までさせている。血のつながった娘、あるいは過失の証明物として私を認めているからではないか、それではなぜその真実の娘に、こんな奇妙な真似が出来るのか。小玉善之助は獣だろうか、変態性だろうか。

奈々緒はようやく頭の煙が晴れたような気になると、寝ぼけたふりをして、片手で男の手をふり払い、くるりと寝がえりをうって背中をむけてしまった。

善之助の手はそれっきり追っては来なかったが、眠れないまま、奈々緒が軀をえびのように丸めて息をつめている背後で、いつのまにか、人のうごめく気配がしてきた。

奈々緒は目をとじて、ふとんを頭からかぶってしまった。それでも、次第にあたりはばからない動きの気配は大きくなり、それにつれて、息づかいや、肉のきしみまでしてきた。奈々緒はふとんからとび出し、部屋の外へ走りだしていきたくなった。いったい彼等は何だって、わざわざこんなことをするために、自分と同じ部屋に寝たがったのか、ますます小玉善之助の心がはかりしれなくなってきた。奈々緒が憎悪を善之助に燃やし、いてもたってもいられない荒々しい神経になった時、堪えきれぬような、猫の首をしめたような声が聞え、それにつづいて、華子の呻きともことばとも判じにくい声が、きれぎれに聞えてきた。何のことやらわからなかった単語が繰りかえし叫ばれているうちに、奈々緒にも次第に華子のいっていることばに耳が馴れてきた。華子の声は次第に高くなり、それはやがてうわ言のようになった。

　奈々緒は両手で耳を掩い、必死にその声から逃れようとした。

　翌朝、奈々緒は、彼等がまだ眠っているまに、別荘を出た。セーラー服にさいふ一つ持っただけの奈々緒は、上り電車の中でようやくほっと息をしていた。

　睡眠不足の目に、朝の海の輝きはまぶしすぎた。

　奈々緒は人々の目に今朝の自分が垢だらけの人間のように映っているような気おくれがして目があげられなかった。

　海を見ているふりをして、車窓に顔をおしつけていたが、目は何も見ていなかった。

　昨夜の華子の声と、善之助のふいごのような息づかいだけが耳にこびりついていて、執拗（しつよう）によみがえってくる。すると下腹の内ももの奥にあの不気味ななまあたたかい感触がよみがえり、ひるに吸いつかれているような気になった。

　奈々緒は思わず、ぶるっと身震いをして立ち上った。前の席の男がびっくりして見上げたので、ばつが悪く、用あり気に席を立って次の箱に移っていった。

　東京駅についても、すぐ家に帰る気にはなれなかった。昨夜のことを、祖母にも母にも話す気がしない。口にするのも嫌だったし、善之助に対する気持の整理がつかないで、このまま家の誰の顔をみるのもたまらなかった。珠彦の顔と電話番号が思いだされたが、今朝はやはり珠彦の顔を見る気もしなかった。

　奈々緒は八重洲（やえす）口の方へ出てゆき乍ら、まだどこへゆくあてもなかった。その時何かの旅芸人らしい数人づれの一行がにぎやかに喋り乍ら、奈々緒の背後から追いこしていった。手に手に、三味線やギターをさげている一行の中に一人の日本髪の女がいた。いちょう返しに結った女の髪はいくらか乱れていたが、つやつやして綺麗な髪の色をしていた。その時奈々緒は髪結のおまさを思い出した。おまさの家の電話番号は、よくかけさせられたので覚えていた。

　奈々緒は、売店の横の公衆電話に飛びつくようにしておまさのうちに電話をかけた。

「あの、おまささんのお宅ですか」

おまさが出てくるものと思っていた奈々緒は、受話器に伝った男の声にびっくりした。

同じ質問を奈々緒はうろたえてくりかえした。

「そうです勝本(かつもと)です」

その低いが、よく透る若々しい男の声を聞くと、奈々緒はようやく、おまさから聞いた甥の敏夫といった少年のことを思いだした。

奈々緒と同い年で、役者になりたがっているという変り者の筈だった。歌舞伎の役者になりたがるというから、もっとなよなよした女みたいな声を出すのかと思っていたのに、敏夫の声はむしろ、男らしいというのがふさわしい声だった。

「あ、あなた敏夫さん？」

一瞬だまった後ですぐ、

「そうです、あなたは滝沢さんの奈々緒さんですね」

と答えてきた。奈々緒はびっくりしてせきこんできいていた。

「まあ、どうしてわかって？」

「そっちでぼくのことがわかったみたいなわけですよ」

「まあ、面白い人ね」

奈々緒は今の今までしょげかえった気持を吹きとばしたようにほがらかになった。

遊び仲間のどこにも電話をせず、おまさのことを思いだしたのはよかったと思った。

「あたし、遊びにいってもいい？　おまささんいないの？」

「ええ、今朝は、六時起きして婚礼に出かけているんです」

花嫁の着つけや髪にはそんなに朝早くから出かける場合もあるのかと、奈々緒は珍しい気がした。

「それじゃ、いっては悪いわね」

「こんなに早くどこにいらっしゃるんです」

「どうして？」

「公衆電話でしょう。人のざわめきが聞えますよ」

「まるで探偵みたいね。ここは東京駅よ。あたし家出してきちゃったの」

「家出？」

「ふふふ、ま、いいわそんなこと、お宅へいく道じゅん教えてよ、真直(まっすぐ)いくわ」

敏夫はてきぱき口調で、タクシーで来る道を教えた。

奈々緒は、その足で構内タクシーを拾うとすぐおまさの家をめざして走り出していた。

教えられた煙草やのある町角で車を乗りすてると、

「奈々緒さんでしょう」

と声をかけられた。珠彦ほどはのっぽではないが、すらりと足ののびたいがぐり坊主の少年が笑いかけていた。

「時間をみはからって迎えに出たんです。ぼく敏夫です」

「まあ、ありがとう」

奈々緒は、声で聞くより、もっと男らしく爽(さわ)やかな敏夫の印象に、ますますおまさのいった話が信じられなくなった。

そこから露地を二曲りほどすると、一番露地の奥に二階屋のひょろりとした家があった。

女髪結い床という古風なお家流(いえりゅう)の字で書いた看板が上っていた。

「誰もいないんですよ」

敏夫は先に立って家に入ると、上ったすぐの部屋にざぶとんを置いた。

そこは髪を結う部屋らしく、窓ぎわにそって鏡台が二つ並んでいた。

敏夫が馴れた手つきで茶を入れてきた。

そんな仕草は板についていて、たしかに役者を志すだけのことはあると妙なところで奈々緒は感心した。

「何をまじまじ見てるんです」

「だって、何だか、はじめて逢ったような気がしないもの、あたしたち、前に逢ったことある？」

「いえ、はじめてですよ。でもぼくも奈々緒さんの話は、伯母からよく聞かされていたせいか、はじめて逢った人のような気がしない」

「あなたのこと、おまささんよく話してくれたわ、役者さんになりたいんですって？」

「ええ」

敏夫は照れたようにうつむいて笑った。笑うと、少女のような初々しさが口もとに漂(ただよ)った。たしかに目も切長で美しいし、鼻筋もとおっている。珠彦も美少年だけれど、敏夫も美少年といってよかった。

敏夫の方が珠彦より年下なのに、奈々緒には、敏夫が、珠彦より、三、四歳も年上のような感じがした。

自分と同い年とは考えられない。

「朝ご飯、まだでしょう」

敏夫が当然のことのようにきいた。

「ええ、でもどうしてわかるの」

「だって、家出娘が朝ご飯までたべてくるとは思えないから」

奈々緒は敏夫と声をあわせて笑ってしまった。一度笑いだすと、笑いは軀の奥からしゃぼんだまのようにいくらでも出てきて、とめどがなかった。涙の出るほど笑ってしまうと、呆（あき）れたような顔をしてみつめている敏夫の目と目があった。

「ああ、おかしかった」

「笑い死にするのかと思ってはらはらしたよ。しゃっくりなら、背中どやせば治るけど」

敏夫はご飯をつくってあげるといって立ち上った。

奈々緒はひとり残されているのが心細く、敏夫の後を追って台所にいった。

おまさが癇性（かんしょう）らしく、台所はせまい乍ら、鍋も釜も、ぴかぴかに磨きたててあった。

敏夫は馴れた手つきで、やかんや、鍋をガスにかけ、まな板の上で漬物をきざんだりする。

奈々緒は、じゃまになるくらいくっついて敏夫の手つきをみていた。

またたくまに、わかめの味噌汁が出来上り目玉焼も焼き上った。

丸い小さなちゃぶ台の脚を立てると、敏夫は、その上に膳ごしらえをした。

奈々緒はその時でもただつったって敏夫のやり方をみていた。

「まるで奥さんみたいね。敏夫さんは奥さんなんかいらないわね」

「そんなことないな。結婚したら、縦のもの横にもしないで女房をこきつかうんだ」

奈々緒は、この少年とたった今、逢ったばかりとは思えない深い理解が互いに交うのに不思議がっていた。

「ぼくもハラペコだ。起きたばかりの所へ電話だもの」

敏夫は自分の分もちゃぶだいに並べ、

「いただきまあす」

と大きな声をあげて箸をとった。

「たべなさいよ、うまいよぼくの味噌汁」

「ありがとう」

奈々緒も箸をとり、味噌汁の椀をとりあげると急に、空腹を感じてきた。しばらくものもいわずふたりは食べつづけた。

「おいしいだろう」

「うん、とっても」

奈々緒は、こんな楽しい食事はしたことがないような気がしてきた。

「あなた、いつもこうして、ひとりでたべるの？」

「まあ、たいていね」

「ふうん、じゃさみしいわね」

「さあ、そんなこと考えたことないな」

「そう……あたしね、逗子から今朝来たのよ」

「へえ、またどうして」

「ちょっと病気で逗子へいってたの、でも、昨夜いやなやつが来て、とても気持悪くて逃げて来たの」

「男かい？」

敏夫の目がはじめて光った。

「うん、あたしの父親だっていうんだけど、あたし信じられないわ。ちっとも好きじゃないし、第一……」

奈々緒はことばにつまって敏夫の顔をみた。敏夫は箸をもった手を膝においたま
ま、生真面目な目をして、じっとうながすように奈々緒の顔をみつめていた。大きな
澄んだ目だった。深い吸いこまれるような瞳だった。奈々緒はそんなみつめられ方を
したことはなかったと思った。
すると急に、昨夜のことが胸いっぱいの苦しさになって咽喉もとにつきあげてき
た。
「本当の親が娘に変なことしかけるかしら」
云ってしまって奈々緒は真っ赤になった。それより早く、浅黒くひきしまった敏夫
の首から頬へかっと血の色がかけのぼるのを見たからだった。
奈々緒は、急に恥しさとわけのわからないくやしさで、ひいっと声をあげ、泣きだ
してしまった。

暗い道

気がついたら敏夫の膝の上に泣いていた。

いつ抱きあげられたのかわからないほど奈々緒は取り乱していたらしかった。

しゃっくりをひきながらようやく泣きやんだ奈々緒の顔を、敏夫が両掌ではさんで、睨目っこするような形で、まじまじとみつめた。

赤く上気した頰を濡らしたまま、奈々緒はそんな敏夫の生真面目なひきしまった表情をみつめ、照れかくしに、にっと笑った。ついでに舌をちろっと出して唇をなめた。

いきなり敏夫が腕をひきつけたため、奈々緒は危く敏夫にぶつかりそうになった。

そう思った時は真正面から唇をふさがれていた。

逃げようもない形だった。両手で敏夫の胸を突っぱっていたが、唇に受ける感触の甘さが次第に奈々緒を柔かくさせた。

ようやく敏夫が顔をはなした。ふたりとも上気してうるんだ目をひたとあわせた。相かわらず敏夫の手は奈々緒の顔をはさんだままだった。

互いの瞳の中にかっきりと映っている自分の小さな小さな映像を発見し、思わず両方から笑った。

それが合図のように、敏夫は手を離すと、やさしく奈々緒の上体をひきよせた。不思議な安らぎが奈々緒の全身をひたしてきた。奈々緒は陽にぬくもった海に抱かれているようなたっぷりとゆたかな安らぎの中に身をゆだね目を閉じていた。

敏夫が今日はじめて逢った少年だということが信じられないようだった。

いつまでも敏夫は奈々緒を抱きあげたまま黙っていた。

おだやかな胸の鼓動がお互いの胸から胸へとけあっていて、ひとつになっていた。

「奈々ちゃんのおやじも相当ひどいやつらしいけど、どうもその人、本当の親じゃないんじゃないかな」

「あんたもそう思って」

「うん、おふくろさんが何かの都合でその男の子だっておしつけているのを案外その男承知してんじゃないかな」

「…………」

「でも、どうせ親なんてみんな似たりよったりだぜ、俺のおやじなんてのもひでえもんだ」

「あら、お父さんいるの」

「そりゃあいるさ、木の股から生れたわけでもないもの。いっそ木の股から生れてた方がよかったんだけどな。俺のおやじは未央流の宗家だ」

「えっ、あのお能の？」

「うん、おやじが女中に手をつける。おふくろは産後に死ぬ。そこでお出入りの菓子屋が赤ん坊の始末を引き受け、まわりまわって女髪結のところに落ちついたという筋書らしい」

「そうなの、へえ、まるで小説みたいね」

「三文小説さね」

「だからあんた、芝居なんかやりたいのね。やっぱり血筋ってのかしら、そんなの」

「どうだかね」

ことばがとぎれると敏夫はまた唇をあわせてきた。奈々緒はそうされるのがちっとも厭でないことに気づいた。

昨夜のあの男の手に触れられた時の厭悪感とは全くちがっていた。自分の細胞がみんなみずみずしくふくらむような和みが軀をひたしてくる。

敏夫の胸に抱れていると奈々緒は眠気を覚えてきた。昨夜眠っていないせいもあった。

「眠くなっちゃった」

「じゃ眠ればいいよ、何もしないから」

「えっ」

敏夫がまじまじと奈々緒の目をのぞきこんだ。

「奈々ちゃんはまるで無防禦だから心配だなあ」

「どういうこと」

「女学校五年なんだろ、もう十八なんだろ」

「そうよ」

「俺のおふくろが俺をうんだ年だ」

奈々緒もようやく敏夫のいっている意味がわかり、耳を真赤にした。

その日、奈々緒は夕暮まで敏夫といて、おまさの帰る前にその家を出た。

「また来ていい？」

「ああ」

「電話していい？」

「ああ、いいよ」

突然帰ってきた奈々緒を迎えると菊江は顔色を変えた。

「いったい、どうしたの」

「いやになったのよ」

「そんな勝手なことってあるかい。お前さんは病気療養にいってるんだよ。それに社長に何ていいわけ出来るんだい」

菊江は奈々緒の前では小玉善之助のことをお父さんとは呼ばない。いつでも社長というい方をしていた。

「何とでもいえばいいじゃないの、あたしいっときますけどね、あの男大きらいよ」

「奈々緒！」

菊江が眦（まなじり）をつりあげて青くなっていった。

「そんな口はきかせない」

「へえ、じゃどんな口きかせるの、きらいよ。あんな男、父親の資格なんてありゃしない」

菊江は怒りのあまり、青ざめてぶるぶる唇をふるわせていたが、いきなりとびかかるように奈々緒の肩をつかむと、力まかせに奈々緒の頬に手を飛ばした。

奈々緒はとっさに、何がおこったのかわからなかった。次の瞬間、右頬にはげしい痛みを感じてきて、はじめて母に手をかけられたという実感がつたわった。

その夜かぎり母娘の間では小玉の話は一切出なくなった。

菊江もそれっきり根掘り葉掘り訊きだすようなことはしない。秘かに逗子のおさく婆さんに手をまわして、あの夜の事を聞きだしているなどもちろん奈々緒は知らなかった。

菊江は、奈々緒が同室で父と、父の女の痴態をみせられたショックであああいう態度をとったのだろうという程度にしか想像は出来ていなかった。

半年ほど家でぶらぶらしていた後、奈々緒はどうにか女学校を卒業した。無試験の香華女子学院へ入学する手続は、ほとんど菊江の一存で運ばれていた。

所謂上流と呼ばれる階級の娘たちの通う花嫁学校として高名な学院は、寄付金のかかることと、生徒のみなりの贅沢なことでも有名だった。

しかし、次第に戦時色の濃くなった時代だけあって、さすがに生徒たちの服装も昔ほどではなくなっていた。

町には千人針を持った女たちが立ち、いきなり町角でエプロン姿の中年の女から紙をつきつけられる。その紙には、

「贅沢(ぜいたく)はよしましょう」

と書いてある。奈々緒たちの間ではその紙の枚数がたまるほど得意になるという遊びがふえていた。

銀座のキャバレーやバーは次第に不景気になったという声を聞いていたが、菊江の店は戦争が長びくほど繁昌(はんじょう)していた。客種はいつのまにかすっかり変り、ほとんどが軍人だった。海軍も来たが陸軍の要人たちが多く訪れていた。日清戦争以来色街が栄えるのは戦争の時にきまっているというのが、このあたりの女の間の云い伝えになっている。

物資不足の声など、どこふく風で、菊の家には酒でも肉でも肴(さかな)でも手品のように集ってきた。

香華学院へ通うようになってから、奈々緒はすっかり歌舞伎通になっていた。毎月の外題(げだい)の変り目毎には出かけていったし、昼と夜の出しものを欠かさず見た。

敏夫が中学を出て以来、希望通り役者の世界に入っているのを奈々緒はひそかに後

援しているつもりだった。

髪結のおまさは相変らず、時々菊江の所に来たが、奈々緒と敏夫のことについては半言も喋らなかった。

菊江は奈々緒と敏夫がもう二年越しつきあっているなど夢にも知らないでいる。

「ねえ、おまささん、あんたとこの敏坊っていったかね、あの男の子、今どうしてるの」

ふいに菊江に訊かれた時、おまさは菊江がふたりのことを知ったのかとぎくっとした。

その日は、菊江が商売仲間の家の祝儀に出るというので久々に日本髪に結っていた。鏡の枠の中から、自分の顔だけをす速く外し、おまさはさりげない声をつくった。

「変りもんでしてね。役者になっていますのさ」

「へえ、役者？　新劇？　新派？」

「それがね、紋之助っていう芸名で歌舞伎に出てるんですよ」

「それはまた、ほんとに変りもんだね、それで筋はいいのかい？」

「おかしなもんですね。あたしゃあの子をみているとやっぱり血ってものは争われないと思うんですよ。踊りの筋がとてもいいんですよ」

菊江は敏夫の出生については人よりくわしかった。敏夫の父が未央流の宗家梢絃之進（こずえげんのしん）ということも知っていた。今は八十を越えている絃之進は能の世界では一世の名人として名が聞えているけれど、若い時からその美貌と芸にどれほどの女を泣かせてきたかしれない。宮家とか侯爵といわれる筋の令夫人たちが、絃之進との甘美な悪夢に捕われた末、不幸な死に方をしたという伝説がいくつも伝っていた。

菊江は文楽の浜太夫との寝物語りで、敏夫の父が絃之進だということを識（し）っていた。浜太夫の妻の末の妹が絃之進の妻のところに行儀見習に上っていて妊（みごも）ったのが敏夫だったからだ。

敏夫とおまさの間には何の血のつながりもなかった。菊江と浜太夫の昔の関係を知っているおまさは、菊江が敏夫の素姓（すじょう）を知っていても大して愕（おどろ）かなかった。浜太夫も数年前病歿しているし、絃之進も去年から老衰で床についたきりだという。おそらく長くもっても半年とはたもてない命だろう。

おまさは菊江の髪を手順よく結いあげながら、さりげない口調で聞いてみた。

「女将さん、そろそろ奈々ちゃんのお聟（むこ）さん探しですね」

「そうなのよ」

菊江はすぐおまさの話に乗ってきた。

「奈々ちゃんは気性の明るい人なつこい子だから本当は水商売にうってつけなんだけどねえ」

「よしてよ、おまささん」

菊江は、きつい声でさえぎった。

「あたしゃ娘たちを堅気のところに嫁にやりたいばっかりに、この年になってもこんな商売で他人の機嫌気褄をとってるんじゃないか。どんなことがあったって、あの子は堅気の嫁にやりますよ」

「そりゃあ、堅気にこしたことありませんさ、でもね、お菊ちゃん、奈々ちゃんのような派手に育った子が果して安月給のサラリーマンの家におさまるだろうかね」

おまさは、今の菊江の立場を考えて出来るだけ女将さんと呼び、立てているつもりなのに、昔馴じみのくせが出て、話に身が入るとお菊ちゃんと安直に呼んでしまう。そういうところが、おまさが客を失う損な性分でもあったし、また好かれる面にもなっていた。

「おさまってもおさまらなくても、あたしゃ、あの子は堅気へ嫁にやる。勿論、あの子の亭主の月給のおぎないくらいはしてやる覚悟ですよ」

「そりゃあ、そこまで考えてるならね」

おまさは菊江の勢いにおしまくられてだまってしまった。奈々緒が浜太夫との間の子供だということは、おまさにはもうとっくにわかっていた。菊江は口が堅く決して自分から話したりしないけれど、浜太夫の若い時代から、ひいきでよくその義太夫を聞いているおまさには、成長するにつれはっきりあらわれてくる浜太夫の血を奈々緒の上に認めている。奈々緒の小柄で引きしまった軀（からだ）つきは、母ゆずりでなく浜太夫のものだった。涼しいというのが一番ぴたりとあてはまる瞳の冴えも濃い眉の形も、浜太夫と奈々緒は生きうつしになっている。

若い日の菊江が表向きは東亜電気の当時は専務だった小玉善之助の世話を受けながら、義太夫の名人浜太夫と秘かに情を通じたとしても、おまさの生きている色街の世界では珍しいことでもなかった。ただ、人気芸者や、芸者上りの妾たちはそれをむしろ大っぴらに吹聴（ふいちょう）して得意がる他愛なさがあったが、菊江はあくまで秘密におし通そうとした点だけが変っている。菊江は浜太夫との秘事をかくすため、かえって、二、三の擬似恋愛まで人目につかせ本当の恋をかくし守ろうとさえした。

「あの女はあんまり小利口すぎて愛嬌（あいきょう）がないよ」

かげでおまさたちのする菊江のかげ口はそういうところに落ちるのが常だった。

長い歳月のすぎた上、間に戦争がはじまって、昔を知った仲間たちも、ちりぢりになってしまった今では、もう菊江の過去を知っている者は、このあたりでも少くなっている。

菊江の一番長かった旦那が、小玉善之助であることさえ、今の赤坂界隈（かいわい）でもすでに知らない者の方が多くなっていた。

おまさは、これほど堅気の妻になる夢に固執（こしつ）し、せめて娘にその夢をつがせようとしている菊江に、今更、奈々緒と敏夫の稚純（ちじゅん）な恋を打ちあけたところで仕方がないと悟った。

奈々緒びいきのおまさは、敏夫と奈々緒がいつのまにか恋人どうしになっているのを知った時、愕きはしたけれど内心喜びをおさえることができなかった。

同い年とはいってもはるかにませている敏夫の嫁として奈々緒くらい似つかわしい女はいないような気がした。

ふたりの出生の秘密を知っているおまさにとっては、そのことだけでも、ふたりは結ばれることが不自然でない気がしてくる。

見て見ぬふりをして、ふたりのままごとめいたつきあいを見守ってきたつもりだった。

「素人に手をつけるんじゃないよ」

おまさはそれとなく敏夫に云いきかせている。芸者や役者の妻たちの髪を結ってきて、梨園のことには通じているおまさは、ある高名な役者の家では、息子たちが十六歳の誕生日を迎えると、親が一流の芸者の中に、これと目をつけた年増芸者に頼みこみ、わざわざ夜の支度をしてやって、女の味を覚えさせることを一種の儀式のようにしているのを識っていた。

「あんな厭なことなかったよ。でもそれをしなければおとうさんに叱られるだろう。目をつむって断崖から飛びおりるつもりで童貞を捨てたんだよ」

その当人たちが笑い乍らその経験を話してくれたのを聞きながら、おまさは本気で敏夫にもそんな機会を与えてやるべきかなどと考えたものだ。最初の女を失望と嫌悪の味で知ったら、男は女にがつがつしないとでもいう計算ずくなのだろうか。でもそれもあんまり可哀そうな気がする。男にもろく男の苦労だけで生涯を終えたようなおまさの感懐だった。

素人に手をつけてはいけない。明治大正の役者ならともかく――それがおまさの唯一の敏夫への教育法になっている。

敏夫は笑って聞き流している。

けれどもおまさは長年色街で暮してきた勘で、敏夫と奈々緒の恋がまだプラトニックなものを越えていないのを感じていた。

奈々緒と敏夫は、たいていおまさの留守におまさの家で逢っているか、ふたりで向島や湘南の海岸へ出かけたりすることを何よりのランデブーとしていた。

もうすっかり役者の世界に入っても敏夫の普段の服装は、替えズボンにツイードの上衣といったスタイルで、一見どこにも役者っぽいところは見られない。これが白塗りで御殿女中などになると思いがけない艶麗な女になりきるなど想像も出来ないようなりりしい感じだった。

奈々緒はもうこの頃では一週間も逢わないでいると、敏夫に聞いてもらいたい話が咽喉元までこみあげてくる気持がする。

母のこと妹のこと、祖母のこと、珠彦のこと、話はいくらしても尽きることがないような気がした。

敏夫は珠彦の話には格別の興味を示した。

「奈々ちゃんとその珠彦って男と、今でもずっと友だち関係なのかい」

「ええ、そうよ。いい遊び相手だわ」

「むこうはもっと友情以上に思ってるんじゃないのかい」

「さあ、そうとはみえないわ。いっしょにいると他愛もないおしゃべりをして結構楽しいけど、それっきりよ。珠彦さんにはこの頃、誰かもっといい女友だちが出来た気配もあるんだもの」

「へえ、そういうことも話すの」

「ううん、それが今度は妙に秘密めかしいの、今までは、喫茶店の子に惚れた時も、学校の英語の教師に憧れた時もみんな話すのに、何だかいい辛そうなのよ。だからあたし、向うがしゃべりたくなるまですてておるんだわ」

「嫉けないのかい」

　奈々緒はびっくりしたように、目をみはって敏夫の顔をみつめた。

「どうして？　嫉けるってことは、相手に恋してるからでしょ」

「そうとは限らないさ。女の子って、みんな自分が誰よりも可愛いんだって何かで読んだよ。だから、自分が好きでない奴でも、自分の方へ心をひきつけておきたいんだ。だから、自分の好きでもないやつでも自分以外の女に目移りするのは癪にさわるんじゃないのかい。つまり自尊心ってやつが傷つくんじゃないのかな」

「ふうん、ずいぶん心理学者なのね。でも、あたしと珠彦の場合は、およそそんなしち面倒くさいことはない筈よ。あたし、珠彦にあなたのこと話してあるもの。ただ向うが今度の相手を妙にかくしたがるけど……それからおもしろいのは珠彦の女中のお静さんよ。以前はあたしが行くのをとても喜んだのに、このごろは露骨にいやな顔みせるの、きっと、何かあるのよ」

そうはいってもまだこの頃奈々緒は一ヵ月に一度くらいの割で珠彦とも逢っていた。

昔の遊び仲間はみんなちりぢりになってしまったけれど、珠彦と奈々緒だけが妙に因縁深く交際がとぎれないできた。

その日、奈々緒は、珠彦の大学のラグビーの選手に憧れている級友のことで、珠彦に電話をかけようと思いたった。敏夫との逢引に時間の都合をつけることでいっぱいで、つい、珠彦ともう一ヵ月近く何の音沙汰もしていなかったのに気づいた。

電話には女中頭のお静が出た。物静かな声で上品な口のききようをするお静の電話の声だけを聞いていると、どんなご大家の令夫人の声としてもおかしくはなかった。

「珠彦さんいます？」

「はあ、ちょっと今、お客さまですけれど」

「長くはないわ、ちょっとお願いがあるの、よんでちょうだい」

「はあ……でも……お客さまが」

奈々緒は、いらいらしてきた。客があったところで、奈々緒の電話に出ないなどということは、一度もない珠彦だった。

「あなた、とりついで下さればいいのよ。珠彦さんが出ないというのならそれでいいのよ」

奈々緒はお静のここ半年ほどの妙によそよそしい態度を思いだし、急に腹だたしくなってきた。お静が故意に、電話を取りつがないでおこうとする態度は僭越だと思えた。

お静と代ってようやく珠彦が出た。

「どんな大切なお客さま？」

奈々緒は、高飛車な調子で訊いた。

「お静さんが電話にも呼んでくれないのよ」

「電話に出てるじゃないか」

珠彦の照れてるとも怒っているとも聞える声だった。

その時、横から、

「いいじゃないの、もう、はっきりいってやっても」

という女の声が聞えてきた。それにつづいてお静のひくい声がする。奈々緒は、あっと思って、せきこんだ声で重ねて訊いた。

「そこにいるのは誰？　隆子さんじゃない」

「う？　うん、そうだ」

「あら、隆子さん、帰っていたの、いつ？」

奈々緒は、その場の空気の気まずさなど忘れてしまってなつかしさに声を弾ませた。

隆子は関西の姉の家へ女学校を卒業と同時に家事手伝い旁々（かたがた）行っていた筈なのだ。

電話口で何かぐずぐずいい争う声がして、隆子の声が珠彦にかわった。

「しばらく」

「あら、どうしたの、いつ帰ったの、ひどいわねちっともしらせてくれないなんて」

「もう半年も前に帰ってたのよ」

「まあ、ひどいっ」

「ふふふ……ちょっとね、色々あって、ところで、もうこっちからあらわれようと思ってたところなの、実は」

横から、よせよという珠彦の声が聞える。

「あのね、実は、この度、あたし婚約いたしまして」

「いやあだ、そんなにきどって、おかしな隆子さん」

奈々緒は電話口でころころ声をあげて笑ってしまった。隆子がふざけているのだとばかり思った。

「相手は珠彦さんなの」

「ええっ」

さすがに奈々緒はいきなり背中を突きとばされたような感じをうけた。

珠彦と隆子がそんなに接近しているとは夢にも知らなかった。第一、隆子と珠彦の間なら、もしそういう事がおこっても何ひとつ奈々緒にかくしておく必要のないことではなかっただろうか。

釈然（しゃくぜん）としない気持の下から、不快さがこみあげてきて奈々緒は一瞬だまりこんだ。

何かまた電話口でいい争う声がして、珠彦の声がはいってきた。

「奈々ちゃん、話はまたゆっくりするよ。いろいろ、あったんだ。すまない」

それっきり受話器ががちゃんとおかれた。

珠彦の最後のことばが奈々緒の耳にのこった。

すまない……どうしてなのだろう。隆子とのふたりの間を今まで奈々緒にかくしていたことに対する後めたさのことなのだろうか。

考えてみれば、そんなことは各人の自由だし、奈々緒と珠彦の間に婚約があったわけでもなく、別にとりたててあやまってもらう問題でもないようだ。第一、自分だって、まだ敏夫との恋を珠彦には打ちあけていない。

一番親しい男友だちとしてなら、迷わず珠彦をあげるだろうに、その珠彦に、敏夫のことがなぜ打ちあけられなかったのだろう……。

そう考えてくると、奈々緒はようやく気持が軽くなってきた。

珠彦も照れているんだと思った。自分が敏夫のことを何度もいいだそうとして照れくさく、またこの次にと思って、のばしのばししたように、珠彦も隆子と奈々緒の仲だからこそ一層照れくさかったし、恥かしかったのだろう。

それにしても、隆子の妙に高ぶった電話の調子は何だったのだろう。そしてお静のあの態度は――。

奈々緒は考えるとわからないことが出てくるのにうんざりして、もうこの問題は考えまいと思った。いつでも、面倒なことは明日考えようというのんきさと楽天的な面が奈々緒にはあった。

その夜、もう八時をまわった頃、いきなり、珠彦が奈々緒の家を訪れた。

これまでも時々訪れることはあってもこんな夜ふけに来ることはなかった。

女学校三年になって、急に大人っぽくなった由美子が、赤い上気した顔でかけこんできて、珠彦の来たことをつげた。

「すてきねえ、あの人、ノーブルだわ」

「じゃ、そいってたっていっといてあげる」

「いやっ、いやよそんなことというの」

由美子に思いきり腕をつねられて、奈々緒が玄関に出ると、珠彦が笑いもしないで、

「ちょっと、出てくれないか」

といった。いつもの珠彦とは別人のように青白く沈鬱な表情をしている。何か険しい雰囲気が珠彦を包んでいた。

奈々緒はすぐ素足に下駄をつっかけて出ようとして、思い直し靴にはきかえた。何だか、すぐ帰りそうにもない気持がしたからだった。

「お姉さま！　おばあちゃんがあんまりおそくならないようにって」

のれんのかげから由美子が片頬だけだして声をかけてきた。祖母のふさは、もう二年ほど、寝たっきりになっている。

奈々緒はいいかげんに返事をしておいて、珠彦の方へ走りよっていった。

赤坂の大通りを横ぎり氷川神社の方へ道をとると、暗い山の上に邸町の塀がどこまでもつづいている。

珠彦は終始だまりこんでそこまでくると、ようやく足をゆるめた。

「いったい、どうしたのよ、今頃」

奈々緒は追いかけるのがせいいっぱいでぜいぜい息をきらしながら立ちどまった。

珠彦も足をとめ、奈々緒を見下した。半かけの月がかかって、星の少い夜だった。月の光りが暗い道をほのかにそめているだけで、あたりは人通りもなかった。

「ぼく、やりきれないんだ」

「なにが？　どうして？」

「隆子とこんなことになってしまって、みんなお静と隆子の謀略(ぼうりゃく)にひっかかったような気がする」

「どういうこと」

「奈々ちゃん！　きみも悪いんだ」

「どうして？　何のことなの？」

珠彦はまた歩きだした。奈々緒も仕方なくその横に並んだ。もう珠彦はさっきのようにせかせかせず、奈々緒の歩調にあわせながらことばをつづける。

「ぼくが奈々ちゃんをどんなに思ってたかわかってただろう」

奈々緒はびっくりして声も出なかった。

珠彦を好きだったし、遊んでこんな楽しい相手はいなかったけれど、今珠彦のいうような情緒のある調子で愛を打ちあけられようとは予想もしていなかった。

「ぼくは、ずっと奈々ちゃんが好きだったんだ。結婚するなら、奈々坊ときめていた」

それはお静の希望で、むしろ珠彦はおもしろがって笑っていたのではなかったか。

「ただぼくの気持を見ぬいたお静が自分の功利的な立場で奈々ちゃんを故意にぼくにくっつけようとするから、かえってぼくは自分の気持に素直になれなかったんだ」

「しらなかったわ……何も……」

「奈々ちゃんが、女学校を出る頃から、何だかぼくには次第に遠くなるような気がしてたまらなかった。

早く、プロポーズしてしまおうと思いながら、ぼくのけちな自尊心が、奈々ちゃんが今に自分からよっかかってくるのを待ちたかったんだ。しかし奈々ちゃんは次第に、ぼくから遠ざかる。そんな時、隆子が関西から帰ってきた。

隆子は、奈々ちゃんをすぐ呼ぼうというぼくをひきとめ、今日は奈々ちゃんに内緒にしてあとでくやしがらせようといった。ぼくは軽い気持でその通りにした。二、三日たって、またやってきた時も隆子は奈々ちゃんを呼びたがらなかった。隆子は関西で酒を覚えたといい、お静にブランディを出させて、ぼくたちは酒をのんだ。ふたりとも酔っぱらったんだ。少くともぼくは本当に酔っぱらってしまった。
ソファーで寝こけてしまい、目がさめたら、女の顔がぼうっとかすんでいた。すぐ灯が消え闇になった。ぼくは夢に奈々ちゃんをみつづけていて夢のつづきのような気がした。

奈々ちゃんの名を呼んで接吻（せっぷん）した。女はその接吻に情熱的にこたえた。途中でぼくはそれが隆子だったとはっきりわかった。そのくせ、そのまま、火のつけられたぼくの情欲はひきかえすことが出来なかった。

同じようなことが、くりかえされた。

ぼくは、過失だとして片をつけたかった。しかし、隆子は許さない。隆子はお静を抱きこんでいた。いや、隆子がお静に抱きこまれていたのかもしれない。

隆子はおなかにぼくの子供がいるのだという。もう二ヵ月になるんだそうだ」

奈々緒は頭が混乱してわけがわからなくなってきた。

思いがけない珠彦の告白だったけれど、まだ何か珠彦がかくしているような気がする。珠彦の様子は、まだ、かくしごとを打ちあけたというさっぱりした態度ではなかった。

「でも……それでいいじゃないの、隆子さんは奥さんにして悪い人じゃないわ」

「……奈々ちゃんが、小玉善之助の娘だったら、話はもっとちがってたんだ。それをお静がつまらないことをさぐりだして、隆子に智慧をつけ、ぼくの家の方へ働きかけた」

「ちょっと待って！」

奈々緒は、はじめて強い口調をだし、立ちどまりざま、珠彦の腕をつかんだ。

遠い声

珠彦と隆子の結婚式に、出席しないという理由が見つからなかった。

時局下で派手なことは出来ないという話だったが、Tホテルでの結婚式は、これが戦時下の結婚式かと思われるほど、料理も引出物も盛大なものだった。

珠彦はモーニングを着、花嫁は白無垢(むく)の打かけ姿、型通りの新郎新婦は金屏風(きんびょうぶ)の前でやや堅い表情で立っていた。

奈々緒は、菊江の好みのピンク色に四君子(くんし)の訪問着を着せられて出席した。

隆子が意識しているほどふたりの結婚に嫉妬も羨望(せんぼう)も感じてはいないけれど、珠彦から聞いた本当の父の話だけは胸にこたえていて、あれ以来、奈々緒は隆子に逢っていない。

「珠彦さんと奈々緒は、仲がよかったんじゃないのかい？」

　ふたりの結婚式の招待状を見せた時、菊江は不満らしい顔付で聞いた。菊江の望む堅気の嫁にするには一番手近なところにいる候補者が珠彦だったのだ。

「仲はよかったわよ」

「あたしは恋愛関係かと思ってたんだよ」

「男と女が仲がいいとすぐそう思うのは旧いのよ」

「そうかねえ。でも隆子さんなんかより、お前の方がよっぽどきりょうはいいんだけどねえ。どうして珠彦さんはあっちを選んだのかね」

「馬鹿ね。そんなこと知るもんですか。隆子さんの家の方が少くともうちよかちゃんとしてるんでしょうよ」

　菊江は、じろっと、奈々緒の顔をみかえったが、頰をひくひくさせただけで、その話はそれっきり打ちきって黙ってしまった。

　珠彦から、実父の話を聞いて以来も、奈々緒は誰にもそれを問いただすようなことはしていない。もうその父なる人が故人になっているということで、かえってほっとする想いがあった。踊りを習っている関係で、奈々緒も文楽が上京する度こまめに観にいってはいるけれど、まさかあの世界に自分の血がつながっているなど想像したこともなかったのだ。

「花嫁さんのお衣裳も大変ですね」

「ほんとに……衣料キップじゃ、とても嫁入仕度なんて出来やしませんわ。あたくしのところなんか、娘が三人もおりますでしょう。今からもう闇でキップをせっせと集めておりますのよ」

「ほんとにねえ。いつまでこんな時代がつづくのでしょう」

中年の参列者が奈々緒の前で話しあっている。結婚式の披露宴くらい、退屈でつまらないものはない。

――あたしの時は、絶対こんな時間つぶしの閑つぶしはしやしないから――奈々緒は心の中でむしゃくしゃしながら、退屈なスピーチの間じゅうせっせと料理を平らげていた。奈々緒の左右は隆子と同じクラスの学友だったが、みんな神妙にひかえていた。宴が終るのを待ちかねたように、奈々緒たちは打ちつれて外へ出た。ハネムーンは時局がらとりやめというので、見送りという行事だけがはぶかれている。

三人の娘たちは、Tホテルの隣りのビルの地下の喫茶店に腰をおろして、ようやく日頃並の口をききだした。

「ああ、苦しい。帯ってほんとにいやだわ。ね、隆子さんも何だか、今日は青い顔してなかった？」

「うそ、あれは白粉をまっ白にぬってるせいよ」

「そうかな、何だかあたし、苦しそうにみえたけど」

そういった友人は、急に声をひそめ、みんなの顔をテーブルに集めさせた。

「ね？　知らない？　隆子さん、おなかが大きいんですってよ」

「あらっ、誰にきいたの」

「それはいえないわ。要するに、うちのお姉さまがかかりつけの婦人科のお医者が、やっぱり、隆子さんのお姉さまのかかりつけらしいわ」

「何でももう五ヵ月ちかいんですって」

云えないといい乍ら、その出所まで匂わせて、

「まあ、それであんなにわからないもの？」

「だって、ほら、お色直しってのがはぶかれてるからわかりゃしないわ。ね、あの打掛けですもの」

あとははじけるように笑ってしまう。その二人の友だちも、奈々緒と、珠彦が結ばれるものと思っていたというので、奈々緒はうんざりしてしまった。妙に同情したようないい方で、わざと隆子の悪口がきかされるのがたまらなかった。

すっかり憂鬱になって帰った奈々緒を、菊江が待ちかねているという。

「おめしものをそのままでって、おっしゃってます」

たまが気の毒そうにいうので、仕方なく奈々緒は結婚式から帰ったままの姿で母のいる母屋の方へ出かけていった。菊江もまたすっかり盛装している。妙に地味づくりの落着いた感じだった。

「いったいどうしたの、早くぬがせてよ」

「ちょっと、これからごはんを食べにいくんだよ」

「じゃ、なおのこと、こんな着物いやよ。何も食べられりゃしないわ」

「帰ってきたら、うんと食べさせてあげるよ。ま、がまんおし」

「いったいどこへゆくのよ」

「ついてくりゃあわかりますよ」

まさか、また父親と称する新しい男の所へではないでしょうねと、口まで出かかったことばをのみこみ、迷惑そうに母の後から車に乗りこんだ。

築地にある料亭小笹は、菊江の旧い女友だちの店とか聞いている。

小笹の奥座敷に通されると、肥って、坐りきれないとこぼしている女将がすぐ顔をみせた。

「ああ、よかった。約束の時間にはまだ十分もあるんだけど、向うさまがもう十五分も前に着いちゃってるのよ。あたしゃ、どうしようかとはらはらしてたわ」

女将は、奈々緒の顔を、細い目をいっそう贅肉の中に埋めるようにして見つめた。

「いい着物ね。でも、口紅が薄いんじゃない？　奈々ちゃんは眉が濃いから、もっと口唇が強くていいわよ」

菊江が、お直しよと、小声で叱りつける。

「それじゃ、もうお食事はじめるわね。じゃ、あちらへご案内させるわ」

いつベルを押したのか、すぐ年増の女中が出て来て、ふたりを廊下の向うへ案内する。もう奈々緒は母に口を利かなかった。また何か菊江がたくらんでいるなと思っただけだった。

広い部屋の中に、床の間を背にして紺色の背広の眼鏡をかけた男が坐っていた。

女将がどこから早廻りしたのか、その横にでんと坐っている。

菊江がいやに丁寧に頭をさげ、

「奈々緒でございます」

と紹介した。女将のことばで、男が関屋というのがわかった。

奈々緒と関屋が真向きになるような席につかせられた。次々料理が運ばれてくる。

会話は、菊江と関屋と女将の間でピンポンのボールのように、飛びかうだけで、奈々緒の上を素通りする。関屋はさされると悪びれず盃をあける。相当のめるようだった。奈々緒は少し箸をつけただけで、帯がくるしくて、昼間のホテルでのようには食べられない。

「小食なんですか」

関屋がはじめて奈々緒に訊いた。

「いいえ、いつもは大食いですわ。今日は帯が苦しくて」

菊江がぎゅっと、机の下で奈々緒の脚をつねりあげた。

関屋は時々笑ったが、笑い声をたてながら、顔は面のように動かない。奈々緒は気味の悪い人だと思った。彫りきざんだ様に端正な顔だちなのに奈々緒は関屋から陰気くさい、窮屈な感じしか受けなかった。

それでも、会話のやりとりを聞いていると、関屋の職業が製鋼会社の技師らしいこと、ある重要な軍需品を造っているため、応召はされないこと、故郷は新潟の田舎で、まだ両親も健在なことなどがわかってきた。関屋が十人兄弟の九人めの子供だと聞いた時だけ、奈々緒はまじまじと関屋の顔をみつめてしまった。十人も子供を産んだ関屋の母のイメージが想像出来なかった。

　二時間あまりの後、関屋が立ち上った時、小笹の女将も菊江もいそいそと送りに出た。

　奈々緒がひとり居残っていると、さっきの女中があわただしく入ってきた。

「お嬢さま、お玄関までお見送りなさいますようにと」

「しびれがきれて立てないっていっておいてよ」

　奈々緒は踊りやお茶できたえているから、坐るのは苦痛でなかったけれど、わざとそういった。

　入れちがいに菊江があわてふためいて入ってきた。

「ばかっ！　早くおいで。今、お手洗いに入ってらっしゃるから、今のうちに出ておいで」

「いやよ」

「何をいうんです」

「母さんこそ何さ、今日のこの会は何のつもりなの、あんな人あたし大きらいよ」

「奈々緒っ！」

　菊江は目を吊りあげるようにして睨みつけたが、間にあわないと思ったらしく、いきなり、奈々緒の腕を摑むと、ひきずるようにして入口へ引っぱっていった。あんまり浅ましいと思って、奈々緒はあきらめて、玄関へ出た。

関屋の車が遠ざかるのをまちかねて、奈々緒はその場から引きかえそうとはせず、

「草履ちょうだい」

と、女中にいいつけた。おろおろして、草履を揃える女中の肩を突きとばすような勢いで、そのまま、外へ走り出ていった。何か叫ぶ母や女将の声を聞いたが、ふりかえらなかった。

考えてみたら、ハンドバッグも座敷においたままだった。一銭も持っていない。走って来た車をとめ、とびのると、奈々緒はとっさにおまさの家の住所をつげていた。敏夫が居るとは思えないけれど、せめておまさがいてくれたら……万一、おまさもいなければ、時計でも渡して、車代にしよう。そんなやけっぱちの気持で車にゆられていると、改めて口惜しさがふきあげてくる。いくら暢気でも、今夜の会食が関屋と自分の見合いだとは想像がついた。なぜそれを自分に一言も教えず、いきなりああいう目にあわすのかと思うと、菊江のいつに変らない独断とひとりよがりに胸が煮えてくる。

「車代かして」

と、駈けこんだ正装の奈々緒におまさが目をみはった。

「いったい、どうなすったんです」

　おまさののんびりした顔をみると、おさえていた口惜しさがせきあげて奈々緒はおまさの膝にしがみついて泣いた。

　なだめすかしてようやく事情のわかったおまさは、先ず奈々緒に帯をとかせ、着物をゆるめてやった。

「わかりましたよ、お母さんが、あせったんだね。きっと色んな話が急にとんとんいって、今夜ならその関屋って人が都合がいいといったもんで、いきなりとりきめちゃったんですよ」

「そんな馬鹿なことってないわ」

「でも……」

　おまさは銀煙管の煙草を、掌でぽんとはたきおとして言った。

「おっかさんという人は、あれでこうと思いこんだら絶対におしきる強い人だからね」

「だってそんな、あたしの気持もきかないで」

「……奈々ちゃん、前から、一度訊いてみたかったけど、あんた、うちの敏夫とは」

　奈々緒の顔に、みるみる血がかけ上った。いやだわと、口の中でつぶやいて、袂の中に顔を埋めてしまった奈々緒をみて、おまさが重いため息をついた。

「今の若い人の気持はわからないけど、きれいな仲なんだろうね」

「いやっ！　そんなこと、ひどいわ」

「ごめんなさいよ。いえね、敏夫が、明後日（あさって）発（た）つもんだから」

「えっ、どこへ行くの」

「何でも今度いろんな劇団からかり集めて、戦地慰問団が出発するんだそうですよ。どこへつれてかれるか、誰もわからないんだって、敏夫もその中へ志願して入ってしまって、どうとめたってきかないんですよ」

「ひどいわ。あたしにだって、いってくれやしない」

その夜、敏夫が帰ってきたのはもう十一時をとうにすぎていた。

「何だ来てたの」

牡丹（ぼたん）が崩れたような華やかさで、そこに坐っている奈々緒を見て、敏夫は目をまるくした。

おまさは、二階へ上ったきりしばらく下りて来なかったが、やがて姿を見せると、

「あたしゃ、明日朝、早い仕事があるから、今夜から出かけるよ。奈々ちゃんは泊るそうだから、敏夫、戸締り頼んだよ」

あっけにとられている奈々緒を残して、さっさと出ていってしまった。

「今頃、どこへゆくの」

「きっと、近所の仲間んとこだよ」

敏夫は花札を打つ手つきをしてみせ薄く笑った。

敏夫が奈々緒をのこし二階へ上ったかと思うとすぐ階段の上から奈々緒を呼びあげた。

「おいでよ。やっぱりこうだ」

何気なしにかけ上っていった奈々緒は、声をのんだまま思わず敏夫の腕につかまった。

六畳の部屋いっぱいに、この家では一番上等のふとんがこんもりともりあがっている。枕が二つ、ふとんの上に並んでいた。

「何だか、こんなことじゃないかと思ったんだ」

敏夫は、ふとんをはねのけて、壁ぎわに坐ると自分のたてた膝を抱いた。奈々緒もふとんをおしのけるようにして部屋のすみに坐った。

「おふくろは、ぼくが戦地へいくときまった時からしきりに、こういうことをすめるんだ。ぼくがまだ女を知らないと思っていて、万一、輸送船の中でぼくがやられてしまったら可愛そうだといっている。おふくろみたいな環境で生きてきた人間は、そういうことしか考えられないんだ。そのくせ、ぼくがまだ童貞だと信じこんでいる」

「と、敏夫さん、あんた、そうだったの」

奈々緒は、身を引くような感じで、まじまじ敏夫をみつめた。恥ずかしさよりも愕(おどろ)きと不思議な腹立たしさがつきあげてきた。

「奈々ちゃん、ぼくらの世界は、そういうことは早いんだよ。ぼくは正直いって、奈々ちゃんを好きでたまらなくなったから、ぼくのひいきの芸者のいうことも聞いたんだ。二ヵ月前だ。奈々ちゃんをひどいめにあわせそうで怖くて仕様がなかったからだ」

「こっちの方がひどいことじゃないの」

「そうじゃないと思うよ。奈々ちゃんにいつか感謝されるかもしれないよ、ぼくは本気で奈々ちゃんを好きだ」

「だって……だったら……」

「奈々ちゃんは何もわかってやしないんだよ。うちのおふくろなんて今夜さえすめば、あとのことは自分が全部悪役を引きうけてあやまってしまうつもりでいる。わかってるんだよ。でもぼくは奈々ちゃんをきれいなままで帰す。奈々ちゃん、気持を悪くしないでくれ。今夜ぼくはその女と、最後の別れをしてきたところだ」

　奈々緒は急に敏夫が自分より十歳も年上のように思えてきた。ついこの間まで、気軽に何でも喋れて、その胸に平気で抱かれていたのは夢だったのだろうか。いったい敏夫の中に何がおこったというのだろう。

　奈々緒は、自分の中の混乱をどういいあらわしていいかわからず、ただ大きな目で、敏夫の目をまじまじ見据えていた。

「奈々ちゃんはやっぱり堅気に嫁にいってくれよ。ぼくは奈々ちゃんのおふくろさんの悲願みたいなものがわかる気がするんだ。ぼくのおふくろだって、女の子を持ったらごくあたり前の結婚をさせたがるだろう。男次第で女なんて幸福にも不幸にもなるさ。ぼくなんかはじめから、役者になりたがるような変り者だもの。その上、この世界は家柄がものをいう。家柄も後楯もなくて、役者になるぼくの一生なんてしれてるじゃないか」

「敏夫さん、どうしたの、どうしてそんなに急に変ったの、何だか、いつもの敏夫さんじゃない。いやだわ、いつもの敏夫さんじゃないもの」

　奈々緒はもう、たまりかねて敏夫の胸に軀をうちつけると、本当の敏夫をよび醒し（さま）でもするように、その胸をこぶしで叩きつづけた。

「ね、ちゃんとこっちみて！　あたしの目をみて！」

敏夫に送られて、奈々緒が家へ帰りついた時はもう真夜中の二時だった。裏木戸の入口で敏夫は今夜はじめて奈々緒をかき抱いた。

奈々緒は敏夫がようやく唇をはなした時、ぐったりとして敏夫の胸に倒れかかっていた。

これまでの接吻と、それはまったくちがっていた。激しい目まいが吸いつくされた息の下からおこってくる。敏夫がもうすでに、この間までの敏夫でないことは、今の接吻ひとつではっきりと奈々緒にも納得出来た。

ひどい辱しめをうけたような心の痛みと、もっともっと、敏夫からひどく扱われたいようなやるせない期待が胸にわいていた。

奈々緒は、まつ毛をふるわせながら、もう一度静かに顔をあげ、唇をさしだした。

いつものやさしい接吻が落ちてきた。

たった今、嵐のようにすぎていったものが、夢としか思えないおだやかな敏夫の笑顔がそこにあった。

「ごきげんよう。もう、発つ時送ってなんか来ないで。お願いだ。逢えてよかった」

「手紙くれる？」

「出せたらね」

敏夫が奈々緒の肩ごしにいつのまにか木戸のベルを押していた。塀の中にかたかたと、あわただしい足音が走ってくる。

「じゃ」

敏夫がさっと闇に身を走りこませてしまった。

「敏夫さん」

奈々緒が夢中で闇の中へ追いすがろうとした時、木戸が開いた。

「ああ、お嬢さま！」

たまが、しがみついてきた。

「どんなに心配しましたでしょう。もう、心配で……心配で……十二時頃、奥さまから、まだ帰らないかって訊かれた時から、生きた心地もしてやしません。早くお入り下さい」

たまは、奈々緒を抱えこんで木戸をくぐらせてしまった。

「もうとっくに帰られたことにしておきますから、そのおつもりでいて下さいましよ。幸い、坂西（さかにし）中将の宴会で、まださわいでいらっしゃいますから」

たまが何をいってても奈々緒はもう返事をするのもいやになった。

祖母はもう寝入っていて、何も知らない。この頃は夜と昼のけじめもないほど眠りつづけていることが多いのだ。

自分の部屋に入ると、たまの敷いてくれてあったふとんに、奈々緒はそのまま軀を投げつけて泣いた。

隣室の由美子に聞かれると思いながら、せきあげてくる泣き声をとめることが出来なかった。

寝床に入っても、まだ今日一日のことが夢のようで信じられない。

何と長い一日だったことだろう。珠彦と隆子の姿、関屋という男、それに敏夫、それらの影像がとじた目の中にぐるぐる折り重って、風車のようにまわっている。

生まれてはじめて、自分がよりどころもない淋しい人間だという気がしてきた。暗い広い海に、ひとりで漂(ただよ)い流されているような心細さがせまってくる。

いったい誰が自分を愛してくれているのだろう。母も妹も、世間の母や妹のようになつかしくはない。奈々緒は自分だけが、どこか心情に欠けているところがあるのだろうかと心細くなった。

珠彦を好きだったけれど、それだって隆子と結ばれた珠彦をみて、嫉妬さえおこらない程度だった。

貴美子は……あれほど愛されたと思ったのに、すでに関西へ嫁いだと聞く貴美子は年賀状さえよこさなくなっている。つまりは本当の恋人にめぐりあうまでの、なぐさみにすぎなかったのだ。そして敏夫は……奈々緒は、今夜の敏夫のことばのひとつひとつを思いだし、しつこく反芻してみた。どんな美しいことばで飾ったところで、結局他の年上の美しい女に愛され、その女への義理だてに、もう奈々緒との淡い恋愛ごっこはお終いにしようということではなかったか。

奈々緒の目はいつのまにか、涙も乾いていた。最後に浮かんだのは、関屋の無表情に近い顔だった。

逃げても、もがいても、こうと思ったことでやりとげなかったことがないと自慢している母が心にきめた縁談なら、結局はそこへ落着かされるのだろう。

深い絶望感が全身を捕え、奈々緒はもう指一本動かすのも大儀になった。

暗い波にゆりあげゆりあげされているような幻影に流されているうち、いつか奈々緒は眠りこんでいたようだった。

枕許で何かさわがしい声がしているようで、目を覚ました。

「ああ、目がさめたね」

のぞきこんだのは菊江だった。奈々緒はまだ夢のつづきをみているような感じで、目をこすった。

「あんまり心配させないでおくれ。たまが、火みたいに、お前が熱くなってるなんて、かけこんできたから本当に目をまわしそうだったよ。何でもショック熱みたいなもので、お前のような年ごろには時々おこるんだって、お医者さんがいってたよ」

「お医者が来たの」

声をだしてみると、まるで人の声のようにか細く頼りない。

「電話で聞いたのさ。もうまもなくおみえになるよ」

奈々緒は母に背をむけて寝返りをうった。

昨日の怒りがまたこみあげてきた。

菊江の方も、今の今まで心配しきっていたことを忘れ、昨日の奈々緒に対する憤りが突然よみがえったようだった。

「あっちへいっててよ。大丈夫なのよ」

「何てご挨拶だい。それでいいと思ってるのかい。昨日はあんな恥をかかして、相手が小笹の女将さんだったから、笑ってすましてくれたけれど他の人だったら、どうおしだえ」

「あっちへいっててよ。聞きたくないのよ。あんな男大きらいよ」

菊江は今度こそ腹をたてたらしく、ぶるぶる上体をふるわせていたが、そのまま、くるっと背をみせて奈々緒の枕許から去っていった。

医者が来てみると、思いがけず奈々緒は急性黄疸をおこしているというので安静が命じられた。

いわれてみると、昨日はそうでもなかったのに、奈々緒の両眼は黄色くにごっていた。

夕方になってまた熱が上り、はき気がする。菊江は、夜になってまた見廻ってくると、

「罰が当ったんだよ」

と枕許で毒づいた。

奈々緒の熱は上ったり下ったりで、目だけでなく翌日には顔や手まで黄色くみえてきた。

とうとう、敏夫さんを送れなかった。

プラットホームへゆかないまでも、せめて敏夫を乗せた列車の通り道でこっそり見送りたかったのに。

たまが、終日、奈々緒の枕許につきそってくれていた。

敏夫が発つのは今日だというだけで、時間も何もわからない。おまさに訊けばわかるけれど、ああしたことのあった今、それも気おくれがする。

「ね、たまさん、あなたはいくつになったの」

「いやですね。お嬢さま、何ですかまた急に」

「ううん、あんたとうとう、うちにずっといてくれたおかげで、お嫁にいきそびれてしまったんじゃないかと思ったの」

「何をおっしゃるやら。たまは結婚なんて考えたことありません」

「どうして?」

「両親の結婚生活を見ていたら、夫婦になんてなるものじゃないと思いましたよ」

「どうしてなの」

「父は人はいいのですけれど、ばくちが病気なんです。そのため年中、母とのけんかがたえません。ふたりでいきりたつと、うつ、ける、かみつく、もうそれを見せられている子供には地獄より浅ましいんです。あたしは、つくづく、あんな夫婦生活なら、一生ひとりでいよう。そうすれば子供もうまないですむと思いましたよ。それに、きりょうもよくありませんし」

「結婚しなくたって、子供は出来るわ」

「まあ、お嬢さま」

たまの方が、どぎまぎして赤くなった。

「ごめんね。変なこといって。たま、あたしも、お母さんをみてたら、結婚なんかしたくないわ。でもお母さんは、自分の見残した夢がどうしてもあきらめられないらしいのよ。あたしに、それをさせようとする」

「お嬢さままた熱が出ます。もうおやすみ下さい」

そんな話をしている時、電話が鳴った。

「はあ？　お嬢さまはいらっしゃいますけど、ご病気で……はあ、敏夫さん」

「たま！　出るわ」

奈々緒は、寝床から這って出ると、電話のある廊下までよろめいていった。起きると、ぐらぐらするほど全身の力がぬけていた。目がまわりそうで息が苦しい。

おろおろするたまをつきのけて受話器を奪った。

「はい、あたし」

「奈々緒さんでいらっしゃいますか」

思いがけない女の声だった。

すうっと、後頭部の血のひいていくような感じになった。

落着いた細い女の声がつづいた。

「敏夫さんはさっき発ちました。お嬢さまのことを最後まで気にしていましたので、ちょっとお伝え申しあげたくて」

「……あなたは？」

「はい……名を申しあげるほどのものでもございません」

「お嬢さま」

たまが、受話器をもったまま、その場にずるっと坐りこんだ奈々緒を抱きおこした。

その夜また、奈々緒は高熱をだした。

夢の中に、女の細い声がくりかえし、くりかえし聞こえている。そのくせ、何といっているのか聞こえない、もどかしくて、思いきり、追いかけようとすると、ばったり脚をすくわれてしまう。

揺りおこされると、たまがのぞきこんでいた。

「あんまり、うなされていらっしゃるので、おおこししてしまいました」

頰がびっしょり濡れているのに気づき、奈々緒はたまにきいた。

「泣いていた？　夢の中で」

「はい……それから、しきりにどなたかをお呼びになって」

「としおさんっていったのでしょ」

「はあ」

「もういいのよ、たま。その人は、あたしの仲よしだったけど、戦地へいってしまったの。兵隊じゃなくて、役者さんなのよ。でももう、おしまいなの。万一帰ってきてももう逢わないわ」

枕許に新しい果物かごがあるのをみつけて奈々緒はきいた。

「だれから？」

「あの、関屋さんという名刺がついています。さっき、奥さまが持ってこられて」

奈々緒はくるっとたまに背をむけた。

やはり、関屋の件は、菊江はあきらめていないのだということがわかった。

細い女の声がまた聞こえてきた。

奈々緒は両手で耳をふさぎ、じっと息をつめていた。嵐が通りすぎるのを待つ花のようにうなだれて、じっと息をつめていた。

受胎告知

関屋と奈々緒の結婚式が挙げられたのはその翌年の節分の日だった。

前年の秋の終り敏夫の死が伝わっていたし、年の暮には珠彦が応召していた。慰問団の中にチフスが発生し、敏夫ともうひとり年老いた喜劇役者が死亡したということだった。満州の奥のジャムスという地が敏夫の最後にゆきついたところだったらしい。

その報せが入って以来、おまさは急に老けこんでしまい、いっそう酒びたりになってほとんど仕事も手につかなくなっていた。酒の配給が少いというので縁の下に自分で怪しげなどぶろくをつくり、木杓でくみあげては朝晩のんでいるという噂だった。もう手が震えて、商売も出来ないとの評判もたっていた。

奈々緒は敏夫の死を聞いてから、関屋との縁談にどうでもいいというなげやりな態度をみせはじめた。一度思いたったことは、あくまでつらぬいてしまう菊江は、そんな奈々緒の態度をぬけめなく捕えて、とんとんとこの縁談をまとめあげてしまったのだった。

前年よりいっそう戦局はきびしくなり、暮らしの上にも様々な不自由が重なりあってきていた。けれども菊の家の台所には米も酒も味噌も砂糖も、ないものはなかった。

もう大げさな結婚式は世間にも憚りのある気風が生じていたので、式は菊の家であげられた。せめておまさの手で花嫁姿につくってもらいたいという奈々緒の希望はいれられなかった。菊江は、昔のよしみでおまさに時々、見舞の品を持たせてやったりはしていたけれど、手の震えのきたおまさに自分の髪ももう決してあげさせなくなっている。

高島田に白無垢のうちかけという型通りの花嫁姿の奈々緒は、小柄なだけに人形のように可憐で美しかった。一方モーニングをつけた関屋のすらりとした長身といい、その端正な落着いた風貌といい、決して花嫁に見劣りするどころか、招かれた客のすべてが、

「さすがに菊江さんね。この男ひでりの日本で、何てすてきなお婿さんを見つけたんでしょう」

と囁きあった。この日の菊江は朝から上機嫌で誰彼にてきぱき指図しながら立働いていた。奈々緒は関屋家へ貰われていくのだけれど九男の関屋が滝沢家に養子に入ったような感じだった。結婚式には新潟の関屋の実家から長兄夫妻と、東京に住んでいるすぐ上の兄夫妻と叔父が出席しただけだった。菊江はこの縁談をとりまとめるための半年余りの心労を思うと、瞼の裏まで涙がこみあげてくる。今日の結婚式の費用も披露宴の費用も、関屋家はほんの形ばかりを出しただけで、ほとんどすべてを菊江ひとりでまかなっていることなど、決して菊江は人には洩らさない。金屏風の前に並んだ奈々緒と関屋を見比べていると嬉しさと安堵で、全身が震えてきそうだった。

これでようやく、自分の長い夢を果したと思う。こういう晴れ姿をついに自分の身の上には持つ日のなかった口惜しさも、これでいく分はいやされた気がしてきた。奈々緒の花嫁姿が涙で霞んだ目にはふと、自分の若い日の映像のような錯覚をおこして見えてくる。

奈々緒が今日の日を迎えた最後の最後まで決して嬉しそうな表情も見せなかったことがちらっと不吉な想いを誘ったけれど、菊江はあわててそれを自分の胸から打ち消していた。

――どうせ何もわかってはいないんだ。我がままいっぱいで、結婚がどんなものか、男がどんなものかもわかっちゃいないんだ。いつかはあの子もあたしの選んだ結婚に感謝してくれる日があるだろう――

　菊江はこの結婚の為にどれほどへり下り、どれほど一方的に不利な条件も鵜のみにしてきたかを一挙に思いだした。籍はもちろん関屋に入れ、関屋夫婦のため、菊江は西荻窪に新居とすべき家と土地の用意さえしてある。贅沢に育った奈々緒に不自由させないためという名目で、関屋の自尊心を傷つけないよう、さんざんへり下り、頼みこむ形で月々の応分の仕送りもすることになっている。すべては仲人からやんわり持ち出された話だったが、私生児にまっとうな結婚をさせる為の代価だとほのめかされて、菊江はあらゆる条件を呑んできたのだった。今、菊江は落着いていかにも分別ありそうな関屋昇をみながら、そっと目頭をおさえている。高い価についた聟だったけれど、それを決して惜しいとは思わない。自分が夢に描きつづけてきた物堅いサラリーマンの男――風貌が上品で、知的な目をした男らしい男が目の前に立っているのだ。その男から、菊江はもう何度か――おかあさん――と呼びかけられている。その度感じる一種の不満をも菊江は決して表には出していない。不満の原因も自分にむかってつきとめてはいない。何となくこの頼もしい娘聟になる男からおかあさんと呼ばれるには自分が若すぎるような気がしているのだった。

新婚旅行は遠慮して初夜は西荻窪の新しい家で迎えることにしてあった。

その家の掃除も飾りつけも、すでに、昨日菊江は自分で陣頭に立って指揮し終えてあった。

二階の八畳の客間に新床の用意もしつらえてきた。今菊江は目の前に枕屛風の下にうず高く盛り上って敷かれたふとんも、二つの新枕の厚さもそのカバーのはじについた花の刺繡もはっきりと思い描くことが出来た。

昨夜、寝床の中から細い首をあげ、ふさが菊江にいったものだ。

「菊さん、あんた、奈々にあれは教えてあるのかい」

「いいえ、おばあちゃん、まだですよ、何ならおばあちゃんにお頼みしようかと思ったんだけど、でも、そんな必要がありますかねえ」

「そうだねえ……今時の娘だものね」

ふさも、菊江もそれっきりそれについては触れていない。菊江もふさも結婚式の直前になって急に奈々緒の処女について自信を失くしていたのだった。考えてみれば奈々緒が処女であるという証拠などどこにもなかった。女学校時代から軟派の不良少女だと思われていたし、最近ではどうやら、髪結いのおまさの養子の敏夫とだって相当なつきあいをしていたらしい。珠彦とだって、いっしょによくキャンプに出かけたり、夜の十一時十二時まで遊んで帰ったことがあった。菊江は初夜の躾をするよりも出来るなら、万一の場合の処女の偽装の心得をしておきたいような気持だった。ふさや菊江の生きてきた色街では常識になっているその心得を、もちろん奈々緒は識っている筈がないのだ。

堅気の家庭の母親が何の懸念ももたずに出来る性的なことばを菊江は決して娘の前でかりそめにも口に上らせることが出来なかった。

性的な羞恥心とかそれから惨む色気などというのはこの頃ではむしろ花街にしか残っていないことを菊江は知らなかったのだ。淫靡なもの、卑猥なものは堅気の家庭にはみじんもあってはならないと決めこんでいた。

菊江の心配をよそに、奈々緒は重そうな頭をややうつむきかげんにして、菊江がはらはらするくらい料理に手をつける。

披露宴も終り、仲人がふたりを車にのせて新居に送りこむのを見送ってしまうと、菊江は急にがっくりときた疲れにその場に坐りこみたくなってしまった。床についたまま、今日の式に参列出来なかったふさを見舞い、珍しく菊江はその枕元で一時間近くも坐っていた。

「もう終ったろうね」

目を閉じたまま、ふさが思いだしたようにつぶやいた。はっと菊江が気がつくと、いつのまにか灰皿に煙草の吸がらがいっぱいになっていた。ここへ来て、菊江はほとんど口をきいていなかったようだ。


仲人が帰っていくと、関屋は長い時間トイレに入っていた。奈々緒は仲人にそうされたままの緋繻子の長襦袢姿で、ふとんの脇に坐っていた。そんな自分が羽をむしられた赤裸の醜い鶏のように思われてわびしかった。

いつのまにか関屋が帰って来て奈々緒の横を通りぬけかけぶとんをはねのけて、ふとんの上に坐った。二枚重ねの厚いふとんの上から畳に坐っている奈々緒を見下すようにして、関屋は落着いた声でいった。

「今夜からはもう関屋流にやることだね。これまでのような料亭の娘のやり口を万事につけて改めてもらわなくちゃあならない。ぼくのサラリーは少いんだからその範囲でやってもらわないと困るよ。もちろん、きみは金の計算とか、やりくりは下手だろうから、ぼくが家計は握っておくよ」

「お母さんから毎月いくらかくれる筈だわ」

奈々緒もまけていないでいいかえした。今日まで話はどんどん進められていたし、関屋は何度か訪ねても来ていたけれどいつでも母や仲人が同席していて、奈々緒は関屋と二人きりで話をしたということがなかった。二人きりになってみて、その空気の重苦しさに奈々緒はもう逃げだしたいような息苦しさを感じてきた。

「そんなものをあてにしては困るね。万一くれたとしてもそれは貯金しておくことだ。ぼくのサラリーの範囲内でやれないようなら堅気の妻君なんてならなければいいのだ」

――あたしが望んだんじゃないわ――

口まで出かかったことばを辛うじてのみこんだ。二人きりで話してみると、人をへだてて逢っていた時よりももっと虫の好かない人間なのがわかってきて、奈々緒はいっそう寒々とした気持になってきた。関屋の美しいが冷い、何のうるおいもない目をみるのが厭でうつむいていると、ふいに涙がこぼれそうな気持になってきた。おまさの家で、やはりこういう赤いふとんのもり上った横で敏夫と話しあった日のことがなまなましく思いだされてきた。敏夫はあの時、奈々緒に手ひどいことをいいながらも、かぎりなくやさしかったのを思いだした。そこに敏夫が坐っており、たとえ耳に嬉しくないことばでも、とにかく敏夫の声が聞えているだけで心がなごみ、全身が安らいでいたこともありあり思いだされてくる。関屋といる今のこの空気とはどんなにちがっていただろう。奈々緒がうなだれて、赤い襦袢の膝の上にほろっと涙をこぼしたのをみて、関屋はどう勘ちがいしたのか、

「仕様がないね。怒ったんじゃないんだよ。きみはもう奥さんなのだから、いつまでも子供っぽくては困るんだよ。しっかりした主婦にならなきゃあ」

関屋のお説教がいつまでつづくのだろうと思っていると、ふっと関屋の声がやんだ。

不審がって目をあげた奈々緒はめがねを外した関屋の顔にぶつかった。大きな美しい目がめがねをとると急に細く、一まわり小さくなったように見える。するといっそう関屋のどこか酷薄（こくはく）そうな感じが表面に滲み出てきた。

「ここへ来なさい」

関屋は手をかざす口だけで奈々緒をうながした。関屋の手がはじめて触れた時、奈々緒はほとんど声をあげ誰かを呼びそうになった。その声を関屋の唇でふさがれ、奈々緒は同時に自由を奪われた。何もかも関屋の手でとりのぞかれた時は、気を失ったようにおとなしくなっていた。関屋は不気味なほど落着いて、あかあかと灯をつけ

たまま、その下で悠々と奈々緒の破瓜を行なった。

　奈々緒は手術を受ける病人のようにおとなしく、死人の様に無表情、無感動だった。その瞬間だけ、むっと、咽喉の奥でうめき、唇を噛んだ。

　終った関屋は、はじめて声をだして必要なもののありかを訊いた。奈々緒は関屋の訊いている意味がわからずきょとんとしていた。

「用意していないの」

「……ええ」

「おかあさんに聞いていなかったの」

「……ええ」

「必要だということを知らなかったの。きみのうちの商売が商売じゃないか、かまととぶらなくていいんだよ」

　今は奈々緒ははっきり目をあけて関屋を見あげていた。奈々緒と軀の一部で結びついたまま、関屋は直角に上から奈々緒を見下していた。どんなささいな表情も見おとすまいというふうに。いつのまにかまた関屋はふたたびめがねをかけている。

　奈々緒が本当に困りきったような表情をしているのをみて、関屋は思いついて念のため夜具の下に手をいれた。それはちゃんと菊江の手でそこに用意され、仲人にさっき確められてちゃんとあった。

関屋は自分が必要なだけそれをとると、素速く奈々緒から離れ、片手で、つかんだ薄紙の一つかみをだまって奈々緒の下腹部にのせた。

奈々緒は関屋の動作をまじまじと見つめ、それが何故必要なのかを見極めた。

関屋はそれから間もなく大きな寝息をたてはじめ、奈々緒は関屋の寝息やいびきや寝返りが気になって一向に寝つけなかった。

こんなつまらない、こんな不快な惨めな行為にたどりつくため、人は誰もあれほど大さわぎをして恋愛するのかと思うと奈々緒は人間が生きていくということの意味まで妙に動物的なものにだけ見えてきて、心がいっそうめいってくる。

これまでひとりでのうのうと寝ていた清潔な寝床が無性になつかしくなった。身じろぎすると関屋の熱い固い軀にさわりそうで奈々緒は軀を堅くしてじっと息をひそめていた。

暁方ようやくうとうとしはじめた奈々緒はほどなく物苦しさにおそわれて目をさました。いつのまにか関屋の顔がすぐ目の前に迫っていた。あっと反射的にとびおきようとしたが、もう全身で自分の上に乗りかぶさっている関屋の軀は重く、身動きも出来ない。

関屋は奈々緒の堅くなった脚をかかえあげひろげさせ、昨夜と同じことをくりかえした。

昨夜ほどの痛みはなかったけれど、不快さはやはり同じだった。関屋の毛脛が、柔かくなめらかな自分の脚にさわるのも気味が悪かった。

今朝の関屋は、昨夜よりはるかに長い時間、奈々緒の上から離れない。

次第に関屋の息が荒々しくなり、やがて、耳をおおいたいほど聞き苦しい動物的なはげしい息づかいになるとがくっと、奈々緒の上に倒れこみ、激しいけいれんを全身でつたえた。

早く関屋に離れてもらいたいと思うのに、関屋は妙に執拗にいつまでもその姿勢を保っていた。

ようやく関屋が身を離した時、奈々緒の口からはこらえきっていた大きな吐息が、防ぎようもなく太くもれてしまった。

関屋はちらっと、そんな奈々緒の方をみたが、もう昨夜のように必要なものを手渡してはくれようともしない。自分だけ始末をすますと、腹ばいになって悠々と煙草をつけはじめた。奈々緒は強い恥しさに堪えながら手をのばしふとんの下をさぐった。

関屋に背をむけ身をちぢめるようにして、自分の中にそそぎこまれた汚れのすべてを丹念にぬぐいとった。

「もう出血はしていないだろう」

関屋が落着いた声でいった。だまっているとつづけて、

「昨夜は相当だったね。痛さはすぐなくなるよ。今朝はどうだった?」

とたたみかけた。奈々緒はしばらくしてようやく、

「わからないわ」

と短く答えた。

奈々緒は関屋と結婚しこんな奇妙なことまで許す仲になってしまったことがどうしても納得のゆかない気持だった。

小説で読んだり映画でみたりする官能の愉しさとか歓びとかいったものはおよそ新床の中には訪れないのが不安だった。夫というものはいつでも欲する時、妻にむかってあんな行為を強いるのかと思うと、いっそう心細かった。

考えてみれば処女など捨てる機会はいくらでもあった気がする。奈々緒の中の小利口さがそれを上手にきりぬけてきた。男に恥をかかせない思いやりから、いつでも自分がさもそのことに無恥なように、むやみに恐怖しているように、あるいは性的無智から、やたらにそれをこっけいに考えているふりをして笑いとばしてしまうなどした

ものだった。今、奈々緒は性行為の正体を否応なく見きわめさせられ、それはやはり、恐怖とこっけいさをともなうものだったことを識った。

結婚生活のこれから無限につづく夜毎々々、こんなこっけいで重苦しい行為を妻という名のもとに永久に堪えなければならないのかと思うと、気が杳(とお)くなりそうだった。やはり奈々緒は性については全く無智だったのだ。その時の奈々緒は本気で夫というものはこういう行為をどの夜もすべて、求めるものだと想像したのだった。

朝食の支度のため、奈々緒が床をぬけだそうとした時、まだ眠っていたと思った関屋が声をかけた。

「それをみんなトイレに捨ててきなさい」

枕元にまとめられているしおれた花のようなしめった紙くずをさしているのだと気づいた時、奈々緒の全身にはじめて震えのわくような屈辱感がみなぎってきた。

奈々緒はだまってそれをとりまとめる時、鮮やかな血の色にそまったものがまじっているのに気がついた。昨夜は夢中でそんなものをしげしげみるゆとりもなかったのだ。自分の肉を裂(さ)いて出たその鮮明な色をみると、ふいにつきあげるような悲しみがおそってきた。何かをとり落したという喪失感(そうしつかん)が奈々緒を貫き、これまでの朝のどの朝よりも奈々緒は自分を孤独なみじめなものに感じた。

結婚式のため三日の休みをもらっている関屋は、その日することもなさそうで手持無沙汰だった。

朝食の後、後片づけや掃除で結構仕事におわれ、奈々緒は関屋と膝をつきあわしていなくていいのに助かった。

掃除は下手で嫌いだったが、料理をつくるのは奈々緒は大好きだった。ただそれも後片づけはおよそ嫌なものだった。

午後になって菊江が訪ねてきた。

玄関へ出むかえた奈々緒に菊江はまるで客にみせるようなつくり笑いをした。

「どうだったい？　無事にいった？」

菊江の訊いている意味が今朝の奈々緒には正確に理解出来ていた。けれどもわざと空とぼけて、

「ごはんも味噌汁もうまく出来たわ」

とぬけぬけとはぐらかした。今日の菊江は妙にあだっぽい美しさに若々しく輝いていた。奈々緒は母のそんな美しさは母が外出の支度をする度感じさせられているけれど、今日はいつにもまして若々しく感じた。少しやせたのかとちょっと母の顔に目をとめていた。

「馴(な)れるよ、そのうち」

菊江は菊江で、奈々緒のすっとぼけた返事など耳に入れず、自分の考えだけをつづけていった。

関屋の前に来ると、菊江はわざと声を大きくして、

「何だね、その顔。女はご亭主には素顔をみせちゃいけないんだよ。もっとちゃんとお化粧でもしておいでよ」

と、あびせかけた。奈々緒は、母を客らしく扱って茶をすすめながら、ぶっきら棒にいった。

「だって……堅気の妻は化粧なんかごてごてしちゃあいけないって、何もつけさせてくれないんだもの」

菊江ははっとしたように口をつぐみ、あわてて関屋の表情をうかがった。関屋は無表情にまるで今の母娘の会話の一切が聞えなかったような顔をしていた。

単調で退屈な結婚生活がすぎていった。

関屋はきちょうめんな性格で、勤勉で生真面目な人間らしいということが奈々緒にもわかってきた。

朝、会社に出るまでと、夕方帰って眠るまでの間が、関屋と顔をあわせる時間だっ

た。

関屋はその間、別に話らしい話もしない。食事の時も夫婦の間にはとりたてて話題もなかった。下水がつまって水道屋にきてもらったとか、町会で防空訓練があったとか、氏神の寄付金は、いくらにしておこうとか、そんなことを奈々緒の方からいいだすだけで、関屋は会社の事や同僚の話も一切妻にはしないのだった。関屋の過去についても語ろうとしないし、奈々緒の過去も格別知りたがらない。週に三回か二回、夜、奈々緒を需める時だけ、ふたりは身近によりそうのだけれど、それも関屋の一方的な短い運動に終ってしまって、性の行為で、無言の愛をしみじみ語りあうというようなものではなかった。

奈々緒はほとんど外出もしなかったし、昔の友だちとの往来もたえてしまった。関屋が極端に化粧を嫌うので、いつでも洗いたてのような素顔をしているせいか、いつまでたっても学生じみて、まだ人妻という風格や色気には全く乏しかった。御用聞きや近所の人々もついお嬢さんと呼びかけてしまう。そんな初々しい堅さが奈々緒からは消えていない。

妊娠に気づいたのは結婚して五ヵ月めだった。朝の食事の後、つづいて二日、途中で胸がむかつき、あわてて立ってもどしたのをみて、関屋の方が先に気づいた。

二日めの午後、菊江が訪れてきていきなり玄関で、

「よかったね、おめでとう」

とあびせかけた。菊江はこの新居へまるで三日にあげずやってくる。外出ぎらいだった菊江にしては珍しい現象で、よほどこの堅気の新婚の家庭の空気に触れるのがなぐさめになるといった風情だった。菊江まで関屋の趣旨に迎合して、ここへ来る時は紅白粉は一切つけていない。それでも長年洗いぬいた菊江の素肌は年より若々しく、買いだめておいたパリのロウドパウだけを頼りにした手入れがきいて、青白い皮膚はなめしたようにしなやかで艶があった。着物もつとめて素人くさく地味なものを着付にまで気をつけて出来るだけ野暮ったく着てくる。そんな母に対して奈々緒は結婚前同様、一向に愛情はわかないのだけれど今の生活の退屈さにあきあきしているため、母の訪れは無意識に欲求不満のはけ口になってくれていた。関屋とちがい菊江はふたりの生活のどんなささいな出来事も変化も、根ほり葉ほり一つのこさず聞きたがった。

　菊江が関屋から電話をもらって奈々緒の妊娠らしいことを知らされたと聞いて奈々緒は愕いた。関屋は今日もつづけて朝食の途中席をたち、青い顔をしてもどった奈々緒に珍しく目を据え、

「いつからだい、そんなことのおこるのは」

　と聞いただけだった。昨日と今日だけと奈々緒が心ぼそそうに訴えると、それっきりで何もいわなかった。それなのに菊江には確信あり気に妊娠という報告をしている。奈々緒は結婚以来はじめて関屋に対してはっきりした不満を抱いた。妻が妊娠したということは妻の母と語るより前に妻との間で語りあう事柄ではないのだろうか。奈々緒は菊江にはかくさない不機嫌さを露骨にみせて、吐きだすようにいった。

「いつだって、そういう人よ、あの人は。私は大嫌いだわ。あの人はあたしと結婚したんじゃないんだわ」

「じゃ、誰と結婚したんだい」

「お母さんの娘という条件と結婚したのよ。たとえていえば、相手はあたしだって由美子だってどっちでもよかったんだわ。結婚ってこんなつまらないものとは思わなかったわ。退屈で死にそうだわ。夜なんか何より厭だわ。それなのに、なぜあたしがあの人の子供を産むはめになるのよ。あんなこと、ちっとも楽しくもよくもありゃしない。大嫌いだわ。何もかもここの生活みんないやだわ」

　いっているうちに奈々緒は次第に自分のことばに激して来て涙があふれてきた。ほんとうに今、母につげているような不平不満にこれまでずっと胸がいぶりつづけていたような気がした。結婚以来どの生活のどの時間をとりあげてみても、心から微笑があふれでてくるような幸福感とか満足感はついぞ一度もなかったのに気づいた。

　菊江はしばらくだまっていたが、さも物分りのいい母親のような寛容さをみせて、奈々緒が聞いたこともないやさしい声をだした。

「いいよ、いいよ。みんな赤ちゃんのせいだよ。女は妊娠すると、むやみに気がたってくるんだよ。昇さんは立派なお聟さんだよ。苦情をいえば罰が当るよ。男は頼もしいというのが何よりなんだから」

「そんなに気にいってるならお母さんが結婚すればよかったのよ。あの人はあたしを好きでも何でもないんだから」

「馬鹿もいいかげんにおいいよ」

　菊江はぴしっと、女中を叱りとばす時の語気を奈々緒に浴びせかけた。それ以後はもう奈々緒をいたわりもかばいもせず、てきぱき外出の支度をさせると、有無をいわさない強引さで病院へつれていった。

　奈々緒は生れてはじめて内診のための診察台に上りその屈辱的な姿勢を強要されて恥に身震いした。薄明るい午後の陽ざしが、十文字に防風よけの和紙を張りつけた傷だらけみたいな病院の窓硝子（ガラス）を通してさしいっていた。つめたいゴム布の感触が、むきだされた尻と腰にべっとりと吸いつくや否や、白い目かくしカーテンの向うから看護婦の桃色の腕がのび、ぎゅっと奈々緒の脚首をつかんだ。

「もっとずっと、のばして下さい。楽に息をはいて下さい」

白い木綿のカーテンにも午後の陽ざしがのび、洗いざらしたその布は、布目の向うに、動く医師や看護婦の姿をぼんやり映しだしている。なまぬるい消毒液がいきなり局部にそそがれた時、奈々緒は目の中に真赤な炎がゆれ、全身が敏感な貝のように収縮するのを感じた。

白昼強姦されるのはこんな心情ではないのかという思いが頭をかすめた。何のために、誰のためにこんな恥を女は受けねばならないのかと思うと、急に暗い果しもない海に漂(ただよ)っているような淋しさがひしひしと胸にわき煮たってくる。奈々緒はこの時ほど生れてこのかた孤独を感じたことはなかった。母にも妹にも世間の肉親のような愛を感じない自分は生れつき心情的に偏屈な人間なのかもしれないと思う。はじめから好きでもなかった夫を一向に愛する気持もわかないのに、あんな自分にとっては無意味な、何の感動もともなわない一方的な性戯(せいぎ)のおかげで今、自分の内部に一つの新しい生命が生れている。その神秘的な生理の約束が奈々緒にはどうしても納得いかないのだった。

生れてくる子がただ可哀そうな気がする。

カーテンのこちらの奈々緒の感情とはかかわりなく、カーテンの向うでは手順よくさまざまな器具が医師の手に渡り奈々緒の内部に入ってくるようであった。最後に、あきらかに金属ではないある感覚が奈々緒の内部にしのびいった。ゆっくり、物やさしく奈々緒の秘密の部屋の壁をなでるその動きの中から、ふいに奈々緒は、かつて覚えたことのない身震いのするような衝撃をうけた。奈々緒の官能がその誘いに応じようとした時、はっと奈々緒の理性がそれをさしとめた。動くまいとして、かえって奈々緒の全身の細胞がきゅっと収縮した。

すぐまたなまぬるい液薬がそそがれる感触がつたわり、やがて看護婦から、

「さあ、すみました」

という声をかけられた。

診察室にまわり、回転椅子の医師に間近に坐らされた時、奈々緒は上気してくる頬をどうしようもなかった。貧血質の青黒い皮膚をした醜(みにく)い初老の医師の白衣の全容からは、およそ男くささとか、性的な魅力などは感じることは出来ない。カルテにペンの先を立て、何か考えている医師の指にどうしても目が吸いつけられている。薄いゴム手袋がはめられていた筈だと思っても、あの思いがけない衝撃のなまなましさはま

だ下腹部の芯に激しくのこっていた。

へんな金属のまがった物指で、骨盤を計られた末、医師は無感動な義務的な声でつげた。

「三ヵ月めのおめでたですね。小柄できゃしゃでいらっしゃるが、骨盤が発達しているからあなたのような人は安産タイプですよ、ご安心なさい」

奈々緒と入れかわりに菊江は診察室へ入ってゆき、ながながと医師の説明やら注意を聞きとって喜びに上気した表情で出て来た。

病院の廊下の電話で、菊江は早速関屋に診察の結果を報告した。

その電話の横のベンチで、またむかついてきた胸を押えながら、こみあげてくる不快さに堪えていた奈々緒は、菊江の電話のかけかたにふと耳を奪われていった。交換手につげる菊江の声の調子やひびきに、いかにもその場所にかけなれたという一種の馴れと気易さがあるのを聞きとがめたのだった。妊娠という生理で、あらゆる感覚が鋭敏になっているせいなのだろうか。

「ああ、昇さん？　今病院なの、奈々緒をつれて」

関屋に対しての声の中にも、奈々緒は思いがけずある異常な馴れ馴れしさを聞きとっていた。ふいに背筋の奥にたゆたっていた不快さが固りになって一挙に背骨をつっ走った。次の瞬間には堪えきれず、身をもんで奈々緒は掌の上にこみあげてきた胃液を受けていた。

高原

五月(いつつき)の帯が終ると、奈々緒(ななお)は軽井沢へ疎開した。寝たっきりのようなふさと由美子と、たまとが一行だった。中軽(なかかる)の別荘の売物を菊江が去年買っておいたのが役立った。

関屋は仕事の関係で東京を離れられないというので、西荻(にしおぎ)の家は人に貸し、菊の家へ入った。さすがに菊の家もこの頃になると一向におさまりそうもない戦争の為に商売はなりたっていかなくなっていた。

物資は相変らず軍から廻してもらっていたが、女中たちもほとんど徴用されていって、ものの役にも立たないような老女ばかりしか残らない。

菊江はあっさり商売に見切りをつけると、ほとんど開店休業のような菊の家を、軍の高官の別宅に貸しつけ、奈々緒たちのいた離れ家の方で関屋の面倒を見た。
焼けるにしても見とどけなければというのが菊江の疎開しない理由だったが、やはり東京にいないと、物資の闇取引に不自由なのが本当の原因だった。軍から廻ってくる砂糖や缶詰類を秘かにさばくだけで、菊江の東京での生活費くらいは楽に出ていた。

軽井沢へ疎開して二ヵ月めにふさが眠るように死んでいった。奈々緒の赤ん坊がみられないのが残念だといったのが最後の言葉だった。

ふさの葬式に菊江はかけつけてきて、三日いただけですぐまた東京へ引きあげていった。

充分生きた老人の死に、それほどみれんがましくないのは当然かもしれなかったけれど、初七日もすまさず帰京する菊江に奈々緒は反感を持った。

「昇さんが困ってるだろうからね、早く帰ってやらなくちゃ。あの人はほんとに自分じゃ、お湯ひとつわかせない人なんだね。鷹揚なもんだよ」

菊江が早く帰るいいわけめかしくいうのを聞き奈々緒はさも愕いたようにいった。

「へええ、そうかしら。あたしの前でも威張って、縦の物を横にもしないけど、いつだったか、関屋の大学時代の友だちが来た時いってたわよ。あの人は学生の時自炊していて、友だちの中じゃ一番料理がうまかったんだってよ。だからやれば出来る人なのよ。甘やかすことないわ」

「へええ、そうかい、それはしらなかったね。でも、まあいいさ、男が台所でごそごそしたがるようじゃ出世しないからね。世間に出て宗旨を変えてご飲炊きなんかやらなくなったのなら、結構なことさ」

菊江が帰京してしまうと、急に山荘は静かになった。奈々緒には、ふさの死は悲しかった。母代りに物心ついた時からなついて育った祖母だけに、血のつながりがないと知っている今でもやはり一番肉親的な気持のつながりを感じていた。

祖父母と三人で暮していた雑司ケ谷の家のことが久しぶりに思いだされてきたりする。

「関屋さんて、案外冷たいのね」

由美子が、菊江の帰っていった夜、珍しく話しかけてきた。

「どうして？　突然なにをいいだすの」

「だって、こっちへお姉さんが来て以来、まだ葉書が一通きたきりじゃないの。それもまるで味もそっけもないのが」

奈々緒は関屋に愛情もわいていないくせに、面と向って由美子からそんないい方をされると、やはり腹が立った。関屋を侮辱されたと思うより、そんな関屋を夫にしている自分が嘲笑されたような気持になる。

「人へ来た手紙みるなんて、卑しいことよしなさい」

「へえだ。卑しくってすみませんわね。お上品ぶっていて、あとで泣き面しないことだわ」

「何よそれ」

「しらないわ。どうせあたしの聞いてくることや想像することは卑しいのよ」

奈々緒はもう由美子を相手にしなかった。

女学校を出たばかりの由美子は、急に胸や首筋にしっとりと脂がついてきたのが目立った。奈々緒より大柄なだけに、顔立も派手で人目をひく娘になっている。女学校の英語の教師と恋仲になっていたらしく、出征したその教師に、ほとんど毎日のように手紙を書き暮していた。時々、手紙を書きながら泣いている由美子をみると、奈々緒はみてみぬふりをしながら、満洲で病死した敏夫のことが思いだされて、切なくなるのだった。そのくせ、根が、性が合わないというのか、どうしてもしっくり気分が揃わず、口をきけば、必ずつっかかるような由美子のことばに、奈々緒の方でもたちまち反撥してしまう。気のいいたまがふたりの間をとりなしながら、それでも女三人の山荘暮しはおおむねおだやかな日が暮れていた。

奈々緒は、結婚以来、こんな気持の落着いた日々はなかったように思った。きちょうめんな由美子は日に二度は掃除をするし、たまは食事ごしらえが心から好きな女なので、奈々緒はすることもない。

赤ん坊のための小さな靴下や帽子を編んでみたり、散歩に出て、草花を胸いっぱいつんできたりすることが日課だった。モンペの上に矢絣のおついのマタニティ上衣をつくって着ているので、おなかの大きさはカモフラージュ出来ていた。

奈々緒はしみじみ、高原の空気が美味しいと思うにつけ、結婚して以来の西荻の家での空気の不美味さを思い出していた。何を話しかけてもろくに実のいった返事を夫からはかえしてもらえなかったし、向うから口をきけば、きまって叱言だった。掃除の仕方が悪い、ふとんのしき方が悪い、味噌汁がまずい。関屋の癇しゃくの種はいくらでも奈々緒のまわりには転っているらしい。

そのくせ、口汚く叱言をいったりののしったりした夜でも、夫としての権利は遂行しようとする。

ある夜、奈々緒は、関屋のあんまりくどい叱言に心がいじけ、はじめて、関屋の愛撫をうけつけまいと激しく抵抗したことがあった。厭だと一度思いはじめたら、もう本当に厭だという気持がした。関屋の手がのびてきただけで、皮膚に鳥肌が立ちそうな気持になる。

奈々緒の思いがけない抵抗に逢った時、関屋は一瞬あっけにとられたような顔をしたが、次の瞬間には猛然と襲いかかってきた。

「いやっ、いやよ。放して」

奈々緒はもう自分の言っていることもしていることもわからなくなって、必死に関屋をつきとばしたりひっかいたり、嚙みついたりしていたらしかった。関屋に最後にくみしかれた時は、関屋の手の甲から流れる血がシーツを汚しており、奈々緒も唇を切っていた。

真蒼になった関屋の形相が奈々緒には鬼のようにみえた。関屋は奈々緒を組みしいたまま、奈々緒の着ているもののすべてをはぎとると、ふたたび怒りがつきあげてきたように掌に力をこめてうちこらしめた。

その後で関屋がそれも折檻のつづきのように奈々緒の中に押し入ってきた時、奈々緒は関屋を突きのけるつもりの手に力をこめ関屋の背にしがみついていた。不思議な快感が一瞬奈々緒の全身に電流のように走った。その波はふたたび、みたび、奈々緒を襲いかえした。

関屋がようやく離れた時、奈々緒は渚(なぎさ)にうちあげられた海藻のように萎(な)え塩たれながら、身動きもしなかった。

躯に受けたショックよりも、その時奈々緒はいいあらわしようのない夫への憎悪と、自分の不可解な肉の反応にひき裂かれていたのだった。

そんな乱暴が胎児に悪影響を及ぼすと思ったのか、関屋は、二度と、その夜のように興奮して奈々緒を折檻しようとはしなかった。奈々緒はあの夜の不思議な官能の波を決して忘れることが出来ず、この夫から、あれ以上の快感を知らされた時のことを想像すると、期待よりも奇妙な屈辱感に震えそうになってくる。奈々緒の方でも、もう決してあんな事態を招かないように一見従順になっていた。結婚して日がたつにつれ、奈々緒の表情は無表情な面をかぶったようになっていた。

軽井沢に来て、奈々緒は、いつのまにか、娘時代の快活さと敏捷(びんしょう)さをとりもどしていた。関屋が嫌うためすっかり遠ざけていた化粧を、思いだしてほどこしてみると、自分の本当の顔がとりもどせたような気がしてきた。

関屋は奈々緒の出産まで一度も訪ねて来なかった。菊江が月に一、二度訪れて、一晩泊りで帰っていく。

「昇さんはとても忙しそうだよ。人手が足りなくなってるし、軍の何でも極秘の仕事を請けおっているとかで大変らしいよ。げっそりやせちゃってねえ」

菊江は傷ましそうに眉をひそめてみせ、関屋に栄養をつけなくちゃあと、卵や米の買いだしに来るのだった。菊の家に出入りしていた闇屋も次第に訪れなくなっているという。商売をやめた菊の家は世間なみだし、そうなると、これまで縁のない素人に二倍も三倍もの値でうりつけられる品物が、菊江の前ではそうもゆかないから、闇屋は次第に菊江を敬遠していくらしい。

菊江は惜しげもなくつぶした大島や結城の国防服に身をかため、帰りはたいていこの土地で手に入れた荷物をたまにも背負わせて帰京する。たまは日帰りですぐ軽井沢へ帰ってくるのだった。


奈々緒は月満ちて男の子を産んだ。老練な助産師がもうすっかり馴染みになっていたので、奈々緒は不安も感じなかったけれど、軀じゅうの骨という骨がばらばらに砕けとびそうな激痛の中で押えきれない呻きを獣のようにほとばしらせながら、奈々緒は目の中が真暗になっていくようだった。もう時間もわからないほどその苦しみの波のくりかえすうねりにもみしだかれていると、どうしてこんな苦しい目にあわされてまで子供なんか産まなければならないのかと思う。自分の命が惜しく、こんな苦しみの果てに死ぬかもしれないと思うと、もう子供なんかどうなったっていいと思う。

「お願い！　どうかして早く！　早く！」子供なんかどうなったっていいという声は、咽喉にからみついて聞えない。

奈々緒は十ヵ月も腹に居坐った上、今またこの苦しみを与える不思議な生命に、ほとんど憎悪に近い感情を抱いてきた。その瞬間、

「そら、出ましたよ、もう一息、もう一息、元気だして！　きばって！」

助産師のかけ声のような調子のついた声に励まされたとたん、すっと、下腹部がしぼりあげられ、嘘のようななめらかさで、何かがどっぷりとした量で体外へ押し出されたのを感じていた。

ふいに、足もとの方から、力強い叫び声のようなものがあがった。つづいて聞えてきた、聞きなれない異様な声を、赤ん坊の産ぶ声だと気づいたのは、しばらくたってからだった。

「ほらほら、りっぱなおちんちんをくっつけて来ましたよ。兵隊さんの坊ちゃんですよ」

助産師の声を聞くと、奈々緒はすっと頭に光りがさしこんできたような気がした。

まもなく顔の真上に持ってきてみせられた赤ん坊の顔をみつめた時、奈々緒は不思

議な感じがした。真赤で、猿とも人ともわからないような小さな肉塊は、目も鼻も口もそなえているのに、まだ、人間の子という感じがしない。これが十ヵ月も自分の腹にいて、さまざまなわがままをし放題にしたあの傍若無人な生命かと思うと、奈々緒にはいっそう不思議な気がしてくるだけだった。よく物の本で読んだり人から聞いたりする母性愛などはまだ一向にわいて来ない。手をさしだしてふれてみる気もしないのだった。

小さな軀に不似合なほど娘時代から乳房の大きかった奈々緒の母乳はありあまるほどあった。赤ん坊が吸いきれず吸乳器にしぼりとって捨てなければならなかった。

関屋は、子供が生れて三日め、はじめて軽井沢を訪れた。

菊江が同道していた。

「いいとこだな」

座敷をあけるといきなり浅間が見える景色に関屋はまず感嘆した。心ゆくばかり縁側の硝子戸から四方の景色を眺めておいて、はじめてゆっくり産婦の枕許に坐った。ふいに奈々緒の横の小さなふとんの中に眠っていた赤ん坊が、泣き声をはりあげた。真赤になった顔中に歯のない口をあけ、泣き叫ぶ赤ん坊は、醜悪に見える。

「みっともないやつだな」

関屋が子供についていった第一声だった。

奈々緒はふっと微笑がもれた。自分がはじめてこの子をみた時感じたような戸まどいと不気味さと、説明し難い嫌悪感に、今、関屋がとらえられているのがよくわかった。

関屋は赤ん坊に征一（せいいち）という名をつけた。東京はもう敵機の爆撃がひんぴんと訪れているという時に征一という男の子の名前は、何かもの悲しかったが、奈々緒はだまってうなずいた。

関屋は心持ちやせてはいたが、顔の色艶はよく健康そうだった。

奈々緒の枕許で関屋が煙草をとりだすと、菊江の手がすっとのびた。まるめた掌の中に、いつすったとも見えぬす速さですったマッチの焔（ほのお）が燃えている。関屋が菊江の手首をつと摑んで自分の口の方へひきよせた。

奈々緒はその二人の動作を寝ながら見上げて何の不自然も感じなかった。それほどその時のふたりの呼吸は一つになっていて、まるで菊江の手は関屋の胴から生えているもう一つの手のように見えたのだった。菊江の手がひっこみ、関屋がふうっと、煙をはきだした時、はじめて奈々緒はあっと思った。

関屋と菊江が、それほど一体に見えた自分の目を疑った。関屋も菊江も平静な表情で、赤ん坊と奈々緒の軀ごしに、雪に輝く浅間の方へ目を放っていた。無言で並んでいるふたりの四つの目が、その時奈々緒には二つの目に重ってみえた。二人の見ているものが一つの風景、一つの世界なのを、妙になまなましい実感で奈々緒は感じとった。いい様のない不快感が奈々緒の胸をかげらせた。悪阻（つわり）の時のような嘔吐（おうと）が胸の奥からわき上ってくる前のようなあの不快さだった。

また泣きだした赤ん坊の方へ奈々緒は軀をむけ、二人の顔から目をそらした。

菊の家が焼けたという便りが入ったのは、それから三ヵ月ほど後のことだった。もうその頃はこのあたりの疎開家族のどこの家でも、東京の本宅が焼けたという噂でもちきりだったし、戦争ももう終りだという声がひそひそ囁（ささや）かれていた。終戦になればアメリカ軍がやって来て、東京の女たちは暴行されるのがおちだから、この山の中にいるにかぎるというのが疎開組の噂だった。

由美子の恋人からはもう半年あまり音信がとだえていた。南方にいったらしい消息があってそれっきり音沙汰のない男の身を案じているのか、由美子は憂鬱（ゆううつ）で不機嫌だった。

菊の家が焼けて以来、西荻の家に関屋と菊江が移ったという便りがあったきり音沙汰がない。六月に入って由美子が食料を背負って母を見舞いに高原を降りていった。

三日目に帰ってきた由美子は、いつになくやさしい表情をして奈々緒の前にぺたっと腰をおとした。

「凄いのよ、東京。もう地獄だわ。震災の写真みたでしょ。あれ以上なの。もう日本もお終いね」

「お母さんたちどうしてた」

「西荻のあの界隈はそっくり焼け残ってるの。でも、残ってるのが幻の街みたいで不思議なのよ。貸してた人に出てもらうのが大変だったらしいわ。やっと二、三日前にあけてくれたんですって。でなきゃあ、あたしの泊るところもないわけだったわ」

由美子はそこまでいうと、またまた奈々緒の見馴れないやさしい目つきになってちらっと征一に乳をふくませている奈々緒の表情を見た。

「ねえ、お姉さんはいつまでここにいるつもり？」

「いつまでって」

「戦争はいつ終るかわからないでしょ。万一、終ってもそうなれば後がどうなるかわからないでしょう。親子が離れ離れでいて、そのまま死に別れることだってあり得るでしょ」

奈々緒は由美子が何をいいだしたのかわからなくって由美子の顔をみかえしていた。

「お姉さん、大体のんきすぎるんじゃないのかしら……」

「どうして」

「お兄さんを愛してるの、お姉さんって」

「なぜ」

奈々緒は今日にかぎって由美子がおかしいことをいうと聞いていた。

「あたしなら、愛してる人と一日だって離れていないわ。戦争で仕方なくひき離されたけど、平和な時なら絶対離れないわ」

「あたしたちだって戦争でやむなくひき離されてるんじゃないの」

「そうかしら。でも、お兄さんが東京を離れられないっていうなら、お姉さんは残ってあげればいいじゃないの」

「征一が生れることになってたじゃないの」

「もう生れてしまってるじゃないの」

「由美ちゃん、何がいいたいのよ。はっきりいってよ」

「お姉さん……お姉さんはおかあさんとお義兄さんとの事一度だって疑ってみたこと

ないの」

「ええっ」

「こんなこといいたくないわ。でも、気がついてないのはお姉さんだけじゃないかしら。たまだって……」

「証拠でもあるというの」

「そんなことが知りたいの」

由美子の目の中に勝ちほこったような色がちらと走った。

奈々緒の方から目を伏せた。由美子は今日二人に逢って帰ったばかりなのだ。

奈々緒の目の中に、焔を抱いた女の掌をつかんだ男の手がくっきりと浮んできた。四つ並びながら、二つにしか見えなかった瞳が浮んできた。あの時の嘔吐に似た不快さを、強いて見つめまいとしたのは何だったのだろう。

知っていたのではないか。奈々緒自身も。

奈々緒は緑がようやく芽ぶいてきた高原の樹々の果に目をやった。

背筋に水を流されているような感じが離れない。気がついてみると、もうそのことはとっくに知っていたような気もしてくる。

「由美ちゃん」

奈々緒は落着いた声で由美子の顔を見ずにいった。

「あたし、人の目からみて、関屋を愛してないように見える？」

「さあね。あたしは夫婦ってものの愛情がわからないから、何ともいえないけど、もし、お姉さんたちのようなのが夫婦なら、あたしは結婚はしないわ。万一するとしたらあたしは全くちがった感じの夫婦になるつもりだわ」

「そうね。それが本当よ」

奈々緒の口もとに微笑が浮んでいるのを見て、由美子は急に声を強めた。

「あたし、はっきりいって、お姉さんもお母さんも好きじゃないのよ。小さい時あたしひとり里子に出されたのをひがんでるのかもしれないけど、二人に愛情がわかないのよ。でも、おかあさんよりはお姉さんの方がまだ好きになったわ、少くとも今度はね。お姉さんがみじめすぎるもの」

「みじめじゃないわ」

「負けおしみはみっともないわ」

「今、あなた、あたしたちが愛しあっていないようだっていったじゃないの。本当にあたしはあの人を一度だって心から好きになったことはないのよ。好きだったのははじめからおかあさんだったわ。少くともおかあさんは、あの人に自分の理想の男の夕イプを夢みていたのよ」

「人ごとみたいにいうのね」

「だから、みじめまでいってないのよ」

由美子が立ち去ってしまうと、奈々緒は縁側に出て浅間を眺めた。今日の浅間は、裾に雲をまき紫色に輝いていた。もうすぐ輝かしい夏が来ようとしていた。新緑の芽ぶきがまぶしく、風は小鳥の声をとけこませ、この美しい風景の中にいると、同じ地球の地つづきで血なまぐさい戦争が行われているというのが信じられないことのようだった。征一は銀杏（ぎんなん）のような目をぱっちりと見開き、誰の顔をみても、他愛なく笑いかけるようになっていた。


終戦を迎えても、奈々緒は軽井沢から帰京する気にはならなかった。菊江は終戦と同時にもう目ざましい活躍をして進駐軍にわたりをつけ、菊の家を再開したという。由美子がミッション時代から英会話のレッスンを受けつづけていたのが役に立った。菊江は、由美子だけはいち早く東京に呼びもどし、進駐軍との交渉に通訳をさせた。戦争中軍部とわたりをつけたのと同じ手口で、菊江は進駐軍からあらゆる物資を仕入れていた。純日本風のお茶屋が米軍の高等武官たちにはうけることを識っていた。

焼けない町へ出かけ、かつらを仕入れて来て、菊江は女たちに着物の裾をひかせた。決してアメリカ流にしない飾りつけが、案の定米軍にうけて、菊の家は連日客のたえまもなかった。

西荻の関屋のところには耳の遠い婆やをひとりつけておき、菊江は二日に一度は必ず食料品のさしいれに通った。

戦後新しくやといいれた菊の家の女たちは「西荻」ということばは菊江の別宅を意味しており、西荻の先生と菊江の呼ばせている関屋のことは、菊江の若い燕だとばかり思っている。

由美子は客席には出ないけれど、進駐軍の将校たちの誘いがあれば、いつでも気軽にジープにのせられて、箱根や日光へ遊びに出かけていた。会話に自信がつき、表情にも外国人ふうの大げささが次第に板について来て、彼等のプレゼントのナイロンの下着をつけ外国の香水を匂わせている由美子は、二世とも高級パンパンとも見わけ難い雰囲気を身につけていた。化粧のすっかり変った、表情の大きくなった由美子を、昔の陰気で無口な上目づかいの少女の由美子しかしらない人々は、必ず人ちがいするほどの変りようだった。

初恋の男の消息は相変らずわからなかった。けれども由美子はその男のことを思いだすふうでもなかった。

奈々緒と征一は、高原の家にすっかり忘れられた形だった。

周囲の疎開組も次第に帰ってゆき、一年めの夏がすぎると、もう残っているのは、年老いた学者や、作家の数軒しか居残らなくなった。

征一はもう目が離せなくなっていたが次第に関屋に似てきて、子供にしては整いすぎている顔が、笑顔になるとふいに奈々緒の俤(おもかげ)をあらわしてくる。征一とたまの三人で暮すこの静かさに馴れてくると、奈々緒は自分の青春はとうにすぎ去ってしまったような気持がしていた。

「いつまでこちらにいらっしゃるおつもりですか」

久しぶりで東京へ行ってきたたまが、珍しく奈々緒にたずねた。

「いつまでもいて悪いかしら」

「さあ……こういうこと私の口から申しあげるのも何ですけど……やっぱり奥さまが西荻にお帰りになった方がお坊ちゃまのためにもおよろしいのではないでしょうか」

「たまさん。あなたも見て……聞いて……いろいろわかってるんでしょう。西荻のこと。私の帰る余地があると思って?」

「お嬢さま」

たまは昔の呼び方で奈々緒を呼ぶと、わっと泣きだしてしまった。

「こんなこと……御隠居さまがいらっしゃったら、お許しになりませんです」

「だめよ、おばあちゃんは。お母さんに養われてた人だもの。生きていても同じだったわ」

「あんまりお嬢さまがおいたわしくて」

「いいのよ……あたしはこの方がのんきなくらいだもの」

奈々緒の声は明るかったけれど、この二年あまりの歳月に奈々緒の印象はすっかり変っていた。大きな目は前より大きく見えるけれど、いつでも瞳がいたずらっぽくたえまなく動いていたのに、今ではほとんど、動かなくなっている。人の顔を見つめているのか、その向うの山をみているのかわからないようなはるかな目つきで人と話すくせがついていた。子供を産んだ後のすきとおるような皮膚の美しさは、そのまま保たれているけれど、その白さの中には、くちなしの白い花びらがくさる前のような、悩ましいすえ臭い感じがただよっていた。

奈々緒はこのごろ、よく暁方（あけがた）に夢を見るようになっていた。

誰かに後ろから抱きしめられている夢が一番多かった。関屋の強い腕のようでもあり、敏夫の忘れられない汗くさい体臭に包まれているような気もする。男の手が乳房に触れ、ゆっくり官能の波が呼びおこされる瞬間、夢はいつでもそこできれてしまった。

そんな朝は、奈々緒はたまにも顔をあわせないようにして、裏庭から崖下の小川へおりてゆき、その冷たい水で顔と手足を洗うようにしていた。

小川の中に立つと、足首から冷たさがしんしんと立ちのぼってきて内臓まで冷たくすきとおりそうになる時、奈々緒はようやく小川から足をぬく。

その朝も、奈々緒はそうしてひっそりと小川の中に立っていた。

まだ朝は早く、太陽の色が瑞々(みずみず)しいばら色の矢を小川の中へさしこんでいた。水の中で、白い奈々緒の足もばら色に染ってゆれていた。

どくだみの匂いがつんと朝の風の中にまじり、小鳥が空気の歌声のように四方の空から鳴いていた。

ワンピースの裾を必要もないのに腰の方へひきあげて、脚のすべてを風と水になぶらせていた。

水の中に暁方の重い夢がとけてようやく流れていった。

ふと、あげた瞳の中に、いきなり人の視線がとびこんできた。いや、人と気づいたのは次の瞬間で、とっさには、奈々緒はその瞳がむやみに大きく見えて、牛か馬の目のように感じたものだった。

あわててスカートをおろした時、男が声をかけた。若い声だった。

「見るつもりじゃなかったんです」

草かげからあらわれた男の全身も若かった。のびかかった髪がまだ頭になじまず、陽やけした頰がひきしまっていた。

復員服を着ていた。

奈々緒は娘時代のような身軽さでひょいと小川からとび上った。

男がすぐ手をのべて、重心を失いかけた奈々緒の腕をとってくれた。

「変ってないなあ、このあたり」

男は奈々緒にかまわず、空を見上げるようにしていった。

「いつと？」

奈々緒は片脚ずつあげて脚をふきながら若い男をみあげた。

「四年前と」

「四年前、ここにいたの」

「あの家、ぼくのうちの別荘だったんだ」

男が樹々の上になる崖の上の家を指さした。

奈々緒が声をあげて笑った。

「今、あそこにあたしが住んでいるわ」

男は驚いて奈々緒をみつめたが、すぐ奈々緒の笑い声を追うようにして笑った。

男を伴って家に帰るとたまが不思議そうに出むかえた。

「もとここにいた方ですって」

たまも愛想よく若い男を迎えいれた。女二人と子供の静かで単調な生活に珍しく活気があふれた。

たまがつくった味噌汁を、男は遠慮なくおかわりした。

何でもないのに、笑い声のたえない珍しい賑かな朝食が終った。

征一が奈々緒の子供だとわかった時、男は、目をまるくして無遠慮なほど奈々緒をみつめた。

「本当？　似てない。かつぐんだろう」

「こうすれば？」

奈々緒は征一を抱きあげ、脇腹をくすぐって笑わせた。

「あ、ほんとだ。笑うと似るんだね。それに耳の形がそっくりだ」

男は征一を無造作に膝に抱きとった。

「あなた、何てお名前？」

「あ、失敬、まだだったね。村松俊太郎（むらまつしゅんたろう）」

年を聞くと敏夫を思いだした。特攻隊の生き残りだと俊太郎はこともなげにいった。

新生

その夜、奈々緒はまた例の苦しい夢にうなされつづけた。たいていこれまでの例では、そういう恥しい夢に一度襲われると、しばらくは、見ないものだった。二日つづけてそんな夢に襲われた時、奈々緒は全身に汗が滲(にじ)みでているのに気づいた。後頭部が鉛をつめたような重さだった。戸のすきまからは夜明けの光りがうっすらとさしいっていた。奈々緒は重い息を吐き身をおこした。その時になって、村松俊太郎のことを思いだした。昨日突然訪れた俊太郎というみしらぬ男が、今夜はこの家に泊っていたのだ。俊太郎はご馳走(ちそう)のお礼だといって、たまが割り悩んでいた薪(まき)を割ってくれ、ごみすて場の穴を掘ってくれ、ぐらぐらしていた洗濯干場のつっかえ棒をうち直してくれた。台所に前から欲しかった棚も吊(つ)ってくれた。

夕方になってたまは当然のように俊太郎の食事もととのえた。泊っていらっしゃったらといったのもたまだった。奈々緒はたまがそういった時、はじめて気づいたように自分もすすめた。俊太郎は喜んで好意を受けた。

それだけのことだった。由美子が寝室にしていた中二階に俊太郎は泊っている。今朝は東京に帰るといっていた。

奈々緒は、俊太郎の白い歯並みを闇の中にくっきりと思い描くと、急に全身が恥しさで燃えるのを識った。今朝の夢の中の男が、夫でも敏夫でもなかったのに気づいた。俊太郎のあの白い歯が自分の口に迫って来た時の夢の中の身震いがなまなましく今、思いだされた。

音をたてないように縁側の戸をあけ、奈々緒は裏の小川へおりていった。いつものように冷い流れに脚をひたしていると、ふいに涙があふれて出て流れにおちていった。流れに立ったまま、奈々緒は子供のように両掌で顔を被って泣きじゃくった。泣きやむと、川の水でじゃぶじゃぶ涙を洗い流した。

そんな奈々緒の姿を中二階の窓から俊太郎が見ているのに少しも気づかなかった。

朝の食卓に並んだ時の奈々緒は爽やかな目をしていた。

「また逢いそうだな」

俊太郎は別れぎわにいった。俊太郎は出征中に家が焼けてしまって家族は四国へ疎開してしまい、当分住所も定まらないということだった。

俊太郎が去ってしまうと、急に高原の生活が淋しく感じられた。

「いい方でしたね」

四、五日、たまが思いだしたようにつぶやいていた。

一週間ほどたって京都からはがきが来た。友人の家にころがりこんで、焼けない京都や奈良を歩きまわっているという文面だった。

「ぼくの住所は今もって定まりそうにありません。でも何か至急の時はこの友人のところへ連絡して下さい。ここの夫婦はいいやつです。信用出来ます。泣き虫のきみのことが妙に気にかかってならない」

はがきの表の方にそうつけたしている追伸を、奈々緒はしみじみくりかえし読みかえした。いつ泣いているところをみられたのか思いだせないだけに、裸を見られたような恥しさにおそわれた。下鴨とある住所が奈々緒には京都のどこだか見当もつかない。京都へは学生の時二度ばかりいったことがある。あの川の美しい、紅殻格子の家並のしっとりとした町が焼けなかったということが、今更夢のように思われてくる。想い描いただけで蜃気楼をみるような美しさでその町は浮んできた。俊太郎の俤は日と共に忘れそうになった。白い歯と、じっと人を見つめてものをいう深い目つきだけが頭の中から残って、いつでも奈々緒の目の前に呼びかえすことが出来た。

秋も終りになって、いよいよ奈々緒たちも軽井沢を引きあげることになった。征一を父親になじませておかなければとたまがしきりにすすめたせいもあった。

西荻の家に帰ると、奈々緒はまるで見知らぬ家に入ったような感じがした。玄関も縁側も造作され返していたし、建具がすっかり変っていた。菊江好みのこった日本趣味が家のすみずみまでゆきわたっていた。

夕方帰ってきた関屋は、

「荷物は残っていないのか」

といっただけだった。奈々緒の知らなかった婆やは、夕方になると近所の我が家へ帰っていく。婆やが通いだったということに奈々緒は愕かされた。もっと愕いたのは、耳の遠いこの婆やは、奥さまということばを菊江のために使うものだと決めていた。関屋が旦那さまで菊江が奥さまで、奈々緒はお嬢さまだった。

奈々緒は愚なこの婆やには何もいわず、これまで通りのしきたりで一日仕事をさせてみた。

洗面所には、歯ブラシもタオルも二つずつ用意されていた。ナイロンの、進駐軍から出たらしい赤と水色の透明な柄のついた二本の歯ブラシは、相当使いへらされて白いナイロンの毛先が押しつぶされていた。

奈々緒はコップにさしたその二本の歯ブラシをみつめているうちに、嘔吐がわきあがってきた。洗面所に手をついて、からの胃の中から黄水をしぼりだしながら、奈々緒は涙もいっしょに流した。

蛇口から水を出しっぱなしにして、奈々緒はその姿勢でしばらく肩を震わせていた。同じように水の中に涙をこぼした軽井沢の小川がふいに胸のしびれるようななつかしさで思いだされてきた。どういう連想からか俊太郎の白い歯が目に浮んできた。

その夜は菊江が九時すぎに訪ねてきた。征一の寝顔をのぞきこんで、菊江は床の方を背にして煙草に火をつけた。関屋は次の間の奥の書斎に寝床をとらせて、もうその中で雑誌をみていた。菊江は奈々緒の顔から目をそらせながらいった。

「征一の健康上からいえば、もう少し向うにいてもよかったわね」

奈々緒は久しぶりで見る母の若がえり様に目をみはった。軽井沢へ食料をとりに来ていた頃とちがって、菊江は派手な小紋の着物を着て髪をふっくらとふくらませていた。化粧をするのが嫌いで素顔のように見せるかくし化粧が得意だったので、奈々緒の目には急に厚化粧になった母の顔になじめないものがあった。

「昇さん、この頃少し過労気味なんだよ。仕事が大変なんだね。不眠症でね」

菊江は関屋の書斎に首をのばすようにしてつぶやいた。

奈々緒は胸にわきあがってくることばをどう処理しようかと迷っていた。

「疲れたろう、あんたも。早くお休みよ」

「ええ」

「六畳が一番落ちつくんじゃない？　それに、はばかりに近いし、征一と寝るには都合がいいんじゃないかい」

「ええ、そうするわ」

奈々緒は茶の間になっている奥の部屋へ自分の寝床をとった。

「かあさん、帰るの」

奈々緒はまだぼんやり坐っている客間の母のそばへ帰って坐り直した。

「ええ、まあ、久しぶりであんたといろいろ話でもしようかと思ってね」

「どこへ寝るの」

菊江はじろっと奈々緒をみつめかえした。

「あたしなら、ここでいいよ」

「そう、じゃおやすみなさい。あたし昨日から荷造りや何やらでくたくたなの。先に寝かしていただくわ」

「ああ、そうだろうね」

奈々緒は、征一の寝ている部屋へ入って、襖(ふすま)をしめてしまった。

母のいる客間と関屋の書斎は、襖一つでしきられている。奈々緒は母の気配や話声を聞きもらすまいと、灯りを消した闇の中に耳をこらしていた。

「昇さん、あたし、今夜は帰りますよ」

しばらくしてそんな菊江のひくい声が聞えてきた。関屋の返事はもっと低くこもって奈々緒の耳には達しない。奈々緒は耳をすましている間に次第に眠気におそわれてきた。母と夫の不倫の噂を聞き及んでいながら、ふたりの気配を感じつつ、眠気に誘われる自分の神経を、奈々緒自身が不思議がっていた。ふたりの不倫の影像を廊下ひとつへだてた壁の向うに思い描いてみても、高原で想像したような現実感が湧いて来ない。関屋の肉体を思いだそうとしても、奈々緒にはもう肌にも肉にもその記憶が薄れていた。乳房には征一に吸われる時のけだるいようなむず痒(がゆ)い快感と、このごろ歯ぐきで噛みだした痛みの感覚だけがよみがえってくるばかりだった。もともと夫にうっとりするような心の安らぐ愛撫を受けた記憶がなかったといってもよかったのだ。

何かいい争いの声を聞いたように思って目を覚ました時は、玄関のあく音がしていた。

　立っていくと、菊江の姿はもう座敷にはなかった。

「おかあさん、帰ったのかしら」

　奈々緒は襖の向うの夫へ向っていってみた。

「ああ」

「何かあったの」

「何がだい」

「何だかけんかでもしてるように聞えたけど、眠っていてよくわからないの」

「とぼけるな」

「えっ」

「聞いてたんだろう。妙な白っぽくれはよせ」

「それ、どういうこと」

　奈々緒は襖をおしひらいた。関屋はふとんに腹這って煙草を吸っていた。

「あたし、本当に眠ってしまってたのよ。でもあなたのいい草が気にかかるわ。聞きましょう」

　関屋はじろっと奈々緒の方を見かえった。

「何も聞いていないというのか」

「………」

「知ってるんだろう」

「あなたの口から聞かせて下さい」

「お前が帰って来て困るのはおかあさんだ」

「あなたは？　あなたは困らないの」

「もともとおかあさんの方から持ちかけたことだ」

「どうするつもりなんです、あなた自身は」

関屋は黙って短くなった煙草を灰皿にぎゅっと押しつけるようにして消すと、ふいに身を起した。次の瞬間には奈々緒の軀は関屋の膝もとにひき倒されていた。

「いやっ、いやよっ」

奈々緒は夢中になって関屋の掌に嚙みついていた。ひるんだすきにその手をのがれとびすさっていた。

「けがらわしい！　触らないで！」

関屋は目を細め唇だけで笑うと、奈々緒のそんな興奮のしかたを愉しむような表情になっていた。奈々緒はいつかの夜の関屋との似た様な争いの場面を思いだしぞっと身震いした。つんのめるようにしてその部屋を逃げだすと、征一を背負いあげて台所から飛びだした。とっさに今日持って帰ったばかりのトランクを下げて出た。関屋が追っかけて来そうに思って、夢中でつんのめるように駈けだしていた。

駅までは息もきらさず走りつづけた。フォームにかけこむと脚がはじめてがくがく震えてきた。終電にはまだ一台電車がのこっていた。

奈々緒は迷わず立川行の電車に乗った。国立で降りるまで、頭の中は無数の線香花火が燃えているような感じで何も考えられなかった。国立の駅前からはひとりで無気味な夜道を歩いていった。一、二度来たことのあるたまの伯父の家へ、たまを頼って行くつもりだった。いっしょに軽井沢から上京したたまは、その脚で国立の伯父の家へ帰っていったところだった。

「お嬢さま！」

たまは奈々緒の姿を見るなり、すべてを察して涙ぐんだ。そんなたまの顔を見ると、奈々緒の方もはりつめていた気持が一時にゆるんで、そこへ坐りこみたいほど疲れを覚えてきた。たまの寝床へいっしょにもぐりこんで、はじめて奈々緒は今夜の出来事を打ちあけた。

「人の噂では頭ではわかっていても、何だか他人事のような気がしていたの。ひとつにはあたしが関屋を愛していなかったことと、かあさんに対しても母親らしい気持を持ったことのないせいでしょうね。好きでもない人たちの裏切りだから、あんまりこたえていなかったんじゃないかしら。でもあの家にいっしょに棲んで、あのふたりがこれまで通りの関係をつづけるとか、かあさんが悩んであの家でうろうろしはじめるのをとても見るにたえないわ。感覚的にたまらないのよ」

「当り前でございます。わたくしもどんなにこれまでたまらない気持でしたことか。何事もお嬢さまのためと思って、がまんしてまいったのです。大奥さまも大奥さまなら、旦那様も旦那様です」

たまは奈々緒びいきのため、心底から口惜しそうだった。奈々緒はその夜ほとんど一晩中かかって、たまに自分の計画を納得させた。

このまま自分は出発するから、征一を自分に代って見てくれというのだった。菊江は征一を孫というよりは情人の子として特別に愛するだろうと奈々緒はいった。

「私さえいなければ、かあさんは大っぴらに征一を可愛がると思うわ。笑いさえしなければあの子はおよそ私の子らしくないし、関屋の雛形みたいですもの。かあさんが可愛がらずにいられる筈はないのよ。でもあの子は誰よりも、あたしよりもたまさんになついているからもう少し面倒みてほしいの。ええ、そりゃあ、きっと自分に能力が出来ればあの子を迎えに来ます」

「お嬢さまは征ちゃんがあんまり可愛くないのですか」

たまとしては思いきった質問だった。

「そうねえ。可愛くないといえば嘘になるわ。でも自分の子だからって特別に可愛くないのよ。おかしいのかしらこんなの」

たまはわからないと悲しそうに首をふって吐息をもらした。

翌朝、奈々緒はひとりで駅の近くの古着屋へトランクを持ちこみ、ありったけの着物を売りとばしてしまった。金歯が獅子舞の獅子の口のように見える古着屋の女房は、奈々緒の「事情」ありげな雰囲気につけこんで配給票なしではどうのこうのといった揚句、行李一杯の衣類を安く叩いて買上げてしまった。

その金で奈々緒は京都へ発った。トランクの衣類の金は思った金額の三分の一にもみたなかったので、汽車賃をひいただけでもごそっと減った気がする。

行先はたまにもつげなかった。落ちついたらしらせるという約束だった。

夜汽車の三等車の片すみに坐って、奈々緒はひっそりと目を閉じていた。

列車の響きに身をゆだねていると、不思議な心の高鳴りがしてくる。

征一の泣き声が列車の音の中に聞えてくるような気がするのだけれど、奈々緒はそれにはつとめて耳を塞ごうとした。

今頃はたまが白っぽくれた顔で征一をつれて菊江の許(もと)にいっている筈だった。目が覚めたら軒下に征一に手紙をつけて、捨子同様に置かれていたと報告している筈だ。

奈々緒の口許に、そんな説明で承知しない菊江のけわしい表情を思いやって笑いが浮んでくる。

関屋に対するみれんは不気味なほどなかった。軽井沢でもっともっとこの問題について考えておけば、今頃こんな形で出奔(しゅっぽん)する必要もなかったのにという想いがちらとかすめた。けれどもその考えに長くもこだわっていなかった。

なぜもっと早く、こうして母や夫の許から自由に飛びたつという考えがわかなかったのかと、それが我ながら口惜しかった。

財産だけが目当てのような結婚の関屋に、一度も愛された記憶がない。奈々緒は疎開していた間の気持の安らぎをしみじみ想いだしていた。自分の方だって疎開中関屋の身を案じ、別れている淋しさに心身を悶(もだ)えさせた時が一度でもあるだろうかと反省すると、口辺に苦笑しか浮んで来ない。

窓ガラスに奈々緒は自分の顔を映してみた。小さなハート形の顔の中に目がいきいきと燃え上っている。こんな瞳の輝きは、結婚して以来すっかり忘れていたものだった。行く手に野垂れ死しか待っていなくても、あんな冷い愛のない結婚生活よりかはましだという想いがあった。母と夫との醜聞を世間に発表しさえすれば、人々から同情されるだろう。けれども奈々緒はその事件にそれほどこだわる気持でもなかった。母も夫も醜くけがらわしいとは思う。ただし夫に裏切られたという切実さがさほどわいて来ないのだった。心の底では自分の方だって夫を裏切りつづけていたような気もしていた。

興奮していたけれど、名古屋をすぎる頃からようやくまどろみはじめた。

京都へついたのは夜があけたばかりの時だった。まだ早すぎ、とてもはじめての家に人を訪ねる時間ではなかった。電車でうろ覚えの四条河原町までゆくと、そこから鴨川べりへ出た。まだ大戸をおろした家々の前に歩いている人間もなかった。戸を閉めた家というものは、背をむけている人間の背中のようにそらぞらしい感じがする。

川原に出ると川にそってゆっくり川上へむかって歩きだした。

十月の朝の寒さは身震いさせるようなうす寒さだったが、奈々緒にはこたえなかった。

疲れるといきなり川原に腰をおろして休んだ。解放感が胸の底からつきあげてきた。

俊太郎からもらったはがきをもう一度とりだして眺めてみた。俊太郎がまだそこにいるとは思えなかったけれど、俊太郎がこれほどほめる俊太郎の友人は、奈々緒をむげに追っ払うこともしないような空想をしていた。

橋の上に人々の往来が見えるまで、奈々緒は川原で時間をつぶした。

それからまたゆっくり腰をあげ、川上へむかって歩きだした。

下鴨のその住所は橋を渡って対岸の植物園の近くだと教えられた。

焼けない京の街の家々のたたずまいは、隣りどうしがよりそって肩を並べ互いを支えあっているような道ばたの家々までなつかしく感じられる。

人にたずねたずねして探しあてたその家は、門に格子戸のはまった小ぢんまりしたしもたやだった。格子戸のすぐ奥に小さな庭があり、その奥に玄関の格子戸がもう一つ見える。庭には竹だけが数本すくすくのびていた。

呼鈴をおすと、奥の格子の中に小肥りの若い女が出て来た。女はちょっと不思議そうに奈々緒をすかして見ていたが、すぐ門の格子戸を内側からあけてくれた。奈々緒は手に握っていた俊太郎からのはがきを名刺がわりにさしだした。

「突然伺ってご挨拶の仕様もないのですけど、村松俊太郎さんから伺って……」

みなまでいわせず、女は俊太郎のはがきのあて名をみて、

「ああ、聞いてます、聞いてます」

とはずんだ声をだし、大きな声で家の中をふりかえった。

「あんた！　俊ちゃんのゆうてらしたお人が見えてますえ」

まあおはいりやすと女にすすめられ、奈々緒はさすがにほっとした。まるで賭のようにこのはがき一枚に頼って行動したことがまず、成功したようだった。

近藤宇吉という俊太郎の年上の友人も、その妻の和歌子も、俊太郎のはがきにあったように気のいいあたたかな人柄の夫婦だった。

二階建の家は一見ゆったりみえるけれど、中に入るとたいそう痛んでいて、調度類もなく、畳もそそけだち、相当な貧しさなのがすぐ読みとれた。

近藤は、背の高いやせた猫背のひどい男だったが、絵かきらしかった。

中学の絵の教師をしながら好きな絵をこつこつかいているのだといった。

「ちいっとも売れたためしあらしませんの」

妻の和歌子はえくぼの浮かぶ頬で笑って、夫の才能をずけずけからかっている。

俊太郎はつい一週間ほど前まで関西にいたけれど、今は東京へ行っている筈だといった。

「日に三べんはあんたのこと聞かされましたわ」

和歌子がさも楽しそうにいう。和歌子は俊太郎と奈々緒が相当な恋仲だと決めこんでいるような口ぶりだった。

「まあ、ゆっくり一眠りして休んでいなさい。今日は早く学校がひけますから、帰っていろいろ話も伺いましょう」

近藤は、妻の五分の一も喋らない。無口な男らしい。それでも人柄のあたたかさが滲みでていて、奈々緒ははじめて逢った男のような気がしなかった。

京都へ来て五日めから奈々緒は日記をつけはじめた。

十月××日

昨日の入社試験の結果が、電話で近藤さんの学校の方へ報告があった。採用だという。明日から早速出社することになった。着のみ着のままなので、奥さんが心配して、服やセーターをいろいろかして下さる。本当にいい夫婦だ。村松俊太郎というたった一晩しか泊めてあげなかった人のおかげで、こんな新生のスタートが楽々とふみだせたことが不思議でならない。この家へ来て五日、早くも就職が決るなんて上々のスタートだと思う。

就職先は油小路というところにある小さな出版社。童話の本と翻訳小説を出しているところ。近藤さんの絵の弟子になっている生徒のお父さんが、そこの社の専務ということではからってくれたことだった。配給票もない家出妻の就職は、よほど難しいと思っていただけに、こんなに早く就職出来たことが信じられない。ただし、これ以上近藤家にも迷惑はかけられないのでもっと内職をしなければならない。昨夜奥さんがモデルの仕事ならすぐあるといっていた。夜、モデルになってもいいと思う。裸になることに抵抗を感じるけれど、真剣に働くためなら、自分の肉体を元手にしたって恥しいとは思わない。近藤家は二階二間学生に貸していて、私は階下の玄関わきの三畳を借りることにした。村松さんがいた部屋だという。夜ふと目ざめて天井を見上げると、そのしみのひとつひとつも、もしかしたら村松さんが見上げたものかもしれないとなつかしくなる。たった一晩、一つ屋根の下ですごしたにすぎない人なのに、なぜこんなになつかしい人なのかわからない。誰よりも早く、この私の新しい生活をしらせたい人なのに居所もわからない。

十月××日

会社の仕事は楽で愉(たの)しい。私が小柄なのと若くみえるせいで、誰も私が子供をおいて来た家出妻だとは思っていない。社員は私を入れて七人。ささやかな社だけれど、それだけに家族的である。働くということがこんなに楽しいものだとは知らなかった。私は長い長い廻り道をしていたと思う。早く一人前の職業婦人になって征一を引きとり、きちんと生きていきたい。男に頼らない生活がしたい。

近藤さん夫婦、実に仲がいい。仲のいい夫婦なんて不潔らしく思っていた自分の浅はかさを思いしらされる。ふたりは見ているだけで心がなごめられるような美しい間柄だ。貧乏が苦になっていない。適当に貧しく、適当に不如意(ふによい)な時、人間は一番謙虚で美しいのかもしれない。俊太郎さんに手紙が書きたい。いったいどこにいるのかしら。渡り鳥さんどこにいるの。

十一月×日
配給票がないので闇米を買わなければならないし、靴や靴下も早く買って奥さんに返さねばならない。有金はそっくり、この家の下宿代として一応さしだしてあるし、そんなものではとても足りっこない。思いきって近藤さんに頼みこみ、週二回モデルになることにする。北白川にある研究所に行けばいいのだ。今夜はじめて出かける。

先生の秦画伯は、白髪の上品な五十すぎの方。研究生は年齢は様々の人が数人集っていた。ストーブであたためた部屋の真中に赤い敷物とクッションがあり、そこへ私はす裸で横になるのだった。最後のものをとる時、全身から血がひき、軽い目まいがした。けれども生れたままの姿になると、かえって度胸が坐った。愛のない母や、夫に養われているより、自分の肉体でお金を稼ぐ方がはるかにいさぎよいし清潔だと思った。子供を産んだ私の体は見る人が見ればすぐわかるだろう。けれども私のおなかの線も胸の線も娘の頃よりそんなにくずれてはいない。むしろ胸は豊かになったし、腰もまるくなっている。美しいかもしれないと自ら勇気をつける。時間は十五分ずつ二回、この内職の方が会社のサラリーとほとんど同額に近いものになる予定。さすがにはじめての経験でぐったり疲れてしまった。緊張していたのだと思う。

十一月×日

ようやくたまに手紙を出す。国立のたまの伯父さんの所へ出すのだから、なかなかたまの手へは入らないだろう。征一の夢を見て、今朝は寝起きに頭が痛かった。会社の仕事にも馴(な)れる。社の人たちとも少しずつ親しくなる。

階段の下で専務さんとすれちがった時、

「どうです、つとまりますか」

と声をかけられた。

「はい、おかげさまで」

「一度、ゆっくり話を聞きましょう……そのうち」

何かもう少しいいたそうにして、専務さんは私の顔をしばらくみつめていた。私の方から頭をさげ、彼の横をすりぬけるようにして階段を上っていった。何かを知られているると直感する。嘘だらけの履歴書のことか。職を代るのは一向にかまわないけれども、紹介してくれた近藤さんに迷惑がかかるのではないかと心配。今夜、三度めのモデルの日、馴れて軀が柔かくなっているのが自分でもわかる。

帰りかけたら先生の奥さまが、モデルさんは軀に栄養が必要だからといってバターを一包み下さる。帰って、半分近藤さんの奥さんにあげる。二階の学生が学生の外食券を売ってくれる。学生は外食券を闇で売って、本を買う。いろんな生き方がある。


たまから、便りがとどいたのは十一月も末に入ってからだった。たどたどしいたまの手紙は、短いけれども実がどっさりつまっている感じで、奈々緒はむさぼるように読んだ。最後の方になって、俊太郎が訪ねて来たと報じてあるのを見て、奈々緒は声をあげそうになった。

その日は、冬のはじまりのようなうすら寒く底冷えのする午後だったという。たまは、耳の遠い婆やが神経痛で閑をとって以来、征一をつれて西荻の関屋の家に住みこんでいた。週に二、三回菊江が来て泊っていく。

最初は堪えがたかったそういう夜も、いつのまにか馴れて、気にしないでかえって早く眠ってしまう癖がついていた。

　その日の午後、たまは干しあげた洗濯ものを片づけるため裏庭に立っていた。まさ木の垣根ごしに誰かが家の方をのぞいていた。

　押し売りかもしれないと、不気味になってたまがうかがった時、男が声をかけてきた。

「おたまさん」

「あらっ、村松さん。どうしたんですか」

　背広を着ていたのですっかり見ちがえたけれど、男は村松俊太郎だった。たまは垣根の木戸をあけ、俊太郎を庭先から縁側へ通した。

　縁側の近くに寝かされている征一の顔をのぞきこみ、俊太郎は大きくなったなとつぶやいた。たまの顔をみず、そのままの姿勢で、

「奥さんは？」

と聞いた。たまは急に胸がいっぱいになってきて、返事をしようとする前に涙があふれてしまった。

　俊太郎が愕(おどろ)いてそんなたまをみつめている。

　たまは涙にさえぎられながら、ようやっと奈々緒の家出のてんまつを語った。理由

をあからさまにつげる勇気はなかった。

「恋愛でもしたの」

俊太郎がまっすぐたまの目をみつめて訊(き)いた。

「いいえ」

とんでもないとたまは手と首をふって否定した。おかしいな、それじゃと俊太郎は首をかしげていた。西荻のこの番地は薪(まき)を割りながら、たまから何気なくきいておいたのを、この近くに所用で来て思いだしたのだと俊太郎はいった。たまの手紙の最後はこう結ばれていた。

「その時、お嬢さまのお手紙をまだ受けとっていませんでしたので、どこにいらっしゃるか村松さんにおしらせも出来ませんでした。私は上ずっていたとみえ、後で考えると、村松さんのご住所も聞いておりません。おゆるし下さい。おゆるし下さい」

おけらまいり

　ある日、奈々緒(ななお)は童話のさしえを画家の家にとりにいっての帰り、三条(さんじょう)の京都ホテルの前へさしかかった。

「お姉さん！」

　いきなり声をかけられて、ぎくっと立ちすくんだ。たった今、ホテルの玄関を出たばかりという形で、由美子がそこにいた。しばらく逢わない間に、由美子は見ちがえるようになっていた。誰の目にも由美子が進駐軍のいわゆるオンリーと呼ばれる種類の女のような印象をうけた。

「まさか、こんなとこにいるとは思わなかったわ」

　由美子は後から出てきた背の高い外国人に早口に何か英語でささやくと、外国人はちらっと奈々緒に視線をはしらせ、すぐまたホテルの中へひきかえしていった。

「今の男、あたしの彼よ。お姉さん紹介されるの厭でしょ、だから少しまたしといたの。いったいどうしたのよ」

「いいの時間は」

「五分くらいならいいわ」

由美子は腕の金色の小型の時計をかざしてみていった。外国人相手の女の誰でもがつけている玩具(おもちゃ)のように小さな時計だった。

「いつからこんなところにいるの」

「そろそろ二ヵ月になるわ」

「お姉さんが家出したっていうので、あたし、やったなと思ったのよ。どうせうまくいきっこなんかあるもんですか」

「みんな変りない？」

「さあね。あたしも最近、菊の家を出たからよくしらないわ。あたしのヘンリーをお母さんは気にいらないのよ。お姉さんには出られるし、あたしには出られるで少しは体裁が悪いでしょうよ」

「でも、その方が都合がいい点もあるんじゃなくって」

「ま、そういうとこね」

由美子はまた時計をのぞいて、今夜十時にホテルへ来てくれといった。

「今夜は十時から体があくのよ。ヘンリーがこっちの友人とポーカーやる約束だから、あたし、十時にはひとりで待ってるわ」

そこで由美子は別れ、会社へ帰っていった。

出てきた童話集のゲラ刷の校正をしていると、ひけ時になった。

「滝沢さん」

専務の浜田に呼ばれてデスクへゆくと、

「この翻訳面白いかどうか読んでおいてください」

といって一つづりの生原稿をわたされた。大学の講師の持ちこみの原稿だった。

奈々緒は京都では、実家の姓を使い、夫の姓の関屋を名乗っていなかった。

席にひきかえそうとすると、浜田が小さな紙片を原稿の上に何気なくのせてきた。

自分の席にかえってその二つに折った紙片をひらくと、浜田の手で、

「今日社がひけたあと、六時にここへ来て下さい。ちょっと折いって話したいことがあります」

その後へ木屋町（きやまち）の料理屋の地図が書いてあった。

奈々緒はそのまま、うつむきこんで、仕事のつづきをしているふうを装った。こういう予感はもっと前から持っていたような気がしてくる。近藤の紹介で入社したといっても、一応奈々緒は入社試験もうけている。その時逢ったのが専務の浜田で、採用を決定したのも浜田だった。社長はこの会社の為に紙会社も経営していて、浜田は社長の次女の夫でほとんどこの出版社は浜田にまかされていた。

浜田の妻が、病弱だとか、いや、神経の病気だという噂は奈々緒も聞いていたけれど、自分とは無関係だと気にもしていなかった。四十二歳の浜田はいつでも身だしなみよく、一分のすきもないスタイルで、てきぱき仕事をした。いわゆる切れる男という印象で、社員にとっては神経が細かすぎ、煙たい上役だった。

浜田ははじめから奈々緒に好意的だった。それを奈々緒は近藤のおかげだと単純に解釈しようとしていた。

五時が来ると浜田はかっきりその時間に立ち上って自分の机上を片づけ、さっさと帰っていった。

奈々緒も六時前には社を出て浜田の指定した家を探しにいった。木屋町の露地の奥にある小ぢんまりしたその家を、奈々緒は料理屋とばかり思いこんできたが、どうやら席貸屋らしい。入口でためらっていると、どこから姿をみられていたのか、中から玄関の格子戸があき、中年の女が首を出した。

「おこしやす。専務さんがお待ちかねどすえ」

うむをいわせない呼吸で中へひきいれられた。玄関からすぐ二階へ通じる階段があり、案内されていくと、六畳ばかりの部屋に通された。赤い友禅のふとんのかかったこたつの上に酒や料理が出て、きちんと服をつけたままの浜田が、ひとりで盃をあけていた。

すぐ窓の外には鴨川が流れている。夏にはそこの河原にむかって床がはりだせるようになっていた。

「寒かったでしょう。お入りなさい」

奈々緒は来た以上悪びれても仕方がないと、いわれるままにこたつに膝をいれ、浜田とむかいあった。奈々緒を待っていたように、鍋料理の用意がととのえられた。酒をすすめられたがのめないといって奈々緒は断った。のめば奈々緒は体質にあうのか酒の味がわかるし、二、三杯では顔も赤くならないのだった。浜田は悪強いはせず、それならと料理をしきりにすすめた。

この食料事情の悪いときにどうしてこんなに材料があるのかと思われるくらい、豪華な材料の鍋料理だった。

もう、少し酔の出た顔の浜田は、奈々緒の酌になって何杯目かの盃をおくと、

「滝沢さん、履歴書にまちがいありませんか」

といきなりいった。奈々緒はあっと思った時、目の中まで赤くなったような気がした。

「いえ、ね。はじめから、近藤君から、事情のある人だから、大目にみてくれといわれたのを引きうけた以上、今更、あなたに、やめてもらうとかどうのとかいうんじゃありませんよ。只専務として、本当のところを識っておきたいだけです。その方が万一、社員の誰かから苦情が出た場合、私の責任に於てかばえるからですよ」

「すみません」

「いや、あやまってもらうことはないのです。きっといろいろ事情があるんでしょう。ぼくとしては実は今日、わざわざ来ていただいたのはあなたを責めるためではなく、もっと私を頼りにしてほしいといいたかったのです」

「頼りに？」

「うちのサラリーでやっていけますか」

「それは……」

「実は、まるで探偵みたいで気がひけるけれど、あなたがモデルをしていることをぼ

くは偶然から識ってしまったんです。ぼくの友人の一人に、下手な絵を書くのを趣味にしてる奴がいましてね。そいつの所へ行ったら、あなたのデッサンがかかっていた。躰だけだとわからなかったんだけど、そいつがあなたの顔も様々な角度からスケッチしていたもので」

奈々緒は浜田の言葉の途中から、まっ赤になってうつむいてしまった。決してモデルになっていることを恥しい職業だとは思っていない。けれども、あの画室以外の場所で、絵を書かない男から、いきなりそれを話題にされると、まるで風呂場で裸になっているのをふいにふみこまれ、みられてしまったような恥しさと、口惜しさがつきあげてきた。

「悪かったかな。どうもぼくは人間がざっくばらんすぎて。これだから女に持てないんですよ」

浜田は自分から笑って、奈々緒がショックから酌をすることを忘れたので手酌で盃をみたした。

「ぼくのいいたいのは、あなたを困らせることではないんだ。実は、あなたの絵をみたとたん、恥しいことだけれど、あなたに対するぼくの気持がはっきりしたんです。入社試験にみえた時から、ぼくはあなたに惹かれていた。惹かれたと思ったから強いてぼくの気持を押し殺してきた。ぼくはご存じかもしれないが、妻がもう長い間、療養中なので、それでなくても女との事で問題のおこりがちな立場にいます。女と何かあってもいいけれど、仕事関係の女だけは手をつけるなというのが私の日頃、男の社員にいってる教訓なんだ。その自分の言葉の手前からも、私はあなたへの愛情を殺してしまわなければならなかった。しかし、あなたのあの絵をみたら……」

奈々緒は愕いて、浜田の顔をみなおした。声をつまらせた浜田が、眼鏡を外して目をふいたからだった。眼鏡をとると、急に浜田の顔がいつもより五つくらい老けてみえた。男泣きに泣いている浜田が芝居をしているとも見えない。浜田はまたことばをつづけ、愛する女の裸を他の男の目にさらしたくないから、どうかモデルはやめてくれという。奈々緒がその気にならないなら、決して無理強いはしないし、いつまでも待つから、ただ奈々緒の世話をさせてくれというのだった。

奈々緒は浜田のことばを聞きながら、菊江が聞いたら何と思うだろうと、ふとおかしさがこみあげてきた。妾という地位をあれだけ嫌い、娘に正式の結婚をさせることだけを執念に生きてきた菊江が、その娘の夫と不倫な恋に落ち、娘である自分は、他郷で男から妾になれと口説かれている。

奈々緒の口辺にういた自嘲を、浜田はどうとったのか、急に、卓をまわってきて、奈々緒の手をとった。

「奈々さん、ぼくの気持は真剣なんだ。考えぬいた上のことなんだ。いずれ……妻は長いことはない」

「よして下さい、そんなこと。奥さまに失礼ですわ」

奈々緒はぴしっというと、浜田の手から自分の手をひいた。ここできっぱり断ると、明日から社へはゆけないと思う。そう、ちらと迷った時、浜田が落着いた声でいった。

「考えちがいしないで下さいよ。私がこんなことをお願いしたからといって、決して専務の地位をかさに着ていっているのではないのだから。もしあなたがこの話は聞かなかったことにして、社へは来てくれるというなら、私はそれでがまんする。私はいつまでも気長に待つから」

奥さんの死ぬのを待つようにですか、と咽喉まで出かかったことばを奈々緒はのみ下した。まもなく白けた空気をとりなすように、女将が、芸者を呼んだのをしおに、奈々緒は席を外してそのまま帰って来た。

下宿では、近藤夫妻が茶の間から、茶をのんでいかないかと奈々緒に声をかけた。

奈々緒は近藤には何れ、今日の浜田のことで相談しなければならないだろうと思ったけれど、由美子との約束の時間もせまってきたので、着がえだけして、すぐまた外に出た。

由美子はホテルのグリルへ奈々緒をつれていった。近くみると、由美子が女として、急に開花したのがまぶしいような鮮やかさで奈々緒にはわかった。

「ヘンリーがね」

由美子は、二言めにはヘンリーがねということばで、自分の恋人をのろけたがった。ヘンリーが兵隊ではなく、貿易商社の男だということが由美子には自慢らしかった。アメリカの兵隊なんか、字もろくに読めないし、本国じゃ、どんな貧乏人の息子かわかりもしないのが、今、日本で威張りちらし、日本の女は馬鹿だから、それに尻尾をふっているというのが、由美子の持論で、自分はちがうんだという優越感を殊更ひけらかしたがる。

「結婚はしたの」

「ううん。今、向こうの奥さんと離婚の裁判中なのよ。あと半年もすれば片づくんじゃない」

「じゃ、その間子供でもできたらどうするの」

「ばかね、生みやしないわよ」

由美子はこともなげにいった。由美子だってヘンリーにどこまでだまされているかわかったものではないと思ったけれど、奈々緒はだまっていた。気の合わないこの妹に、はじめて自分の肉親だというなつかしさと愛情がわくのを感じた。

「あたし、今、幸福なのよ」

由美子のことばは自分にいいきかしているようにも聞えた。

「あたしは小さい時里子にやられてひがんでたせいか、家へかえってからも、どうしても母さんやお姉さんになじめなかったわ。本気で愛する人がほしく、愛されたかったわ」

「英語の先生はどうして？」

意地悪のつもりでなく奈々緒はふと訊いてしまった。

「訪ねてきたわ。すっかりやせて、マラリヤにやられてまるで人が変ったみたい。どうしてこんな人を好きだったのか、わからなかった。むこうはあたしに夢をかけて帰ってきたのにって、とても泣いたわ」

由美子の明るいというより張りつめた冷い表情は、そんな話の間にも変らなかった。外国人と通じた女がみんなそうなるように、由美子の皮膚までどこかこんにゃく色に変ってきている。奈々緒は由美子がなぜ自分を呼びとめ、自分と話したかったのしてこの小包みをつくってくれたかと思うとたまのやさしさに涙ぐむ。ようやく京都での生活になれてきたせいか、この頃になって、ふいに心細さやわびしさが骨身にしみることがある。俊太郎さんはどうしたのだろう。たまに私の話を聞いて、ここに来ているとは想像してはくれなかったのだろうか。

十二月××日

夜、モデルに廻って、九時すぎに帰ってくる。玄関へ入ったとたん、あっと立ちすくむ。茶の間から聞えてくる大きな男の話声があの人だった。

玄関へかけこむと、奥さんがとびだしてきた。

「奈々さん、誰が来てると思いはる？」

「俊太郎さんでしょう」

「わあ、にくらし、いっぺんにあてはったわ」

はじめてみる背広姿の俊太郎さんに、何だか照れくさくて、まぶしいような目をしてしまう。

「おかげですっかりこちらにお世話になっています」

「おたまさんにあなたの家出を聞いて以来、ぼくはきっと、ここにきてるだろうと安心してたんだ」

「まあ、だってちっともお便りもくれないくせに」

横から奥さんも、

「そうよ、そうよ」

と唇をとがらす。あの夏の時よりはずっと大人っぽく老成した感じで、頼もしいともよそよそしいとも感じる。この人の夢を時々見るなどと、とてもこの人に伝えられないと思う。

「思ったより元気そうですね。でもひどいねえ、配給票なしなんだって？　そんな無茶な話ないよ。ぼくとってきてあげようか」

「とんでもないわ」

二階の学生さんが休暇で帰省しているので、俊太郎さんは学生の部屋に寝むことになる。

十二時近くまで、近藤さんの茶の間でみんなして話しこんでしまった。まだ興奮していて全身がぽうっとあったかい。今、この屋根の下にあの人がいるのだと思うと、それだけでゆったりと深い眠りにおちそうな気持になる。

十二月××日
朝、会社に出かける時、まだあの人は起きていなかった。

午後二時頃、電話がかかってきた。原稿をもらう筈になっていたK大の助教授の電話とばかり思って出た私の耳に、いきなり、

「ぼくだ。今日何時にひける?」

ととびこんできた声は思いがけずあの人のものだった。ひけ時に、四条のフランソアという喫茶店で待っているという。専務がじっと聞き耳をたててるようで私ははかばかしい返事もしない。約束だけ簡単にして電話をきってしまった。そのあと校正のミスばかりしてちっとも心が落着かない。

四時半頃、K大へよるのを口実にして社を出てしまう。早すぎたけれど、まっすぐフランソアへゆく。行ってみるともうあの人が先にいて本を読んでいた。ひっそり前の席に腰をおろしても気づかない。ウエイトレスが傍へ来て、あっと、声をあげて目をみはった。「ひどいなあ、まるで泥棒みたいに足音がないんだね」

三日も、近藤家へ帰って来なかったことなどけろりとしている。

「大阪は楽しかった?」

「楽しくなんかないよ。かけずり廻ってた」

話は自然、あの人の今の仕事におちていった。一番私の知りたいことだった。いいえ、私はあの人のことなら、何でも知りたがっている。あの人の家は、美術印刷で有

名だった日新堂だった。戦争で、一家は疎開し、東京の印刷所も機械もすっかり焼いてしまい、終戦後の再起は難しかった。あの人のお父さんは生涯かけた仕事の地盤と二人の息子を失って、すっかり老けこみ、もう再起しようとする気力もなくしていた。一番末弟で、手に負えない我まま者だと思っていたあの人だけが生きのこった。

「この半年、父の仕事の再建のため、日本中をかけまわっていたんだよ。こんな戦後だからこそ日本美の再発見が必要なんだ。日本古来の美の宝殿のようなすばらしい美術印刷のシリーズものをつくろうとして、かけまわっていた。おかげで、父の仕事を覚えてくれてる人たちもいて後援者も次第に集まり、ようやく来春はうまくいきそうなんだ。戦前のぼくは遊びに夢中で神出鬼没で有名だったけれど、この半年の居所不定は全く仕事のためだけだった」

そんな話を若々しい瞳を輝やかしてしてくれるのをみていると、私自身の躰にまであの人の仕事への情熱がながれ移ってくるような気がしてくる。

「大阪も、じゃ、それで？」

「ああ、ほとんどはね。それと、女……」

私は自分がいいだしておきながら、あんまりはっきりいわれてぎょっとなった。

あの人はおかしそうに目だけで笑いながら、私のそんな表情をみつめていた。

私の心の中までみんな見透されているようで、私は頰が熱くなっていた。

「さあ、今度はきみの番だ。洗いざらいしゃべってしまうと精神衛生にいいんだよ」

私は、あの人の話を真剣に聞いただけで疲れてしまった。自分のことを話す気もなくなった。二人で食事をしている間に、私はぽつりぽつり、母や妹の話をした。征一のことはあの人が見ているので話しやすかった。関屋のことより、私は今の社のことが当面の解決をせまられている問題なので、専務のことを話していた。

「奈々さんはその男が好きになれそうなの」

「悪い人とは思わないけれど、好きにはなれそうもないの」

「結婚の相手としちゃ悪い条件じゃないけどなあ」

「だって、奥さんの死ぬのを待つなんていやだわ。第一専務はあたしのことを何もしらないんですもの。知ってしまえば話は別ですよ。それより、そういうもやもやを抱いたまま、勤めているのが辛くなったの」

「モデルもしてるんだって」

私はやっぱり、その時赤くなったと思う。

「モデルだけじゃ、食っていけないだろう」

「さあ、今はほんのアルバイトの気持だから」

いいながら、私は浜田が、愛する女の裸体を他の男の目にさらすのは厭だといったことばを思いだしていた。この人はやっぱり、私を浜田のように、男が女を需(もと)める気持では愛してくれていないのだと思った。友情はあっても恋の感情はない。それでいいじゃないかと自分にいいきかせても、私は急にがっくりと気おちがしてしまった。

帰りみち、私はことば少なになっていたらしい。家の前に来た時、あの人はふと立ちどまって、

「疲れたの」

と、月光に私の顔をすかすようにしてながめた。私はいいえと、はっきりした声でいって、つと一歩ふみだしたあの人の横をすりぬけて、さっと玄関に走りこんだ。

なぜ逃げたのだろう。あの人はどうしようとして、一歩ふみだしたのだろう。二階であの人が雨戸をたてる音がする。

十二月××日

大晦日(おおみそか)、また二、三日出たっきりだったあの人が夜になって帰ってきて、いきなりおけらまいりに誘われた。近藤夫妻もぜひいってらっしゃいとすすめるので、出かけていく。四条(しじょう)の橋のあたりへさしかかると、もう人出で身動きも出来ないようになる。人波にもまれていると、十二月だということも忘れるくらいだった。いつのまに

かしっかりとあの人と手を握りあっていた。そうしていても油断すればすぐ離されそうになる。道路の向う側は、もうお詣りをすませた帰りの人たちの列だった。火縄の先に八坂神社でつけてきた火をともし、それを消さないようにくるくるまわして家まで持って帰り、その火で元旦のかまどの火をつけるのだそうだ。みんなのまわす火縄の火が、くるくると腰のあたりでうずを巻くのが無数につらなっているので、まるで光の縄をはりめぐらしたように美しい。

「まあきれい」

見惚れた瞬間、どんと人波におされ、ころびそうになった。気がついたら、しっかりとあの人に抱き支えられていた。

「危いなあ、しっかりつかまってなさい」

私は子供のようにしっかりとあの人の腕をつかんで歩いた。ようやく境内にたどりつくと、あかあかと御神火が燃えさかっていた。人々がまっ白い火縄をめいめい背のびしてのばし、先に火をうつしている。私の分もあの人はす速くうつして持たしてくれた。

「それ、もっと早く、こうまわして」

あの人は馴れない私の手首をにぎって、調子よく火縄のまわし方を教えてくれる。

帰りに人通りの少ない道を選んで帰る。

闇の中に、ところどころ、人の姿はみえず火縄だけがまわっているのが、火の輪が宙を歩いていくようで怪しく美しい。

「下鴨まで歩けばつかれるね。車に乗る？」

「いいわ、歩きたいの」

私は本当にこうしてどこまでもあの人と無心に火縄を廻しながら歩いていきたかった。いつのまにか河原に出ていた。寒いことも忘れていた。すっぽりとショールで頭から顔をつつみ、あの人によりそって歩くと、川風のせいか火縄の火はいっそう鮮明さをまし、かなしいような美しい色に冴え光る。

川の音がしみじみとあたりにたちこめていた。その音から軽井沢の裏の流れを私が思いだした時、

「今、軽井沢ではじめて奈々さんをみつけた時のことを思いだしていたんだよ」

とあの人がいった。思わず足をとめてあの人の目をまっすぐみあげた。胸にこみあげてきた感動にことばがなかった。これから先どんなにたくさんの大晦日（おおみそか）を送ろうと、私はこの大晦日を生涯忘れないだろうといいたかった。あの人は火縄を持った手で、私を抱きよせた。ふたりとも唇は冷く凍（い）てついていた。あの人の唇が私の唇に生

気をとりもどすように幾度も力をこめて吸った。気がついた時、ふたりの火縄の火が今にも消えそうになっていた。あわててふたりはいっせいに手首をまわし火をかきたてた。そうしながら、また唇をよせあった。もうどちらの唇も熱く燃えていた。

卍(まんじ)

隣家のラジオから潮騒(しおさい)のようなたくさんの人の笑い声が聞こえてきた。正月の寄席(よせ)中継(ちゅうけい)の番組でもかけているらしい。

あえぎのまだのこっている胸をかかえて、奈々緒はじっと瞼(まぶた)をとざしていた。その顔を俊太郎にみつめられているような気がする。そう思っただけで、とじた瞼がひくひくとふるえる。咽喉(のど)がからからにかわいていた。唇があえぐ。

「水?」

俊太郎の落着いた声が聞えた。

俊太郎の部屋を出る気配、やがて帰って来た俊太郎は、体重をかけない位置から奈々緒を抱き、口うつしに水を与えた。水の冷さがまだ燃えている奈々緒の全身にしみとおっていく。たまの送ってきた和服を着ているため、どうにか爪先までかくれていると思うと、ようやく奈々緒はほっとした。

目をあけると、近々と俊太郎の目がせまっていた。表情も読めない近さにその目が光っている。恥しさとまぶしさに堪えて、奈々緒はしっかりと自分の目をおし開いた。俊太郎が上体を少し遠ざけ、互いの表情の見つめられる位置に顔をうつした。なごんだ柔かな表情を俊太郎の顔にみとめ、奈々緒は深い安堵(あんど)と歓び(よろこび)が全身に伝わるのを感じた。大きな俊太郎の目の中にみなぎった優しさは、奈々緒のこれまでにみた男のどんな目ともちがっていた。

「もう少しのむ?」

奈々緒はゆるく首をふった。

「可愛い顔してる。まるで小ちゃな女の子みたいだ」

奈々緒は恥しさに堪えて微笑を滲(にじ)ませた。

俊太郎は左腕で自分の上体を支え、右手で奈々緒の髪をかきあげた。その手を頬にすべらし、陶器の肌に触(ふ)れるように軽々と撫(な)でた。

「赤くなってる。なかなか赤みがとれないんだね」

奈々緒は涙があふれそうになった。たった今の甘美(かんび)な陶酔(とうすい)のなかからまだ全身の感覚が返ってきていない。関屋は愛したあとで、こんなこまごまとした関心を妻に示したことがあっただろうか。

「まだおやつがほしい子供みたいな顔してる」

奈々緒は俊太郎の目の中に、みるみる真赤になっていく自分の顔が映っているのを感じた。全身をえびのようにちぢめて、いきなり俊太郎の背に手をまわし自分の上にひきよせていた。俊太郎の大きな軀(からだ)の下にすっぽりと、自分のすべてをかくしてしまいたかった。

俊太郎は素速く軀の位置をかえると、もう一度奈々緒を動かしやすい場所から、すっかり奈々緒の全部を手に入れてしまった。

「ちがうのよ、ちがう。そんなつもりじゃ……」

ことばの途中は唇でふさがれた。何がちがうのと俊太郎の指が囁(ささや)いた。

奈々緒は俊太郎の指の動きが、すべてことばとなって聞こえた。そして、それに自分も、軀のどこかでちゃんと答えているのを識った。

長い、こまやかな会話が、互いの軀で交わされる不思議に、奈々緒は前の時よりいっそう深い愕(おどろ)きをもたらされた。ほんとうにそれは長い会話だった。

俊太郎が渚(なぎさ)にうちあげられた海藻のように、奈々緒の上で、ぐったりなった時、奈々緒はその重さに堪えながら、このまま、俊太郎の背から自分の背まで一突き刺しにされたら幸福なのにと思わずにいられなかった。

今日、近藤夫妻が、伏見にある近藤の妻の和歌子（わかこ）の里へ出かけていくのは昨日から聞かされていた。

二人が出かける時、俊太郎はまだ起きていなかった。

「俊さんが起きたら、お重のもの食べさせといてやってね。お正月くらい奈々さんも、うちのものおあがりやす」

和歌子がいそいそ夫と出かけたのを見ていたように、二階から俊太郎がおりてきた。

「お早よう、いやおめでとうだ」

寝たりて、うすく脂のういた俊太郎の若い顔を見あげ、昨夜の接吻の熱さがまだ、骨にからまって身内に燃えのこっているような奈々緒は、顔をあからめた。あれだけのことで、急に馴れ馴れしい態度やまなざしをとるのは、はしたなく思われて、妙に奈々緒は表情も動作もぎごちなくなった。

昨夜一晩、夢の中まで、俊太郎の抱擁（ほうよう）を反芻（はんすう）しつづけていたことが見抜かれはしないかと恥しかった。

焼けなかっただけに、近藤の家には塗りのいい重箱があった。乏しい材料を上手にやりくりして、料理のうまい和歌子は一応正月らしい料理をその中につめてあった。和歌子におそわった京都風の白味噌仕立の雑煮（ぞうに）をつくり、二人は奈々緒のせまい部屋で食卓をかこんだ。まるで新婚のようなつつましい幸福が、食事の間その部屋にみちているようで、奈々緒はことばが少くなった。俊太郎は、とそがわりに、日本酒の熱燗（あつかん）をコップでのんでいる。

「寒さしのぎにおのみよ」

奈々緒にも、とそ用の盃にそそいですすめた。奈々緒は顔に出ない方だったけれど、その朝の酒は二、三杯で、全身の細胞を瑞々（みずみず）しくふくらませるように身にしみわたっていくのを覚えた。

食事のあと食卓を片づけてしまっても、俊太郎はそのままその部屋に気持よさそうに横になって、いつもの何倍もある新聞をひろげていた。

「あら、雪！」

奈々緒が小さな声をあげて窓にはしりよった。いつのまにか外は、はなびらのような牡丹雪が静かに降りしきっていた。

「大きいわ。ほら、梅の花みたいに大きいのがあってよ」

奈々緒は背後から俊太郎に抱かれていた。肩に俊太郎の手がおかれた瞬間、奈々緒は電流を通されたようにびくっと全身を震わせた。奈々緒は熱い頬をガラス窓におしつけ、じっと息をこらしていた。雪片はくるくる舞いながら絶間なくガラス窓にぶつかり、奈々緒の顔の熱さにすっととけさっていく。

俊太郎の手にゆるく力がこもり、奈々緒はくるりとむき直されていた。雪がふたりをつつむような錯覚があった。奈々緒の目の中にはまだ雪がしきりに舞っていた。

昨夜の闇がたちまちあたりにひきもどされた。雪の舞いがいつのまにか無数の火縄の火の舞うのにかわっていた。銀河のようにおびただしい光りが次第に速さをまし、渦のようにふたりを巻き、その底へひきずりこんでいく。奈々緒は畳に横たえられた時、自分からしっかりと俊太郎の背に手を廻していた。着物の胸をひろげ、俊太郎の唇が乳首にふれた時、奈々緒は堪えきれない声をもらした。俊太郎の扱いは落着いて的確で、若さのもつ不器用さはなかった。それを頭のどこかでかすかに感じながら、奈々緒は俊太郎を拒む気持など毛頭なくなっていた。

俊太郎が自分の中へ入ってきた時、奈々緒は思わず深いため息をもらした。あたたかな海に包まれたような深い安堵感が心の奥にひろがっていく。

奈々緒が自分の着物の袖を口に押し入れた時、俊太郎がすぐそれをとり払った。

「誰もいないんだ。声をおだし」

そっと軀をひくと、俊太郎は他愛なく奈々緒の軀から落ちた。目だけで奈々緒に笑いかけている。萎えきった姿をみると、奈々緒は俊太郎が乳をのみたりた子供のようにあどけないものに思えてきた。

俊太郎は奈々緒に何もかもまかせきって、その時も幼児のように素直だった。

こんなみちたりた想いははじめてだとつげたい想いを、奈々緒は胸の中にかみしめた。

話したいことは山程あったが、今はこの完全な安らぎを少しでもこわすのがおそろしかった。

奈々緒も身仕舞を直すと、そっと俊太郎の横によりそって軀を横たえた。目をとじたまま、すぐ俊太郎の手が奈々緒の手をひきよせた。気がつくと、俊太郎が手首を指で押えている。

「なあに？」

「脈をみてるの。もう大丈夫だ、平脈だ」

「いや……」

「すぐには暮せないかな」

はっとして奈々緒は息をつめた。

「関屋さんとの籍はどうなってるの」

「まだそのままなの。何だか居所しらすのもいやだし、母のことがからんでなければ簡単に話をつけられるのだけれど、どうも……」

「籍がぬけないからって、こんなことになったので自分を責めることはないんだよ」

「…………」

「案外、きみは古風なところがあるから、そういう心配まで先まわりするんだけれど」

「ええ、後悔はしていないわ。陳腐（ちんぷ）ないい方だけど」

「東京のぼくの住いはひどいところなんだ。まだいっしょに暮せる状態じゃないし……でも一日も早くいっしょに暮した方がいいんだよ。愛しあっているなら、別れていない方がお互いのためにいいにきまってるもの」

俊太郎が愛しあっている者と決めて話してくれるのが奈々緒には嬉しかった。男と女が愛しあうということは、こんなに心の安らぐものだったのかと、目の覚めたような想いがする。かつて、愛したと思った男たち、珠彦（たまひこ）や敏夫（としお）の俤（おもかげ）がなつかしく目の前に浮んでは消えた。彼等を好きだった気持、その頃の自分に嘘はなく、みんななつかしかった。けれども彼等を経て、今、俊太郎にめぐりあったという安堵と喜びは、何なのだろうか。そういう一瞬の思いの中にも、夫の関屋が入って来ないことに奈々緒は気づいていない。

「あたしはあなたを知らなさすぎるわ」

「何が知りたいの、ぼくの家族？　学歴？」

俊太郎の目にからかうような光りがさした。

「近藤さんが大阪の女の人のことをいってたけど」

「そうくるだろうと思ってた」

俊太郎は平然と笑っている。

「大阪にぼくの母親よりうるさいバーのマダムがいるんだ。今度いっしょに行ってみよう。ぼくが学生時代、ぐれて家をとびだしバーテンなんかしてた時の仲間なんだよ。もちろん年上だし、何でもない。いや何でもないというのは嘘かな。とにかく、今、ぼくの結婚にとやかくいう女じゃない。ぼくの幸福になることなら、誰より喜んでくれる女なんだよ。きみのいいたいことみんな吐きだしてごらん」

奈々緒はもう俊太郎に何の恥しさもなく、自分の経験した人生の歪（ゆが）みや醜（みにく）さを何でも話すことが出来た。

「征坊はひきとるんだね、いつか。婆さんの所においておくのは坊主のためによくないよ」

「ええ、でも離さないでしょうね、多分、母が」

「きみの旦那の子だからという意味で」

「ええ、まあ」

「配給票や、着る物まで、遠慮してるってことはないよ。あんなものは人間の基本的人権だ。大体、きみは、何事もあきらめが早すぎるよ」

「でも、交渉することさえいやなのよ。もう今思いだしただけでもじんましんが出そう。ああいう中にいると、こっちまで神経が異常になって、何がいいのか、何が悪いのか全くわからなくなるのよ」

「ぼくが交渉にいってやろうか。こうなってしまってからではちょっとまずいけれど、交渉する時はあくまで他人の立場でさ」

「それは無理よ」

奈々緒は関屋や母が一筋縄（ひとすじなわ）の人間ではない話などを、まるで楽しい話題でも扱っているような得々（とくとく）とした面持ちで話しつづけた。

近藤夫妻にはやっぱり恥しいから、今少し、こういう関係を内緒にしておいてくれというのは奈々緒の申し入れだった。

俊太郎が明日は東京に帰るという前日、ふたりで八瀬から大原の方へ出かけていった。

観光シーズンを外れているので、どこにいってもひっそりと静まりかえり、ほとんど人に逢うこともない。

「京都はぼくは春や秋より、冬が一番好きだな。この骨にしみこむような寒さと冬枯れの郊外の風景がたまらなくいい。寂光院なんて冬に来るにかぎるよ」

俊太郎に案内されて三千院から寂光院までの畠中の道を歩いていると、さえぎるものもない四方から、寒気がおしつつむようにせまってきたけれど、奈々緒は心が燃えていて寒くも何ともなかった。

寂光院のひっそりとした静かさと、あたりの風景の寂しさは、心の華やいでいる今の奈々緒にはあまりに縁遠い感じがしたけれど、それだけに今の自分の幸福さが身にしみてきた。

「あたしは、家を出て以来、色んなものが新しく新鮮に見えて、楽しくてならない時と、何もかも灰色にみえて、もう気を張って生きていくのがつくづく面倒で、その場に坐りこんで、雪がとけるように消えてしまいたいような意地も張りもなくなる時があるのよ。でもこれからは、何とかやっていけそうな気がするわ」

寂光院の静かな書院に坐って、うす氷の張った静かな池をみつめながら奈々緒はそんなことをつぶやいた。俊太郎はだまって、背後から奈々緒の薄い肩をつかみ、柔かくもみしごくように指に力を加えていた。

大原からの帰り、八瀬の流れに面した鄙(ひな)びた宿で夜まですごした。かま風呂のあるこのあたりの夜は、京都からのふたりづれがひっそりとくるのにふさわしい小粋さが、たたずまいや間取りの中にただよっていた。耳のやや遠い老いた女中がひとりしかいないその宿は、はやらないのか、建具やふとんが痛んでいてわびしかった。それだけに、客にはかまわず、奈々緒のようなふたりづれにはかえって気がおけなかった。老婆に案内され、かま風呂の入口まで来た奈々緒は、まるで穴ぐらの牢(ろう)のような黒い不気味なかま風呂の入口で、おどろいて俊太郎をふりかえった。

「いやだわ。こんな穴の中へふたりで入るの？　恥しいわ。あなたひとりでお入りなさい」

老婆が背後から、

「この中におふたりでお入りなさって、外から戸をしめて、ぴたっとかくれてしまいますのや」

とせきたてるようにする。俊太郎は老婆に、ふつうの風呂はないのかといった。

かま風呂の方が芯からあたたまるのにと、老婆は不平そうにいいながら、かま風呂のひらき戸のすぐ横にあるせまい風呂を教えた。かま風呂で蒸した軀を洗うのが目的の風呂場らしかった。奈々緒は俊太郎の少しあとから風呂場へ入っていった。タイルの小さな湯舟は、ふたりが沈むといっぱいになる。

「洗ってあげよう」

「反対よ」

「いいから」

俊太郎はあきれるばかり石鹸を泡立て、泡の中に奈々緒をつつみこんだ。恥しさは泡の中にとかされてしまい、奈々緒はそこだけ石鹸のついていない頬に涙をしとどにふりこぼしていた。

「どうしたの」

「こういうのがしあわせなのかって、今しみじみ思ったの」

「へえ、ずいぶんみみっちい幸福なんだね。もっともっと楽しい生活をそのうちにふたりでしようよ」

「ついていこうかしら、すぐ東京へ」

「ああいいよ」

「でも、やっぱりやめておきましょう。早く、私の方、きちんと片づけるわ。それから天下晴れてあなたと暮しましょう」

夜になるまで、ふたりでその宿ですごした。外に客もないのか、まるで空家のような静かさの中に、庭にもひきこんだ流れの音だけが枕にひびき、それでほっとしたという結果になった。

俊太郎が出発して二、三日たった夕方、いきなり会社へ電話がかかってきた。

近藤の妻の和歌子からだった。

「お母さんがお見えになってます。どないしまひょ」

「えっ、東京のですか」

「へえ。何や、わからへんけど、誰かに聞かれてここがわかったとかって」

奈々緒はすぐ由美子の顔が浮んだ。けれども由美子には近藤の家も会社も教えてない。

「えらいご丁寧やけど、相当おこってはりまっせ」

和歌子の口調から、菊江の緊張した顔が浮ぶ。会社がひけたらすぐ帰るといっておいて電話をきった。

菊江は、うぐいす色の江戸小紋に黒の羽織を重ねていて、地味作りにしてはいたが、年より十歳若く見えた。奈々緒と顔をあわせたとたん、きらっと冷く目を光らせたまま、口もとでは笑って、

「いいかげんにおしよ。人に心配かけるのも」

といかにも物わかりのいい親がわがまま娘をたしなめるような口調になった。

菊江が木屋町の宿の部屋をとっているというので、奈々緒はすぐそちらへ出かけることにした。母との浅ましいいさかいを、おっとりした和歌子に聞かれたくはなかった。

「お前、そんなオーバーしかないのかい」

菊江は出がけに、じろっと奈々緒のみなりを見下していった。

「ええ、どうして」

「宿屋にみっともないよ。着物は送って来ないのかい」

母のそのことばで、奈々緒はたまが小包みを送るところを発見され、居所がわかったのだと想像出来た。

菊江の不満を無視して、奈々緒はそのままの姿で先に玄関へおりた。

「あの、今晩は宿の方へとめますものですから」

菊江は商売用の如才のない笑顔と口調で和歌子と挨拶している。

外に出ると、菊江は怒りが押えきれないという口調になって、肩をつき当てるようにして奈々緒へつっかかった。

「いったい、どういうつもりなんだい。あたしゃ一ヵ月ばかり、どんなに手をつくしてお前を探したかわかりゃしないよ。よっぽど警察へ頼もうと思ったけれど、昇さんがみっともないととめるものだから」

奈々緒はとりあわなかった。しばらく見ない間に、母も老けたような気がする。相かわらず化粧に神経を使っているけれど、目の下や顎の下に初老の女にかくしきれない衰えが滲んでいた。

木屋町の宿に落着いてからも、菊江はいつもより一オクターブ高い調子が下らないふうだった。食事の間は二人とも妙にだまりこんで箸を動かしていた。

女中が膳を下げてしまうと、ふいに菊江が肩をふるわせて両手の中へ顔を埋めた。指の間から涙が流れてくる。細い青白い指や肉のない甲の静脈の浮いた手をみていると、顔や首筋に感じたよりもそこに老いが滲んでいた。

「あたしほど不しあわせなものもないよ」

菊江はとぎれとぎれの声でいった。

「したい勉強もさしてもらえず、早くから一番性にあわない世界に入ってそこから生涯ぬけきれない。二人の娘はせっかく育てても、それぞれ勝手なまねをしてそむいていく」

「男がのこったじゃないの」

菊江が顔から手を放し、平手打ちをうけたような歪(ゆが)んだ表情をした。

「母さん、育ててもらったのは恩にきなけりゃならないかもしれないけど、私は母さんには、いい分がある立場だわ。はっきりいって、関屋を私はちっともすきになれなかったけれど、結婚した以上はつとめていたつもりよ。母さんと関屋のことがどんなにこたえたか、母さんにはわかりっこないのよ。今、私の頼みたいことは一日も早く、私を彼の籍からぬいてほしいことだけだわ。そしてそれくらいは母さんがやってくれてもいいんじゃないかしら」

「お前……それでどうおしだえ」

「あたしのことはもうすててほしいのよ。あたしと母さんは、世間の母娘のようじゃなかったのは母さんだって認めるでしょ」

「征一は可愛いくないのかい」

「そんなこと母さんに聞く権利はないわ」

「……あの子は、あたしになついているよ」

「何もわからないのよ。目の前にいて、自分の欲望を察してくれる者が一番なつかしい年ですよ。肉親も他人もわかりっこないのよ」

「昇さんが承知するかどうか」

「するもしないもないでしょう。あたしのことなんか、はじめからあの人は一度だって愛したことありませんよ。母さんと、仲人口にのり、母さんのする経済援助が目的だったのよ」

「それはいいすぎだ」

「いいすぎなもんですか。証拠に私がいなくなったって、何くわぬ顔で母さんからそれをうけているじゃないの。もしかしたら、母さんだって骨までしゃぶられるんじゃないの。あげく捨てられないとも」

「それだけれど、実は私の方からも相談があったんだよ。お前さん、昇さんと別れ、昇さんがあの家で結婚して住むの承知かい」

奈々緒ははじめて呆れた顔をして母をみつめた。

「関屋が結婚？」

「もちろん、あんたの籍はきれいにした上での話だよ」

「それは関屋の希望なの」

「ええ……まあ」

「じゃ、母さんはどうなるのよ」

「あたしは、お前が征一をおしつけて出た以上、やっぱり征一が気になるから、時々は行くつもりさ」

　奈々緒はそんなことを平気でいう母の顔を見返さずにはいられなかった。

「征一をひきとって、関屋と縁をきればいいじゃないの。あたしの籍がぬければ赤の他人ですよ」

「男の子は大きくなって就職の時、父親の籍についていなければ、ろくな職につけやしないよ。昇さんと征一を離すことは出来やしませんよ」

　奈々緒は次第に上気してくる菊江の顔を浅ましいと眺めていた。

　濃い油性化粧が、電灯の下でみると小皺の中に埋まっていて、目尻や、鼻から口辺にかけて深い皺が、白い線をひいたようにくっきりときわだっている。この母の中にまだ関屋に対するみれんと煩悩が燃えいぶっているのかと思うと、奈々緒は胸の中に墨汁でも流しこまれたような気味の悪さを感じた。

「由美子に逢ったわ」

「えっ、いつのことだい」

「去年の暮よ。あれからどうしてるの」

「由美子も由美子だ。変なアメリカ人とくっついて出たっきり戻らないんだよ。あたしほど親不孝ばかり持った親も少いだろう」

「子不孝な親っていうことばをこの間小説の中でみたわよ。私たちの方からいえばそうもいえるわけね」

「いくらでも親をなぶるがいい。あたしが昇さんとああなったのがそんなに口惜しいなら、もっと堂々と争えばいいじゃないか。何だい、そのいい方は。ねちねち持ってまわったいい方をして、お前さんが女として半人前だから、昇さんだって女をつくりたがるんだ」

奈々緒は急に激情にかられていきりたつ母の表情に目をみはっていた。けれども母の口走ったことばの意味は胸にひびくものがあった。関屋との空しい、流れの外にはじき出されたようなもどかしい夜々の記憶が思いだされてきた。急に母も可哀そうになってきた。

「母さん、そりゃあ、あたしは関屋を性的にも満足させられない幼稚な女だったのよ。でもたとい、母さんがそれを充(みた)してやっていると思っていても、どうせ、つづきっこない不自然な関係じゃないのかしら。ね、そうじゃないの」

「奈々緒」

菊江は目を据(す)えてじっと奈々緒をみつめた。疲れた、年齢の正直にあらわれた顔の中に、一種誇らしげな微笑がひろがっていく。

「昇さんの方が、あたしを離さないんだよ」

奈々緒は母の顔をみつめかえしたまま、ことばも出なかった。菊江は奈々緒の視線から目も離さず、妙に落着いたゆっくりした口調でつづけた。

「あたしだって、そりゃあ人間だもの。実の娘の夫を寝とっていい気でいられるものじゃないさ。何度きれようと努力したかわかりゃあしない。その度、昇さんの方が、よりを戻してしまうのだ。金だけが目的だとは思えないんだよ」

「もういいわ」

奈々緒はきびしい口調で母をさえぎった。

「たくさん。あとは母さんの好きなようにすればいいわ。何度もいうように、あたしはあの人にみれんのかけらもないのよ。征一にはすまないけど、あたしが貧乏してひきとるより、少くとも今のうちは、母さんに可愛がられていた方が幸福だもの。籍だけは関屋からぬいておいてほしいわ」

それだけいうと、もう奈々緒は母と一つ部屋にいるのもいやになった。どうしてこの母と血がつながっているのかわけがわからなかった。宿命的に、母の仇の役廻りをしに生れてくる娘もあるのかと悲しかった。俊太郎がしきりに恋しくなってきた。奈々緒が立ち上ろうとするのを、菊江は愕いた表情で見あげた。

「お前、もう十一時ちかいのよ。泊っておいきよ」

「もう、たくさん。一人になりたいのよ。要するに母さんは、関屋を結婚させる必要があって、私の籍をぬきにきたんでしょ。話がわかったんだから、もういいじゃないの」

何かまだ言いかける母の声を背にして、奈々緒は部屋を走り出していた。暗い木屋町通りに出て、夢中で小走りに歩きつづけた。少しでも母との距離をつくりたかった。

気がついたら、小さな橋の上に立っていた。高瀬川の水が、ほとりのバーや飲みやの灯の色をとかしてきらきらと流れていた。

母を哀れと思うより、母の醜さがこちらの肌身にまでべとついてくるようで、奈々緒は胸からつきあげてくるものがあった。

翌日、会社から帰ってみると、和歌子が菊江の置いていったというふくさ包みを手渡した。

「えろう、若いお母さんね。それにきれいやこと、びっくりしたわ」

「商売が商売だからよ」

「あんなりっぱなお母さんがいやはるのに、何で奈々緒さん、そない苦労をもとめて買いなさるの」

「うまがあわないのよ。顔をあわせると、ふたりが不幸な気分になるの」

「へえ、ややこし、うちにはわからへんわ」

　ふくさの中には部厚な札束が入っていた。

　これが菊江の罪ほろぼしのつもりの一部かと思うと、奈々緒は厚い札束を前にして、いっそう心が白茶けてくる。

　遠い昔、あの母のいい匂いのする膝で耳垢（みみあか）をとってもらった時のくすぐったい甘い感覚は何だったのだろうか。

　ほとんど菊江と入れちがいのように、今度は関屋が入洛してきた。

　関屋は近藤家にはよらないで、いきなりホテルから会社に電話をかけてきた。

「ぼくだ」

声で関屋とわかった時、奈々緒は顔色がかわるのがわかった。

「ちょっと逢いたい」

「…………」

「いってもいいんだよ、そっちへ」

「いいえ、迷惑です」

「それじゃ、Kホテルへ来てくれ」

「母さんに話はみんなしてあります」

「本人の判がいるよ」

奈々緒は唇を嚙んだ。相変らず、高圧的な関屋の口調は落着き払っていた。もう退社の時間になっている。そこまで計算しての電話だった。仕方なく奈々緒は三十分後にホテルのロビーへゆくと答えた。

受話器をおくと、急に悪寒が背筋を走った。風邪かもしれないと思い乍ら、奈々緒はゆっくり机上を片づけた。

「このところ、楽しそうな電話が多いですね」

いつ来たのか専務が、机の横に立っていた。

夜の雲

「ぼくの方へは時間が廻ってきませんね、なかなか」

浜田は、きれいに剃りあげた頰にローションの匂いをさせながら、なおも皮肉な口調をつづける。

「さあ、何でしょうか。お仕事のお話でしたかしら」

奈々緒もわざととぼけて、浜田の顔をみないで帰り支度をつづけた。

「滝沢さん……明日、うちへ来てくれませんか。この間のおわびもしたいし……あなたにぼくは誤解されている」

「とんでもありませんわ。専務さんの思いすごしですわ」

「とにかく、一度うちへ来て下さい。何なら誰か、他の社員もいっしょに呼んでもいい」

「はあ、今日は私、ちょっと急ぎますので、また明日」

奈々緒は、ごめん下さいとわざと大きな声を出し、浜田の横をすりぬけて外へ出てしまった。一度はああしてはぐらかしたものの、浜田が奈々緒への関心を捨てないかぎり、やはり、いつまでもこの会社にいることは居辛くなったと考える。何れにしても、上京して、俊太郎と苦労を共にする生活に入った方がいいのだ。奈々緒は、浜田のローションの匂いがまだ自分の頸のまわりにたちまよっているような気持の悪さを覚え、一気に電車通りの方へかけぬけていた。

Kホテルへ入る時、奈々緒は抵抗を感じて気持が重く沈んできた。別れた夫に逢うという感じでもなく、もちろん現在の夫に逢うという感じでもない。

フロントで告げると、ほどなくエレベーターで関屋が降りてきた。ダブルの紺色の背広にきちんと軀を包んだ関屋は、少し逢わない間に一まわり肥っているように見えた。どこから見ても一分の隙もないその身だしなみのいい紳士ぶりは、堂々としていた。

互いに笑顔もみせないで、関屋と奈々緒は無言で向きあった。どっちも先に口をきく義務はないといった様な表情だった。みじろぎもしない。まわりの視線を感じ、関屋の方がようやく口をきった。

「ぼくの部屋にいってもいいが」

「いいえ、ロビーでお話うけたまわります」

切口上の口吻(こうふん)が我ながらこっけいだと思いながら、奈々緒はそんな堅苦しい口調しか出て来ない自分を持てあました。

二階のロビーの隅にバーのカウンターがあった。その前のうす暗いテーブルをはさんで、二人は向いあった。関屋はビールを注文した。

「やせたね」

物を見る冷い目つきで関屋は無表情にいった。

「あなたは肥ったわ」

「ふむ……この間、母さんからみんな聞いたのか」

「ええ」

「ぼくには内緒でやってきたんだ」

「…………」

「まだ、決ってる話でもないんだ」

「だって、判がいるっておっしゃったじゃないの」

「そりゃ売りことばに買いことばだ」

奈々緒は関屋の本意がはかりかねてだまってその顔をみつめていた。端正できりっとした関屋の顔からは、硝子細工(ガラスざいく)をなでるようなつるりとした手ざわりで何も感じとれない。

「きみは男が出来たのか」

関屋は急に顔をよせるようにして囁(ささや)いた。

「あなたと関係のないことでしょう」

「いや、大いにあるね。男が出来ていたら、こっちは離婚にいい条件がつけられる」

「何ですって」

「そうじゃないか。まだわれわれは夫婦なのだ。妻に不貞があれば、夫は妻から金だってもらえるだろう」

「盗人(ぬすっと)たけだけしいとはあなたのことだわ」

「母さんのことをいっているのか」

「…………」

「あれなら、こっちが被害者だよ」

「被害者ですって」

「誘惑されたんだ。まさか、あんなお婆さんにこっちから手を出すわけはないだろう」

奈々緒は恥で皮膚がむず痒くなってくるような気持だった。

破廉恥な関屋を責める前に、この男に、こんな言葉を吐かす自分の母の愚かしさに胸が煮えた。

「今度の結婚話も母さんからすすめられたんだ」

「えっ」

「ぼくが逃げだすのを封じるつもりなのだろう。彼女の自由にならない女をつくられるよりは、自分の支配下に置ける女をあてがおうという苦肉の策だな」

関屋はいつのまにか、ビールからウイスキーに飲み物を替えていた。

「結婚の面倒をみて、自分の選んだ嫁をぼくにあてがう。女には、母さんに恩義を感じるようにしむける。征一がいるという理由で自分はずっとぼくの新家庭に出入り出来る。もちろん、ぼくとの関係は断つつもりはない」

奈々緒はハンドバッグをとって立ち上った。

「どうした」

「勝手にしていただきたいわ。私の関係した問題じゃありませんもの。判なんて、どうぞ適当につくって押して下さいな。私の方からは、何を調べあげられてもさかさにふったって出すお金なんてありませんからね」

あっというまもなく、テーブルの横で奈々緒は関屋に手首をつかまれていた。

「そう怒るな。今夜はここへいっしょに泊ろう」

「馬鹿な！」

「いいじゃないか。今はまだわれわれはれっきとした夫婦だ。ダブルの部屋をとったっていいじゃないか」

「気でも変になったんですか。私たちは離婚話をするために逢ってるんですよ」

「そうさ、でも、まだ考え直す余地もある」

奈々緒は呆れて口もきけない気持になった。

自分はこの男と何年かつれそい、子まで産んでいながら、この男の正体は何ひとつわかっていなかったのだと思った。

「きみは、やせたけれど、昔よりぐっと色っぽくなったよ。京都の水があうのかな」

手をふりきって出ようとしたが、関屋の力は愕(おど)くばかり強かった。外国人のふたりづれがちらとこっちを見ている。奈々緒は、みっともなさを感じ、しぶしぶもう一度腰をおろした。関屋はテーブルのかげで、まだ奈々緒の手をつかんだまま、離そうとしない。

「男が出来たかどうか、調べてやる。ベッドに入ればすぐわかることだ」

奈々緒は屈辱(くつじょく)で自分の頬が真赤になっていくのがわかった。

「もうとっくに、私たちは他人だわ。いえ、他人よりもっと離れた間柄だわ」

「母さんのことで怒っているのか」

「怒ってるなんて！　そんなものじゃないでしょう。あなたが、母さんと結婚しようが、他の誰と結婚しようが、もう私には関係のないことだわ。お好きなようにして下さい。私これで帰ります」

奈々緒は、テーブルの下で力まかせに関屋の向う脛(ずね)を蹴(け)った。うっと、関屋が思わず呻(うめ)いてひるんだ瞬間、関屋の手をふりほどきその場をかけ出した。何人かの視線が自分の背にはりついているのを感じながら、奈々緒は後もふりむかないでホテルを飛びだしていった。

すぐ帰る気にもなれず、道ばたの喫茶店へ入った。薄暗くした照明の中にアベック用の椅子の背が高い。すっぽりそこに身をかくせる気易さに、奈々緒は落ちつくと、自然に涙があふれてきた。

何時、どこから関屋と心が通じなくなったのか考えてみようと思うと、最初から、一度も関屋の心などのぞいたことがなかったのに気づいた。奈々緒と菊江のように、母娘が一人の男と結ばれるということは、世間によく聞く噂話の中にはある。醜いと同時に、そういう宿命に落ちなければならない女の業の中には、あわれさもかなしさもある筈であった。奈々緒は自分たちの醜い関係の中に、いくら目をこらしても、あわれさもかなしみも滲まないのに気づいた。

その日はモデルに行く日でもなかった。このまま近藤家へ帰りたくない気持の中には、母の時のように、夜更けて、関屋が近藤家を訪れるかもしれないという恐怖があった。

大阪の司ひとみに逢ってみたくなったのはその時だった。こんな時俊太郎に逢いたいと思った連想から、司ひとみのことを思いだしたのかもしれなかった。奈々緒はハンドバッグから手紙をとり出した。後の方からめくっていくと、すぐ俊太郎の字で書いた司ひとみのバーの住所と地図が見つかった。

「いつでも行きたくなったらいってみるといいよ。もちろん、きみのことはみんな話してある。読心術の名人だから、向うの方で何もかもわかってしまうんだ」

俊太郎がそういった表情まで思いだされる。

　奈々緒は矢もたてもたまらなくひとみという未知の女に逢いたくなった。俊太郎があれほど信頼をみせている女なら、今のこの自分の惨めな気持をわかってくれるかもしれない。

　入口のレジの電話で、奈々緒は近藤家の近所の八百屋を呼びだした。今夜は急用で大阪の知人の所へ出かけるから、近藤家に伝えてほしいと頼んだ。家をあけるのは、近藤家に身を寄せてはじめてだったから、和歌子の心配する顔が浮んでくる。奈々緒は、まださっきの関屋との会見の不快さが消えず、興奮が続いていた。

　大阪についた時はもう八時をまわっていた。手許の地図を頼りにゆくと、ミナミのバー「ひとみ」はすぐ見つかった。間口の小さな、気取らない雰囲気が奈々緒の心を安らがせた。娘の頃ありあまる小遣いを持って、取りまきの少年や少女と、新宿や銀座裏まで遊びまわっていた頃の思い出がちらっと奈々緒の頭をかすめた。

　舗道にあふれる両側の店のネオンの灯からの郷愁かもしれなかった。

　バー「ひとみ」の中は、思ったより明るい照明で、さっぱりした飾りつけだった。カウンターの中から若いバーテンがいらっしゃいと声をかけた。

　奈々緒は悪びれないでバーテンの方へ近づくと、マダムに逢いたいと小声でつげた。

何組かの客が、壁際の椅子に坐っていて、ひとりで入ってきた奈々緒の方に好奇心にみちた目をむけているのを感じていた。

「どういうご用？」

バーテンは急に警戒の色を露骨に目の中にみせ、堅い口調で訊きかえした。こういう店には、夫の浮気で嫉妬に狂った人妻が、夫の女を探しに訪れることがあるのだろうと、奈々緒は気づき苦笑した。

「村松さんの紹介で来たといって下さればわかりますわ」

「ああ、俊ちゃんの」

バーテンは急に安心した表情に顔をほころばせた。

「失礼しました。すぐ呼びます」

目の前の電話をとると、バーテンは早口にひとみに奈々緒の来訪をつげた。

「すぐ来るそうです。おかけ下さい」

バーテンは受話器を置くと、止り木を目で指した。手ぎわよくジンジャーフィーズをつくって、奈々緒の前にさしだしてくれる。

「マダムのお宅は？　遠いの？」

「いえ、この二階を住居にしてるんですよ」

「あら、そうですか」

「俊ちゃんは今、東京ですか？」

「ええ」

奈々緒はバーテンが俊太郎に好意をみせるのが嬉しかったし、奈々緒を当然のように俊太郎の恋人めいて扱ってくれるのも面映ゆかった。

「いらっしゃい」

声にふりむくと、黒いワンピースに何のアクセサリーもつけない中年の女が立っていた。

化粧も薄く、全身からさっぱりと爽やかな印象を受けた。

「ママです」

バーテンが奈々緒に囁いた。椅子からおりようとする奈々緒の肩をおさえ、ひとみの方がその横の止り木に上った。ノースリーヴのワンピースは、近くでみると、フランス縮緬のしっとりした上質の生地でつくられている。衿のくりや袖ぐりのカットが優雅で心憎いほど小粋にできていた。

いくらか小肥りの軀は、あくまで白く、黒を着るために生れた女のように見える。

ひとみの優雅さに、奈々緒はやはり、不安に近い嫉妬をとっさに覚えたくらいだった。

ひとみはブランデイをバーテンに命じ、ふたりの前におかせた。

「まず、お目にかかれて嬉しいわ」

ひとみがブランディグラスを目の高さに持ちあげた。奈々緒も軽くグラスの腹でひとみのグラスを突き、目で応えた。

「俊ちゃんがのぼせた筈ね。きれいな方だわ」

「いいえあなたこそ、俊太郎さんに伺った通りのすてきな方でしたわ」

ひとみはグラスをあけると、奈々緒を誘って、二階の自室へ案内した。

ベッドルームと居間につくられた二階は、むしろ二流どころといっていい階下のバーからは想像も出来ない豪華さに飾られていた。この終戦後の焼土の町のどこから集めてきたのか、部屋の調度はすべてロココ調の家具で統一されている。藤紫とシルバーグレーの壁紙やカーテンの色が、その家具にふさわしく、いかにも女らしいムードをかもしだしていた。壁面の一方に、壁一杯の大きさでつくられた洋服戸棚に、ひとみの服がびっしりかかっているところを想像しただけでも豪華だった。

「夢の国みたいですね」

「みんな終戦後、神戸で買い集めてきたものばかりよ」

ここにも一通りの洋酒の瓶が並んでいた。

「俊ちゃんは大阪へ来るとここが常宿ですよ」

ひとみの言葉はなまりのない東京弁だった。

奈々緒はこういう生活をするひとみの過去と、俊太郎がどこで交りあったかという好奇心をおさえかねた。その心を読みとったようにひとみの方からいった。

「あたしは亭主に戦死されましてね。東京で知りあって大阪へお嫁に来たの。船場のぼんぼんだったけれど、結婚してみたら、どうって魅力もなくなったわ。俊ちゃんは死んだ亭主の遠縁に当るんだそうよ。そんな意味からでなく、亭主のいた時から、あたしは俊ちゃんを好きだったの。大阪ではじめて逢った時は、正直いって、しまったと思ったわ。結婚したことをよ。でもあたしの方がずっと年上だし、そんな気ぶりはみじんもみせませんでしたよ。亭主の生きてる間から、俊ちゃんはうちへ泊ってたから、習慣になって、あたしが後家さんになっても、平気で泊りに来るようになるし、泊めるようになっちゃったの。あたしは、この店を開くくらいのお金をもらって離縁されたから、かえって愉しくなったくらいだったわ。子供もないし、それからは随分派手に遊びましたよ」

ひとみは他人の身の上でも話すように淡々と語る。

「俊ちゃんとも、一度か二度、寝ましたよ」

奈々緒は、あっという想いだったが、あんまりひとみが淡々と話すので笑っていた。

「そりゃあ、お互い嫌いじゃなかったから、お酒の酔いはかりていても、愉しかったのよ。でも、俊ちゃんは、あたしを恋人のようには愛したことは一度もないのね。奈々さんはどう思って？　セックスなんて虚しいものよ。そう思わない？」

奈々緒は返答に困った。

「何人と、どうなったところで、過ぎてしまえば同じだわ。男と女のつながりの法則なんて、何度戦争がくりかえされようが、変りっこないのよ。あたしくらいの年になると、セックスより、男の心がほしいわ。でも男は、心を女のようには易々と与えない動物よ」

「そうでしょうか」

「そうですとも。あたしは、男の心を需めて、まるで餓がってる犬みたいに、うろうろした時期があったけれど、男のくれたものはみんなセックスだけだったわ。しかも、その場かぎりのね。時々錯覚をおこして、こんなにうまく合うセックスはまたとはないのじゃないかとうろたえる時もあったけど、すべては錯覚よ。三日とその記憶をとどめておけないのがセックスのセックスたる所以（ゆえん）じゃないかしら」

「あたしは結婚生活では、ほんとに、どうしてこうなんだろうと思ってたんです……でも……」

「俊ちゃんを識ってみてびっくりしたというんでしょう」

「どうも」

「恥しがることないわよ。よくある例だもの。でも、俊ちゃんとそれが合うということは大した問題じゃないとあたしは思うの。やっぱり、俊ちゃんに、あなたはそういうかたちで愛してほしいと思うように愛されたということが大切なことなのよ」

奈々緒は、ひとみの酔っぱらいのたわ言のように聞えていた話の中に、はっとするような真理があるのに愕（おどろ）いてきた。全く、俊太郎へのなつかしさは、望んでいたような愛し方で愛してくれる男にめぐりあったという喜びからくるのかもしれなかった。

「今日、東京から、夫が来ましたの。籍をぬいてくれるのかと思いましたら、とんでもないことでしたわ」

奈々緒は胸につかえていたものを吐きだすように、ひとみに、関屋との会見のすべてを物語った。

「ちょっと待って。あなたのご主人って、関屋昇さん？」

「ええ……ご存知でしょうか」

「識ってるどころじゃないわ」

「えっ」

「あたしの遠縁の娘が、ずっと関屋さんの愛人になって、家中でほとほと手をやいたのよ」

「いつのことでしょう」

「まだつい半年くらい前までよ。期間は……私の耳に入った時、もう昨日今日の話じゃなかったんだし、何年もつづいていたんじゃない」

奈々緒は苦笑いした。妻でありながら、関屋のかげの部分を察してみようと考えたこともなかった自分がかえりみられた。

その女の件が何かのかげんで露見し、菊江がおそらく手をきらせたのだろう。それでようやく、関屋との急に持ち上った結婚話のおこった順序がわかるような気がしてきた。

菊江が嫉妬に狂いそうになり、関屋と醜い争いがつづく。関屋が、居直って、菊江と別れて、その女と新しい世帯を持つのだといいはる。憤り狂っていた菊江が折れ、関屋を失うまいとする。結局、金で女との間をけりをつける。もちろん、すべては菊江の手で手ぎわよく迅速に事は運ばれる。

関屋の不機嫌な顔、夜遊びの激しさ……。

菊江は、苦肉の策を講じ、何とかして関屋を家にとどめておこうと計る。

関屋に新しい結婚をさせるというとてつもない考えが、ある日、突然、菊江の頭に閃いてくる。自分の自由に出来る女をあてがい、その女に関屋を監視させることも出来るのだ。

「わかりましたわ、それで」

奈々緒は重いため息をついた。母の恥も、ひとみには、かくしておく気にもならなかった。

奈々緒は、今日逢った関屋の話をひとみにはきだしてしまうと、ようやく心がすっと軽くなった。

ひとみの意見も奈々緒の想像と全く一致した。

「でも、関屋はあなたに今日逢って考えが変ったんだわ。これまで感じなかった新しい魅力をあなたの中に発見したのよ。知らない女をあてがわれるよりは、魅力の出てきたあなたをとり戻したくなったのよ」

「死んでも厭ですわ」

「困ったわね。こうなると、関屋はあなたと別れてくれないわよ。籍をもちろん抜かないでしょう」

奈々緒はあっと青ざめてきた。

今日は、関屋の厚かましさにかっとして、自分の籍を抜いてもらうことの方は、すっかり忘れた形だったのも思いだした。関屋の術におちいったようなものだ。

「あたし、東京へ行こうかしら……京都もつくづく暮し難くなりましたの」

「会社でも誰かに追っかけられはじめたのね」

ひとみはまるで見て来たようにいう。

「ええ……まあ……」

「女が一番美しくなる時期になっているのよ、あなたは今。それに、俊ちゃんへの恋が、あなたを匂わせているし……自分じゃ気づかないで、男という男をひきつけてしまうのよ」

奈々緒は、関屋がまだ京都にいそうな気がして不気味だった。その夜はひとみのところで泊めてもらった。
二、三日、泊ってゆけとすすめられると、奈々緒もひとみのところから、危険な京都へ帰るのが厭になってくる。浜田の顔を思い浮べただけで、会社へ出るのも気が重くなってきた。

翌日はひとみにつれられて美容院へ出かけていった。長い間、美容院などくぐったこともなかったので、出てくる時は、血液まで若がえったような爽やかさがあった。髪型が変ったせいか、これまでの奈々緒になかったコケティッシュな魅力が強くひきだされてきた。

「今夜、気晴しにお店へ出てみない？」

ひとみにすすめられて奈々緒はその気になった。

ひとみの出してくれた一越（ひとこし）の小紋を着ると、着やせのする奈々緒は、ほっそりと可憐にみえる。

「うちで半月もいてくれると、もっともっと垢（あか）ぬけするんだけどなあ。俊ちゃんをびっくりさせてやるためにも、奈々さんをひきとめておこうかしら」

ひとみは冗談ばかりではない口調でいい、腕のいいバーのマダムらしい目つきになって、奈々緒の和服姿に目を細めてみせる。

だまって店に出ただけで、常連の客たちが、すぐ奈々緒に目を奪われた。

「新入りやな。何て名や。あんた、ここいおいで」

どの席からも声がかかる。

とっさのことで、奈々緒はうそが出ず「ナナ子」と名乗った。

だまって、坐っているだけで、結構奈々緒が話題の中心になっていく。

帰りにそっとす速く紙幣を握らせてくれる客も多い。

かんばんになる頃には、奈々緒はすっかり、店の人気をかきあつめていた。

「どう？　面白かった」

「ええ、出版社勤めよりずっと分のいい商売だわ」

奈々緒は笑ってひとみに答えた。

「俊ちゃんの恋人でさえなけりゃあ、どうしてでもあたしはあなたをくどき落して店に来てもらうんだけどなあ」

ひとみはまだ冗談とも本気ともつかぬ口調でいいながら、奈々緒をからかっている。

奈々緒は、もうこの際思いきって、会社をやめる決心をした。

ひとみのいうように、しばらくこの店で働き、旅費をつくったり、着る物の支度も少しは整えてから、東京へ行こうと考えた。

ひとみがいる以上、この店で働くことは安全だと考えられるし、俊太郎も反対はしないだろう。

関屋があいう態度に出る以上、離婚のことなど待っていても埒のあくことではなさそうだった。

「あたし、少し、働かせていただくわ」

「えっ、本当？」

奈々緒は自分の考えをひとみに説明してみた。

「そうときまれば、今夜のうちに、辞表出しておきなさい。仕事の後始末だけ、手紙でちゃんと書いておけばいいわよ。専務が逃げられたと思うだけで、ケリがつくんじゃない」

会社あてと、近藤あてに手紙を書き終った後で、奈々緒は俊太郎にペンをとった。

『もう半年も一年も逢わないような気がしてきます。お元気でしょうか。

毎晩にもお便りしたい気持を押えています。突然、いろいろのことが一時に身辺にわきおこってきました。今このお手紙を書いているのは、あなたにおなじみの深いひとみさんのお部屋です。

あなたのお友だちの所ばかり、私は廻り歩いてお世話になっていますね。ひとみさんはすばらしい方でした。ですから、あなたと、一、二回何かがあったということも許してあげますわ。（ひとみさんがご自分でおっしゃったわ）そういうことがちっとも気にかからない不思議な方ですね。昨夜寝物語に、ご自分の過去の男の人を一人一人思いだして指を折っていた時、十本の指ではたりなくなってしまって、

〝さあ、次は奈々ちゃんの指貸してよ〟

とおっしゃるのにはふき出してしまいました。そんな多数の中の一人のあなたにやきもち嫉くのもつまらないでしょう。

馬鹿な話してしまいました。少し、ここに来て、浮き浮きして軽薄になったのかしら。母や関屋が京都へやって来て、とても不快なことがありました。もう恥しくてあなたにお話出来ないようなことばかりです。

とにかくそんなことから、私の籍をぬいて、きれいな軀になって、一日も早くあなたのところへゆきたいという私の望みは、当分かなえられそうもなくなりました。その上、会社では、例の専務の件で、居辛さがつのって来たのです。ひとみさんとも相談して、今、辞表書きました。荷物は近藤家にも少し預ってもらって、当分、ひとみさんのお世話になり、お店を手伝うことになりました。

実は今夜からもう試めしてみましたのよ。一晩で、チップだけで、今のお給料の三倍も手にしたのにはびっくりしました。ここで少しお金ためて、新しい生活の軍資金ためて、一日も早くあなたの所へゆきたくなりました。あなたに、スタートの最初か

ら経済的負担はかけたくないの。貧乏でも、おふとんがなくても、あなたとふたりでなら楽しくすごせるような気がいたします。あなたのことを思っただけで、軀中が、熱くなります。ひとみさんは、男の心がほしいのに、心が得られないといっています。

やっぱり幸せでない女の人なのだと思いました。あなたへは、片想いだと、はっきりおっしゃるのです。あたしも、男の心がほしいと思います。でもあたしはあなたに心と軀で愛してもらったような気持がしています。たとえわずかな時間にせよ、あのきらきらしたまぶしい時間は、私の生涯から消えないだろうと思います。万一、明日何かで死んでも、あなたを識ることが出来た幸せを味わっただけでも、思い残すことはありません。

男という鏡にうつさなければ、女は本当の自分を発見出来ないのでしょうか。あなたを識った後と、その前とでは、自分が全くちがった人間だったような気がします。

私の変った生いたちの中で、私の味わった不幸の経験など、ずいぶんぜいたくなものなのでしょう。でも、その境遇からくる不幸に、私は腰までつかっていました。

今はちがいます。

ああ、もどかしい。早くあなたの顔がみたい。いいえ、あなたに力いっぱい抱きしめてほしい。行ってもいいわね？　洗濯の山をつくっておいて下さいな。うんとやせていて下さいな。私の手であなたをふとらせ、あなたのまわりをせいせいときれいにしてあげたいのです。

では、また。この調子で書くと夜があけますもの、おやすみなさい』

灰色の川

京都の和歌子から電話があったのは、奈々緒が「ひとみ」へ勤めはじめて一ヵ月ほど後のことだった。

「奈々緒さん？　あのな、大変なことやし」

大変なことといいながら、和歌子の京都弁では何だかゆっくりしていてもどかしい。

「妹さんとこから電報がきてますよって」

「由美子から？」

「はあ、急病ですと」

「えっ」

「どないします？　ユミコキユウビヨウオイデマツ。こない書いたありますけど」

「どうもすみません。すぐ行ってみます」

電話を切ってからも奈々緒は嫌な胸騒ぎがしてならなかった。

由美子とはいつか、ホテルで逢ったきりになっている。時々思いだしたように簡単なはがきくらいよこしていたが、ヘンリーといっしょに渋谷に住んでいるらしいことだけはわかっていた。

ひとみにだけ事情をうちあけておいて、奈々緒はその夜の列車に乗ろうとした。

「飛行機にしなさい。今夜のうちについてしまうから」

ひとみはてきぱきキップをとる手続きをしてくれた。

「たぶん、あたしの推理じゃ、男に捨てられて、何かやっちゃったのね」

「何かって」

「薬をのむとか」

奈々緒は胸がいっぱいになってきた。気の強い自尊心の高い由美子のことだから、もしヘンリーに捨てられるようなことがあれば、そういうこともやりかねないかもしれなかった。

小さい時から気の合う仲ではなかったけれど、やはりたった一人の肉親の妹にちがいなかった。お互いに、父の身許もたしかでないという共通の人生へのひけ目で、ひそかに結ばれているところもあったかもしれない。

　ことごとに反抗的だった由美子が、最後に逢った時、不思議になつかしさを示してよこしたのを、奈々緒は、愛に飢えていた由美子が、はじめて自分を真向から愛してくれる男を得たしるしなのだろうと察したものだった。

　ひとみの車で伊丹に送られ、そこから飛行機に乗った。生れてはじめて乗る飛行機も、由美子のことで胸が一杯なので外の風景も目に映らないような気がしてくる。

　それでもはるか目の下になる地上の眺めは、奈々緒には信じられないほどおだやかな風景に見えた。ごみごみした街も、焼けあとの無惨さも、空中からみると、箱庭の田舎家の屋根や、畠のようで、川は青いものとばかり思っていたのが灰色の帯をくねくねと落したように見える。

　次々あらわれる灰色の川を見ていると、ふと人の生きている一生とはああいう灰色の川のようなものかもしれないと思われてくる。

　羽田についてから、渋谷までの車の方が、飛行機の時間よりもはるかに長くかかったような気がした。運転手に、危篤の病人のところにいくのだからとせかしたとたん、奈々緒ははっと頬が硬ばった。急病としかいってこない電報を、奈々緒はすっかり危篤の報らせのように思いこんでいたことに気づいた。

けれども、命に別状がなければ、わざわざ奈々緒までしらせてくるだろうか。

渋谷の高台の閑静な邸町(やしきまち)の中にあるアパートはすぐみつかった。

管理人に由美子の部屋を聞くと、軍人上りのように見える老人は、

「あちらのお身内ですか」

と、老眼鏡の中から上目づかいに訊(き)いた。

「姉でございます」

「いや、もう心配しましたよ、こんどは」

老人は壁にはった部屋の見取図を指で示しながら、

「何しろ、このアパートじゃ始めてのことでしたのでね。救急車を呼んだものかどうかも、考えましてね」

「大変ご迷惑をかけました」

老人のことばで、まさか、姉と名乗った自分が、由美子の今度の病状を全くしらない顔も出来ない。逃げるように教えられた部屋を探すと、二階の東側の廊下に由美子の部屋番号があった。

ベルを押すと、のぞき窓から目だけがのぞいた。

「奈々緒が来たといって下さい」

のぞき窓がしまり、すぐドアが内側へひかれた。中年の家政婦がエプロン姿で立っていた。

「失礼しました。どうぞ」

中は、広々として、奈々緒の知っているアパートの部屋の感じとは、けた外れの豪華さで飾られていた。

北側の壁のベッドに由美子は寝ていた。

別人のようにやつれて、老けていた。目がたいそう窪んでみえたし、やせたせいか鼻がぎすぎすとがっている。

「来たの！」

由美子は他人のようにつぶやいた。家政婦が気をきかせて出ていくのをまちかねて、奈々緒は由美子のベッド脇へ椅子をひきよせた。

「どうしたのよ、いったい」

「あたし……だめなのよ」

由美子は目を大きく見開いたまま、涙をあふれさせた。とがった頬をつたわって、涙は首筋の方へ流れていく。髪を赤く染めているのにはじめて奈々緒は気がついた。

するとようやく由美子の見ちがえるような印象が、すべてのみこめてきた。病気でやつれているばかりではなく、由美子は外国人のように瞼と鼻を整形しているのだと気づいた。

「薬のんだけど失敗しちゃった」

「ばかね、そんなことして。由美子らしくもないじゃないの」

「みっともないから、誰にも逢わないつもりだったけれど、うっかり手紙や日記をのこして他人に見られるのいやだし、何だかそう思うと、急に姉さんにだけ逢ってもいい気がしたのよ」

こんな時にも、自分の気持を修飾したがる由美子を奈々緒はじれったく思う。

「ヘンリーはどうなったの」

「捨てられたのよ」

「そんな簡単な話ってありますか」

「あたしたち姉妹は、どうしてこう男運が悪いのかしらねえ。母さんの罪をあたしたちがひきうけて罰をうけているような気がしてくやしいわ」

この妹に、奈々緒は今の幸福をつげられないと思った。

「アメリカの女房とよりがもどったというなら、まだあきらめがつくのよ」

「まあ、じゃ、別の女なの」

「あたしも知ってるバーの女なの。あたしがそのバーにヘンリーをつれてって、あたしが姐御ぶって可愛がっていた女なのよ。まだ子供だとばっかり思って、物なんかやってさ。さんざんパトロン気取りでいたら、ちゃっかり男を盗まれてたの」

「でも……それくらいでへこたれちゃあ」

「だって、ヘンリーはその女とアメリカへ発っちゃったのよ」

「まあ！」

「姉さんにゃわかんないんだ！　わかるもんか！　姉さんなんか、亭主を本気で愛したことないじゃない。でなきゃあ、あんなことになって、しゃあしゃあととりすましてなんかいられるものか。あたしだったら、あたしだったら、二人重ねて殺してやる」

奈々緒はあっけにとられ、急に物に憑かれた様に目をつりあげ、震えながら、けたたましくわめきだした由美子の顔に目をあてていた。

叫ぶだけ叫ぶと、由美子は、毛布をひきちぎるように胸の上でもみくちゃにして身もだえして泣いた。

「くるしいっ！　くるしいの！　恥しいけど……つらい！　つらい！」

「由美ちゃん、しっかりしてよ。強くなってよ」

奈々緒は由美子の身悶え(みもだ)する軀(からだ)をそうするしかないようにしっかりと抱きしめてやった。びっくりするような熱さに由美子の全身が燃えているのが、毛布をとおしてさえ感じられる。

足音をしのばせて家政婦が入って来た。

ふりかえると、家政婦は目くばせして奈々緒をまねいた。

「これのましてあげて下さい。鎮静剤(ちんせいざい)です。時々あたしなんかも、何ぶっつけられるかわからないほど、あばれられるんですよ」

家政婦のそれを告げる口調の中に、管理人と同じ口調があるのを感じた。由美子が自殺をはかり、このアパート中でそれは評判になっており、その後の由美子はまた異常者扱いにされて嘲(あざわら)われているのだという事情がのみこめた。

情けなさで奈々緒は涙も出ない気持がする。教養もあり、知性もあった由美子が、男ひとりの愛の問題で、こんなにただの女になってしまい、みっともなさをさらすのが堪らなかった。

その夜は、由美子のベッドの近くにソファベッドをくみたて、奈々緒はそこへ寝た。

「由美ちゃん、いいたいことはみんないっておしまいなさい。いって胸が晴れることも幾分かあってよ」

由美子は、だまって、天井を見つめている。

「あたしは母さんが憎いわ」

「…………」

「お姉さんは自分のお父さんのことはっきり知ってる？」

「色々想像したけど、たしかかどうかわかりゃあしないわ」

「姉さんの父親は文楽の浜太夫よ」

「……そういう噂はしってるわ」

「本当よ。あたしは、ある頃、徹底的に、母さんの昔の男をしらべてみたことがあるんだから。もちろん、あたしの父を知るためだわ」

「そうしたら、姉さんの方がはっきりしてきたの。あたしの親は、母さん自身にもわからないのよ」

「そんな……」

「そうですとも」

「その時、母さんに都合のいい方におしつけたけれど、実は母さん自身にだってわからなかったんだ」

若い時は用心深く、決して自分の情事を他人にのぞかせなかった菊江が、中年をすぎてから、どうしてああも関屋に狂ってしまったのかと由美子はいうのだった。

由美子が外国人と結婚したがった心理の中には、菊江が病的なほど、堅気(かたぎ)な結婚生活へ憧れたように、由美子は日本での自分たちの境遇を忘れられる結婚に憧れたのかもしれなかった。

「今度のことも母さんには知らせなかったのよ」

由美子は虚しい表情を天井に向けたままつぶやいた。

「あたしにだって知らせるつもりなかったでしょう。万一、由美ちゃんが生きかえっていなかったら、あたしだって、由美ちゃんの死んだことを知らないですごしたでしょう」

「うまくいく筈だったのよ。隣の部屋で、アイロンをつけ忘れてボヤをおこしかけたのが運のつきよ。アパート中騒いだのに、あたしの部屋でドアをあけないから、おかしいっていうことになって」

管理人がドアをあけ、睡眠薬のまわりきっていた由美子が発見された。もうあと三十分、手当がおくれていたら、由美子は助からなかったという。その時も由美子は頑(がん)

固に母の家を教えなかった。

「もし死んだら、あたしは母さんの家のお墓には入れてもらいたくないわ。骨をどっかの飛行機の上から、海へでも砂漠へでもまきちらしてほしいわ。そのことだけをお姉さんに頼んでおきたかったの」

「何をいってるのよ。あたしより若いくせに」

奈々緒は由美子とこんなに心を近づけて話しあったことがなかったと思った。薬をのむ前から由美子は衰弱しきっていたと見え、そんな話をしただけでも、すっかり疲れきった色をみせていた。

三日由美子の看病をして、奈々緒はようやく俊太郎と連絡をとった。気を沈ませきっている由美子の所から幸福そうな電話などかけるのははばかられた。

「何だ、どうして三日もだまってた」

俊太郎の声が珍しく怒りをふくんで聞えると、奈々緒はかえって嬉しさで目の奥が熱くなってくる。

事情を聞き終ると俊太郎はすぐ、

「迎えにいってやろうか」

といった。それも由美子にあてつけがましいといえば、それなら今日すぐ外で逢おうという。その誘いに奈々緒が応じないでいられる筈はなかった。

　果物と花を買って帰ってきた奈々緒をみて、由美子はすぐいった。

「もう、帰ってくれてもいいのよ」

　いつのまにか、髪にブラシをいれ、顔にも化粧をしていた。整形のせいで彫(ほり)が深く見える顔は、化粧映えがして、ついさっきまでの気力の萎(な)えきった由美子とは別人のように見えた。

「大丈夫？　ほんとに」

「大丈夫よ。だって、そちらだって仕事休んできてくれてるんでしょ」

「今の仕事はいいのよ、四、五日くらい休んだって」

　そういいながらも奈々緒は、やはり、今夜はこの部屋に帰ってはこられないだろうと考えていた。

「ほかで用をたして、また、明日か、その次くらいのぞいてみるわ。それから帰ることにする」

　由美子は返事もせず、もうヴォーグを顔の前にひろげている。取りつくしまもないそんな由美子の不愛想さや身勝手な態度に、ようやくいつもの元気な由美子らしさが出て、かえって奈々緒はほっとする気持だった。

俊太郎の下宿は、気がねなので、その日、ふたりは代々木のホテルに行った。

八瀬のかま風呂の時とちがって、三本の湯気のネオンがついているその小さな、いかにも、連れ込み宿然としたホテルの入口では、奈々緒は足がすくんだ。菊の家の暗い小さな部屋のそれぞれの姿が一瞬目の中をよぎっていく。

まだおれたちは夫婦だといいきった関屋の薄笑いを浮べた顔もちらついていた。

俊太郎の後ろにぴったりくっついていて、奈々緒は背を堅くし、後ろを決してふりかえろうとしない。出てきた女中は、まだ灯が入ったばかりの時刻にやってきた客を無表情に迎え、さっさと部屋に通した。

二階の小部屋にベッドがひとつ、部屋はもうそれだけでほとんどいっぱいだった。

赤いカーテンが、汚れた感じで重苦しくかかっている。別の女中が茶を持ってきて、前金で支払いを要求する。

俊太郎が金を渡すのを見ないふりをして、奈々緒は窓ぎわに立ち、カーテンのすきまから外を見る真似（まね）をしていた。

その窓は表に面しているのか、奈々緒のその位置からは、丁度真下に門から玄関への植えこみの道が見える。さっき奈々緒たちが入ってきた様に、一人の男の後ろから女がぴったりよりそって門を入ってくるところだった。

孟宗竹（もうそうちく）のかげにある軒灯（けんとう）が、斜上から男の顔を照らしだした。

奈々緒は、声をあげそうになって息をつめた。たった今、自分が同じ場所でちらと思い浮べた関屋の顔がそこにあった。女はまだ二十をいくつも越えてないように思われる。濃い化粧といい、身なりといい素人（しろうと）には見えなかった。

俊太郎が背後から抱きしめてきた時、奈々緒は愕（おどろ）きからの震えがさめていなかった。

「どうしたの、ひどい動悸（どうき）だ」

俊太郎の掌（てのひら）がすぐ奈々緒の動揺を感じとったけれど、俊太郎はそれを別の意味にとって、そそられたらしかった。

「逢いたかったんだよ。来てると知らないから、入れちがいに手紙だしたところだ」

本来なら、こんな俊太郎のことばを聞いただけで、軀がうるおってくる筈なのに、奈々緒はまだ今受けたばっかりのショックから覚（さ）めず、情緒が俊太郎の愛撫を受け入れるように開かない。

ぎごちない軀の動きと、俊太郎への恋しさと、もしかしたらこのうすい壁ひとつ隣に、夫と名のつく男が別の女と入ってくるのではないかという不安のため、軀がどうしても柔いでこない。

「どうかしたの、気分でも悪いの」

　俊太郎は、性急な愛撫の波長をゆるめながら、ふいに奈々緒の顔を真下に見据えた。

「ぼくの目をみてごらん……何を考えてる」

　泣きそうに奈々緒の顔が歪(ゆが)んだ。

「ごめんなさい」

　ことばといっしょに奈々緒は自分から俊太郎の上体をひきよせ、その胸の下に自分の顔をおしかくしてしまった。

「今、関屋がここへ入ってくるところを偶然みてしまったの」

「人ちがいじゃないのかい」

「いいえ！　まちがいないわ。最近逢ってるんですもの、京都で」

「ふむ」

　俊太郎は突然、低く押えきれないように笑い声をもらした。

「広い東京で、何もよりによって、亭主と女房が一つ家に来なくていいのに」

「いやっ、そんなことというの」

「ごめん」

それでも、奈々緒も俊太郎に笑われてしまうとやはり不気味さと同時に、おかしさもこみあげてくる。

「席、変えようか」

出てゆく時、逢うかもしれない危険をさけるためにも、奈々緒も一刻も早くここを出たかった。

ベルで呼ばれてきた女中が、あっけにとられているのを尻目に、ふたりはすぐ部屋を出た。

その家から離れ、夜気がようやく頰に冷く感じはじめられた時、奈々緒ははじめて足をゆるめた。

「すごい速度だったね」

俊太郎の目がまだ笑っていた。

「ごめんなさい」

さっきからあやまってばかりいると、奈々緒も笑いをかみ殺した。

もう、ふたりの間からは熱っぽい情欲の波は去っていた。静かな暗い邸町を歩きながら、奈々緒はこうしてどこまでも夜明けまでも歩きつづけたいような安らぎを覚えていた。

こういう雰囲気をつくってくれ、こういうわがままを許してくれる男にめぐりあったことを幸福だと感じていた。

「横浜へいこう」

突然、俊太郎が立ちどまっていった。

「海を見にいこう。まだ早いんだから」

「いきましょう」

奈々緒もこのまま別れるのはたまらないと思っていた。

海に面したベランダの窓から午後の光が明るくさしこんでいた。

もう今日で三日、この部屋にとじこもりこの窓わくにふちどられた海と空の風景に見馴れていると、一ヵ月もここでふたりきりの生活をしてきたような感じがする。むさぼっても、むさぼっても飽きることのない泉の水を掬みつくそうとするように、ふたりとも眠りさえ惜しんだ。

窓の風景の中を時々、白い外国航路の汽船が通りすぎ、鷗がとばされたハンカチーフのように、斜めに空と海の青を切りさいていく。

「カーテンをしめておくれ」

目の上に掌をかざし俊太郎がいった。陽光がまぶしいほど心身を萎(な)えさせた俊太郎の、翳(かげ)の濃い表情が、奈々緒には新しい魅力になる。ふきあげてくる愛情で、俊太郎の瞼(まぶた)にやさしい口づけをすると、奈々緒はベッドをすべりおりた。ふたりとも、生れたままの姿でいて、互いにみだりがましさも感じなければ不潔さも覚えない。劫初(ごうしょ)の二人にかえったような爽(さわ)やかさで、そのまま部屋を横ぎり歩いていた。

「そこに、そうして、じっとして」

目を閉じていると思った俊太郎がふいに声をかけた。窓のレースのカーテンをひき終ったばかりの素裸の奈々緒の軀に、レースの模様が映り、繊細な影と光が、胸にも腹にも美しい脚にも微風にゆられてたわむれていた。

「きれいだ……きみのおっぱいが鷗(かもめ)より白い……そのままの姿勢でじっとしていてくれ」

奈々緒は俊太郎の視線に耐えて彫られた大理石のように身動きもしないでいた軀に、突然強い身震いをおこすと、髪をふりなびかせながら妖精(ようせい)のような身軽さで、ベッドにかけもどり、俊太郎の軀をおおいつくしていた。

　横浜から大阪へもどる前、もう一度由美子を見舞うつもりになって、奈々緒はアパートを訪れた。

　管理人は、入口の横の管理人室から、身を乗りだして奈々緒を呼びとめた。

「電報とゆきちがいでしたか」

「は！」

「今朝、お宅へ電報打ったんですよ」

「あら、あたし、ずっと東京にいましたの」

「え、それじゃ、なぜ、ここにいてくれないんです」

　管理人のいってることがわからない。

「今度は、だめでしたよ、妹さん。なくなってしまいました」

　奈々緒はとっさには事の意味がのみこめなかった。由美子がふたたび自殺をくわだて、今度は望みを果したのだということがわかった時は、夢中で階段をのぼっていた。

　あの家政婦がすぐドアをあけた。

「今日、あたしがいつものようにやってきて、中に入って挨拶しても、返事がないんですよ。あたしは眠っていらっしゃるんだとばかり思って、掃除をしてしまい、寝室はどうしようかとのぞいてみたんです。そしたら、おふとんがずれおちてしまって、片手をだらんとベッドの外へなげだして、口をあいて眠っている様子があんまりおかしいんでのぞいてみたんです。……そうしたら、もうだめでした」

医者の診断では、昨夜、家政婦のひきあげた直後に薬をのんでいるということだった。

枕元にウイスキーの瓶とコップがおいてあるだけで、睡眠薬の容器はベッドの向う側の床に落ちていた。

家政婦の心づくしか、枕元には線香がたてられ、顔には白布がかけてあった。

奈々緒は昨夜、自分が快楽の波にゆりあげゆりさげされているどの時間に、由美子が死んでいったのかと思うと、可哀そうで涙がせぐりあげてきた。

白布をとると、もう由美子の顔には蠟色の死人の美しさが訪れていた。目をとじてしまうと、整形のあとの顔の下から、昔の由美子の幼な顔がのぞいているのが不思議だった。

奈々緒が帰ってから三日間、由美子はほとんど食をとらなかったという。覚悟の計画的な自殺にちがいなかった。

「毎日、ほとんど眠ってばかりいらっしゃるのかと思うくらい、静かにしておいでだったんですよ。胃が悪くなってるから、断食したら、よくなるんだ、いつもそうしているからっておっしゃるものだから、ほとんど食べものをおすすめしなかったんです」

衰弱しきらした軀に薬の効目を酒で倍加させたのだろう。

遺書はなかった。どの引きだしの中もきれいに整理されつくしていた。

俊太郎と大阪のひとみに電話で事情をつげた後、奈々緒は、菊江にもしらせた。

「えっ、何だって、死んだ？　由美子が自殺？」

電話口で菊江のたてる声が、はたと止んだ。しばらくたって、

「ありそうなことだったよ」

とひくくかえってきた。

三十分もすると菊江がアパートに姿をあらわした。普段着の小紋に黒紋付をひっかけている。

奈々緒には、母も一まわりやせて小さくなったような感じがした。

菊江は、由美子の死顔に逢うと、

「ばかだねえ……あたしは何てばかな娘ばかり持つんだろう。不孝者ばかり」

自分のことばにあおられたように急に、両肩をあえがせると、ベッドのそばに膝を

ついてしまい、由美子の死体にとりすがって泣いた。

涙をおさめると、もう菊の家の菊江らしくきっぱりした表情をとりもどしていた。

「遺書は？」

「なかったのよ」

「男のことでも書いたものがあれば、訴えてでもやるのに」

菊江はヘンリーのことを、はじめから不良外国人だとわかっていたのに、由美子が、ちっとも菊江の忠告に耳をかさなかったのだとぐちをいった。

「ちゃんとした縁談だって、きていたんだよ。それなのに、あの男に夢中になって、出てしまってあげくのことに、財産のわけ前をよこせだの何のと、男にそそのかされては、あたしの方に脅迫がましくいってくるのさ。あたしゃ、どうせ、長つづきする仲じゃなし、そのうち捨てられて、目がさめたら帰ってくると思っていたんだよ。お前さんより、あの子の方が商売気があるし、そのつもりになるなら、あたしは店をゆずってもいいと思っていたのに」

菊江はさすがに、話しながら、何度も袖口で涙をぬぐっていた。

遺体はすぐ車で菊の家に運ぶことにして、アパートはこの月一杯借り放して、整理にあてることにした。

菊江のおなじみのハイヤーが遺体と承知でのせるのに、菊江と奈々緒がつきそった。菊江から十二分の心付けをもらった管理人と家政婦だけがアパートの入口で見送っていた。

その夜のうちに内輪（うちわ）な通夜をすませた。通夜に関屋も当然の顔をしてやってきた。奈々緒は、ほとんど遺体の側を離れず、母や関屋とも無関係でいようとする。

どんなに白をきっていても、三人の関係の異様さは通夜にくるような人々の間にはもれ伝わっている。通夜の客たちが、型通りの挨拶や動作をしながらも、その表情に好奇心をかくしきれないで、自分たちをうかがっているのが奈々緒には痛いほど感じられる。

気の強い、妥協性のない性質（たち）だったせいか、由美子には友だちもほとんどいなかったようだった。

心から由美子の死を悲しんでくれる人間があらわれないのが奈々緒には辛かった。死ぬ直前になって、ようやく姉の自分にいくらか打ちとけた心を示したような由美子の心の芯の孤独さが、今になってわかってくる。

翌日、由美子は骨になった。

火葬場では、菊江と奈々緒のふたりが由美子の骨を拾った。

三人の中では一番由美子ががっちりしていたと思うのに、由美子の骨はか細く、箸で集めても軽々と手応えもない。

「こんなに小さいものなのかしらねえ、人間って」

奈々緒はまだぬくみののこっているような白い骨を掌にのせ、握りしめた。

「あたしの骨を飛行機の上から、どこかの海へでも砂漠へでもまきちらしてよ」

それが唯一の由美子の遺言になったと思うと、幸せの薄かった女の短い半生の怨みが、そのことばにこめられているような気がしてくる。

「由美子は、うちのお墓に入りたくないなんていってたわ」

「じゃ、どこへ入ろうっていうんだい。捨てられた男の国へでもうめてくれとでもいうのかい」

菊江がはきだすようにいった。うつむいてせっせと箸をのばしている菊江の頰から涙があふれおち、白い灰の中に落ちしたたっているのに奈々緒は気づいた。

妄執

由美子の四十九日がすむまで、奈々緒は、大阪と東京を何度も往復した。

妹の喪に服する時なのだと思うと、いくら東京へ出た時でも、俊太郎と逢って、肉欲を充すのは気がとがめた。

俊太郎の下宿は相変らず都合が悪いけれど、下宿の近くに目だたない小さな宿があって、上京の時はそこに泊るようにして、俊太郎もその間は奈々緒の宿に来る。

いくら心に慎しもうと思っても、ふたりで一つ部屋に寝ていれば、どちらからともなく手がのびてしまう。

ああまた、こんなことになってしまったと、奈々緒は男に怨みをのこして死んだ妹の霊に心がとがめながらも、生きている限りはこの生の歓びに溺れてやろうと不敵な心も高ぶってくるのだった。

健康な者のエゴイズムかもしれない。奈々緒はこのごろほど自分の命を有難く、健康に感謝する気持を持ったことはなかった。

「征一くんはどうしてるの」

奈々緒の髪の中に指を入れ、静かに髪をいじっていた俊太郎がつぶやいた。

「なぜ?」

「なぜってことないさ。きみの子供じゃないか、気にかかってるよ」

奈々緒は俊太郎の若さの中にある老成した心づかいにふれた想いで、一ときことばもなくだまりこんだ。

「関屋さんが、結婚するとして、きみの子はどっちの家にゆくんだい」

「母に、征一をひきとって、関屋と縁を切ってくれって頼んだけど、全然だめなんです」

「どうして?」

「男の子は大きくなって、入学だ、就職だって時、父親がいないと損をするっていうんです。同じ片親でも、父親と母親じゃずいぶんちがうっていうの。この間の妹の初七日で母と逢った時も、その話をしてみたけど、相変らずなの」

「征一くんには逢ってるの、きみ」

「いいえ、関屋のところにおいてるものですから、逢わせてくれない。それに今逢うと、とてもあたし……」

「子供に父親が出来れば文句ないんだろう、お母さんも」

「ええ、まあ理屈の上じゃね」

「つれてくればいいよ」

「えっ」

「ぼくたちの子にすればいいじゃないか」

奈々緒は俊太郎のことばに返事も出来なかった。

軽井沢で、俊太郎に抱かれた征一のことを思いだすと胸がいっぱいになってくる。

「あの軽井沢にいた女中さんはどうしてるの」

俊太郎も同じことを思い出していたらしい。

「たまのことでしょう。時々便りくれるんです。国立(くにたち)で伯父さんの家にいたんですけど、学生相手の食堂を伯父さんが開いたからたまも手伝っていて、すっかり忙しくなってるようだわ。コックさんの真面目な人と結婚することになりそうだって、この間も手紙くれてます」

「たまさんには征一くんはなついてるんだろう」

「ええ、私よりよく面倒見てくれたし、たまが征一をほんとに自分の子供のように思っててくれて、時々、征一を見にいってくれるらしいから」

「じゃ、一度たまさんに頼んでつれだしてもらうといい」

奈々緒は俊太郎がこんなにまで征一のことを考えていてくれたのかと嬉しくなった。いつかも征一をぼくたちの子にしようといってくれたけれど、それは俊太郎の感傷だと考えていた自分が恥しいと思った。

その翌日、奈々緒は国立のたまを訪ねてみた。

この前訪ねたたまの伯父の家から三町ほど離れたバス道路に面して、その食堂は建っていた。カレーライスやハヤシライスや、かきフライなど、ありふれた安い昼食用のメニューがテーブルの上に置かれている。丁度、時間を外して、食事時をさけたので、わりあい広い食堂の中はがらんとして物淋しかった。

たまは紺絣の仕事着をきりりとつけ、紺のスラックスの上に魚屋のような大ゴム長を穿いていた。これまでのどの時よりも血色のいい、いきいきした顔をして出て来た。

「まあ、お嬢さま」

頭をしばっていた手拭をとって、あわてて仕事着の前をはたく。

「ずいぶん勇ましいいでたちね」

「炊事場にいりびたりだものですから、これくらいの身ごしらえしないとてももたないんです」

「今はいいの」

「ええ、二時すぎから四時すぎまでが一番すいてます」

「繁昌で何よりね」

「学生相手ですから、活気があるほどに儲けはありませんわ」

奈々緒はたまの口調がもうすっかり食堂の経営者のようになっているのがおもしろかった。子供のない伯父がたまを養女にし、板前の腕のいい青年をみこんでその聟に迎えるつもりなんだということは、先日たまの便りで知っている。

「あの人に逢わせて」

「あらっ、恥しいですわ、つまんない人ですもの」

奈々緒はたまのいい方に、もう自分の所有物のようなひびきがあるのを聞きとって、微笑んだ。たまは口では恥しがりながら、ちょっとと、つぶやいて奥へひきこんでいくと、背の高い白い上っ張りを着た男をつれてあらわれた。

「正造さんです」

「三木正造です。奥さんのことはこの人からよく聞いています」

はきはきした口調でいう。浅黒い顔の頬骨が出て、口が大きく、精悍な感じのする板前だった。小柄だけれど、ころりと肉づきのいいたまとはいい対照で、二人並んだところから、靉靆としたものがただよってくる。他人ではない男女の間からあふれる不思議な空気の甘さであった。

「ごゆっくり」

といって正造がひきこんでいくと、奈々緒は、たまの背を軽く打った。

「いい人じゃないの、さっぱりして。頼もしくていい人だわ。もう、で、しょう」

「あらっ、そんなんじゃありませんわ」

たまの耳たぶが真赤に染って、ことばを裏切っている。

たまは奈々緒の訪問の目的を聞くと、真剣なまなざしで、

「やってみますわ。でもうまくいくかしら」

と頼りない声をだした。征一を一日、たまが預るという形にして、つれだしてくるというのが奈々緒の頼みだった。

たまは奈々緒を駅まで送って来た。店を離れると急にたまはのびのびして、ぴったた

りと肩を奈々緒に寄せてくる。

「あたしねお嬢さま、やっぱり、結婚してあの店を継ぎそうですわ」

「よかったわ。それでいいのよ」

「さっき、ず星をさされて恐れいりました。本当はあたしたち……」

たまは前方をむいたまま、ことばをとぎらせ真赤になった。

「わかってるわよ。いいじゃないの、あたしすぐわかったのよ、たまさんに逢ったとたん。だって、あなた、ぱっと灯がついたみたいに、内がわから光りが出るみたいに、きれいになってるんだもの。ああ、誰かがたまさんの軀（からだ）の中に灯をともしてあげたんだなあって思ったわ」

「伯父もうすうす気がついたらしくて、早く式をあげようっていってくれています。あたしたち、もう、離れられないんです」

「その方がいいわ。早く結婚してしまいなさい」

「こんなことといって……失礼かもしれませんけど、あたし、お宅へ御奉公したせいで、結婚って、とても怖くて、一生あたしは結婚すまいと思ってたんです」

「ありうることね」

「でも、あの人が好きになってしまった時、そして……あの人があたしを欲しがった時、もうどうしても自分自身の愛情をおさえられなくなってしまったんです」

「それでいいのよ」

「でも……人を好きになるって、ほんとに苦しいことですね」

「あら、だってあなたは今、一日いっしょに働いていられるし、文句なしに楽しい筈じゃないの」

「でも、心がやすまらなくなりました。ちょっとあの人が出かけても、車にはねられやしないかしら、何かが落っこちてきてけがでもしないかしら、ころんでやしないかしらって、心配でたまりませんわ」

「御馳走(ごちそう)さま」

「あらっ、そんなつもりじゃ」

たまはますます真赤になって、とうとう掌(てのひら)で顔をおおって、立ちどまってしまう。もう駅がそこに見えていた。

翌々日の日曜日、たまは約束通り征一をつれて来た。

「まあ、征ちゃん、よく来たわね」

ちょっと見ない間に、征一はびっくりするように大きくなっていた。おびえたようにたまの腰にしがみついて、泣きそうになる。

「征ちゃん、ママよ、ママを忘れたの」

たまが、征一にいっても、征一はいよいよ堅くなって表情をこわばらせ、たまの軀に顔をおしあてててしまう。

奈々緒はさすがに胸がいっぱいになって、声もでなかった。

征一をたまからもぎとるように抱きあげると、征一は、急にわっと火がついたように泣き、奈々緒の腕の中で、全身を硬直させ、そりかえって泣きつづけた。

奈々緒も顔中に涙をほとばしらせてきた。

「征ちゃん、ママよ、ママを思いだしてよ」

見かねてたまが手をだし、征一を抱きとると、征一はぴたっと泣きやんだ。

奈々緒は平手で顔を打たれたように惨めな表情になっていた。

「たまさん……やっぱり、だめね。あたし、今、罰をうけたと思ったわ。征一はあたしをもうすっかり忘れてるのよ。でもまさか、こんなにはげしく、こわがられるとは夢にも考えなかったわ」

「いいえ、ただ、ちょっとの間ですわ。馴れたら、すぐ機嫌を直します。それに思いだすにきまってます。人見しりする頃ですし、理由もないんですわ、子供がおびえるのなんて」

たまは気の毒がってしきりになぐさめた。

たまは、連れだしてさえくれればいいという約束なので、それ以上ひきとめられなかった。もう少し征一が馴れるまでいてほしかったけれど、店が気になるからといってたまは帰っていった。

征一は、たまのいったように二十分もすると、すっかり馴れて、機嫌がなおってきた。買っておいた自動車の玩具が気にいってそれを何度でも走らせている。機嫌が直るとあっけないほど、たちまち今の環境になじんでしまうようだった。いつのまにか、奈々緒にママ、ママと呼びかけて、自動車のねじをまかせたり、膝にとび上ってきたりしていた。

俊太郎が訪ねてきた時には、征一はもうすっかり奈々緒にも部屋にも馴れきっていた。

俊太郎をみても、ちょっと恥しそうに奈々緒にしがみついただけで、俊太郎が、

「やあ、征ちゃん、おいで。おじちゃんがだっこしてやろう」

と手をだすと、すぐ俊太郎の腕の中に入り、肩車してもらうと、

「たかい、たかい」

と大はしゃぎするのだった。

「ぼくは子供に好かれるんだよ。電車の中なんかでも、これくらいの子はたちまち手なずけてしまう」

　俊太郎はそんな自慢をしながら、本当に子供が好きなのか、面倒臭がりもせず、いつまでも征一の相手になってくれるのだった。

「支度おしよ。いっしょに動物園へゆこう」

「動物園ですって？」

　奈々緒は思わず時計をみた。夕方には征一を母のところにつれてゆくつもりだった。

「このまま、征坊はきみがつれてればいいさ」

「何ですって」

「どうせ、非常手段でなくっちゃあ、渡しゃしないんだろう。一か八かやってみるさ。実は今まで友だちの弁護士のところへ行って色々聞いてきたんだ。今日まだ、きみは法的には関屋夫人なんだし、征坊のれっきとした母親なんだし、このままつれてったって、誰も法的に文句のつけ様はないんだよ」

「あなた」

　奈々緒は、この時ほど俊太郎に愛されていると感じたことはなかった。両手で顔を掩うと、こらえきれず、泣きだしてしまった。

「ばかだなあ、まるで征坊より赤ん坊じゃないか。おれ、急に二人の子持ちのおやじになったようじゃないか」

俊太郎にうながされ、奈々緒は鏡の前で顔を直しはじめた。鏡の中に俊太郎と征一の姿が映っている。畳に仰向けにねころんだ俊太郎が両脚をあげ、その足先で征一の腹を支えてやっている。征一は小さな軀を空中に泳がせているような気持らしく、両手も両足も思いきり開いて、嬉しそうな声をあげた。

「ヒコウキ、ヒコウキ」

せっかくつけたクリームパフがなじんだばかりの頰に、またどっと涙があふれてきた。

関屋の家では一度も味わうことの出来なかった家庭の団欒の幸福が、今、こんな仮寝の安宿の一室に、みちあふれているのが信じられなかった。

日曜日の午後の動物園は、子供の天国だった。俊太郎は入場券を買ったり、お猿にやる南京豆を買ったりして、奈々緒が気がつかずうろうろする間に馴れた世話を焼いた。

「何を笑ってるんだい」

「だって……まるで自分の家にかえったみたいにのびのびしてるんですもの、あなたって」

「ふふ……ここはね、気分がくさくさしたり、女にふられたり、仕事を首になったり、不渡手形を出したりしたような男がわりあいと来るんだよ。そんな、情けない男の気持をなだめてくれるものがどっかあるんだなあ、動物園って。おれもここへそういう意味で何度も通ったからなつかしいし、わが家のように、くわしいんだよ」

俊太郎は征一の手をひき、奈々緒はもうひとつの征一の手をとっていた。

征一は嬉しがって、時々ふたりの間で、きゅっと身をちぢめ、両足をあげてしまう。すると大人たちは、腕に力をこめ、小さな軀の重みを支えてやらなければならない。征一はブランコのつもりらしく、飽きもせずそれを繰りかえす。

午さがりの動物園の中には、そんな親子づれも多いけれど、意外に、子供をつれた男ひとりの姿が奈々緒には目についた。

獣の匂いが空気の中にとけこんで、田園にいるような気分にさせる。

征一は一つ一つの動物の檻の前で、興奮し、一々俊太郎に教えられた動物の名をくりかえすのだった。

「カンガルー、カンガルー」

「タヌキ、タヌキ」

するとを、傍にいる他の子供たちも、負けないぞとばかり、征一の口真似をして、

「カンガルー、カンガルー」

と声をはりあげ、自分を引率している大人の方を得意そうにふりかえる。いつのまにか子供どうしが肩をくっつけあい、同じ檻の前で熱心にのぞきこむ。

征一を先に立て、俊太郎と奈々緒がその後を歩いていった。誰の目にも子供づれの夫婦としか見えないだろうと思うと、奈々緒の胸に甘ずっぱいものがあふれた。

帰り道で征一は疲れて眠りこんでしまった。眠るとずしりと重くなる子供の軀は俊太郎が抱きあげた。

「すみませんでした。本当に今日はありがとう」

改まった声でいう奈々緒を俊太郎はふりかえり、

「いつまで他人行儀にするつもりなんだい」

と笑っている。

奈々緒は改まった声で、

「でも今日は、やっぱり、この子つれて母のところへ帰ります。このままだとたまに迷惑がかかるし、関屋だって、どんなふうにこじれてくるかわからないし……あた

し、一度もっと、はっきり、母に話してみます」

それにこのまま征一をつれても宿屋住いでは、つづく筈もなかった。

俊太郎の征一への愛を確めただけでも奈々緒は今日の一日が夢のようだった。


菊江のところについた時はもうすっかり夜になっていた。

征一が両手にいっぱいの玩具をかかえて、奈々緒より先に走りこんでいくと、菊江が飛びだしてきて抱きとめた。

「征ちゃん！　お前、どこへいってたの」

後から入っていった奈々緒をみて菊江がけげんな顔をした。

「おや、お前がこの子と？」

「ええ、ずっといっしょだったの、おそくなって」

「たまはどうしたんだい」

「あたしじゃ、征一を出してくれないと思ったから、たまに頼んだのよ」

「何てことをするんだろう。今、あんまりおそいんで、もしかしたら関屋の方へかえしにいったかと思って、電話してたんだ」

菊江は不機嫌になり、

「勝手なことしてもらっちゃ困るじゃないの。この子をあたしの方につれて来てる時だって、あたしは関屋から預ってると思ってるんだからね」

「母さん、征一はあたしの子よ。まだあたしは正式に離婚していないんだから、あたしが征一をどこへつれていこうと、文句はいえないのよ」

「お前、よくそんな大きな口がきけるもんだ。じゃなぜ捨てて逃げるようなことをしたんだ。今更、母親面してくるのがこっけいじゃないか」

「そりゃあ、もう言葉の返しようもないわ。でも、あたしがそうしなければならなかった理由は、母さんが一番胸に手をあてればわかることじゃありませんか。もういやだわ、こんな関係。どうしてもお互いの話つけてしまいましょうよ。子供はあたしが育てます。関屋と縁をきってちょうだい。母さんがあの人のお嫁さんは見つけてあるんでしょう」

菊江は、急に強くなった奈々緒の背後をうかがうように目を凝らした。

「お前……やっぱり関屋のいうとおり、男が出来たんだね」

「そんなこと、今の話と関係がないわ」

「関係があるよ。お前がそんなことしでかしてくれると、関屋の方が分がよくなるんだ。離婚してくれってたって、只じゃ別れてくれはしないだろう」

菊江の口調の中に、前にはなかった関屋への感情がうかがえて、奈々緒は母の顔を見直した。

つくづく見ると、菊江も老けたと思わせられる。この間じゅう、由美子の死の後始末で度々逢っている時は、まだ気の張りをみせていたせいか、そうも感じなかったのに、今茶の間でむかいあった菊江は、かくしようもない老いがにじみはじめていた。

由美子の、母が関屋との間の子供をどうかしたという話は、とても信じられることではないと思った。顎の下からぜい肉がのぞき、頬の肉が唇の両端に今にも垂れ下りそうな感じだった。肌色白粉でかくし化粧をほどこしてはいても、首筋にみえる皮膚のたるみはかくしようもなかった。

奈々緒は母があわれになってきた。怨んだことは忘れられないにしても、今、奈々緒は自分の幸福の酔いで人には寛大になっている。

「関屋を結婚させるって話はどうなの。もしそれが実現すれば、たちまち征一は向うではいらないじゃないの」

「征一を関屋は絶対離しませんよ」

「なぜ？　あの人は子供好きじゃなかったわよ。それに関屋の所にくるお嫁さんが、征一を本当に可愛いく思う筈はないじゃないの」

「関屋と結婚出来たことを有難がる女なら、征一を大切にしますよ。関屋だって、あたしとの縁は征一ひとつにつながってるんだもの、離すものか」

「どうしてよ。はっきりいえば、関屋と母さんの縁は、征一なんかをぬきにしたふたりだけのものじゃありませんか。征一なんかいようがいまいが、母さんたちは愛しあってるんでしょう」

自分の口にしたことばの不潔さに奈々緒は自分で顔をそむけた。

かつて、自分たちは肉での絆が強いのだと奈々緒にむかっていいきった菊江の関屋への執着を思いだすと、今でも奈々緒は背筋がひえびえしてくる。

「本当のところ……」

菊江が低い、ひとりごとのような声をだした。

「あたしにも、わからなくなってきている。お前にいえた義理じゃなし、自業自得、誰にもぐちをいうつもりはないけれど、今じゃ私にも関屋の本心がわからなくなってしまった。他人がかげ口きいているように、すべては金が目的だということだろうか。今だからいうけど、私は関屋に、もうずいぶんと金をそそいでいるんだよ。関屋が新しい会社をつくったのを知ってるだろう」

「知るもんですか。あたしはもう、ずっとかやの外だったんだもの」

「関屋はね、半年くらい前から事業をはじめているんだよ」

「へえ、どんな仕事なの」

「あの人の友だちがつぶした後をそのまま、叩いてのっとったという話だけれど、つぶす時にも陰から関屋の手が入っていたとあたしは睨んでいる。でもそこまであくどく立ちまわれるなら、関屋も一人前の仕事師になれるかもしれないと思ったのが、あたしの欲目だったのかねえ」

関屋のはじめた仕事というのは、特殊化粧品の会社ということだった。強力な若がえりという名目がつけられているので、そのクリームは顔につけるものかと思ったら、軀のある場所から吸収させ、若がえりをうながすというのだった。どこかの国で臍に油をぬる健康法があると聞いていたけれど、そこから思いつきでもしたものだろうか。奈々緒は、胎盤がどうの、海亀の油がどうのといいだした母の話を聞き進むほど、胸が悪くなるような気分がした。

「そんなインチキくさいものが、どうして売れると思ったの、母さんらしくもないじゃないの。母さんは少くとも本当の事業家なのに」

「あたしが関屋を男にしてやりたいと考えたのがまちがいだったのかね」

奈々緒はもう、自分の前で、ふところに片手をいれ、無意識のそんなポーズの時にも、やはりひとつのなまめいた美しさをのこしている女らしい母の業を嘲(あざわら)う気もなくなってきた。

菊江が関屋を放すまいとして、そのひきとめ策に、関屋に事業という玩具を与え、それをいじくっている間でも、自分から去らせまいとした心の焦りが手にとるように見えた。

ただ、菊江の計算が狂ったのは、関屋が菊江の考えていたよりは何倍か悪党で、菊江のそんな計画を逆手(さかて)にとり、本当に、自分の仕事をしようと、菊江の金を本格的にしぼりはじめたということだろう。

関屋は、菊江の金をはじめからそんな怪しげなクリームの会社なんかに注ぎこんである筈はない。おそらく、引きだした菊江の金は、全く別な、菊江の知らない場所につみたてられるか、全くちがう事業にひそかにそそがれているのではないだろうか。

「もうあたしには出してやる金もなくなった」

奈々緒は息をひいて母の顔をみた。

その後を聞きたくないと思った時、菊江が突然乾いた笑い声をあげた。

「お前さんに逢いに京都へいったね、あたしが……」

「ええ」

「あの時、実は、関屋を追っかけていったんだよ」

「どういうことなの」

「関屋はあたしにかくして女をつくっていた」

「何が母さんにはそんなにみれんなの。母さんほどの人がどうして、そこまでにされて、みれんが断てないの」

奈々緒の声がしめってくる。母らしい愛情のわかない母でも、目の前に、打ちのめされた表情で、決してしてはならない相手にむかって、醜い色ざんげをする母の、せっぱつまった感情が、あわれでならなかった。

母というよりひとりの女としての同情がわいてくるような気もする。同時にあまりの浅ましさに対する嘔吐しそうな嫌悪の中には、それが母だからという二重の汚らしさがまつわっていた。

「征一を、母さんの情事の道具にはつかわないでちょうだい。それだけはお願いするわ」

「奈々緒、それだけは信じておくれ。あたしはこの子は本当に可愛いくなってる。でもそうお前さんにつめよられると、この子が唯一の関屋との絆になって、あたしをあの家に出入りさせてくれるかと思わないではなかったね」

「しっかりしてよ、母さん。あの家ったって、あれは母さんがあたしが結婚する時買ってくれたもので、母さんのものじゃないの」

「もう関屋の名前になっているんだよ」

「何ですって」

「お前が家を出た時、あの人が出ていくと開き直った。その時あたしが、家の名義をかえてとどまらせてしまった」

もう、何をいうことも出来なかった。

せっかくつれて帰ったものの、ここまで取り乱している母のそばに征一を置いておく気もしなくなった。

「あたし、今夜とても疲れたわ。ここに泊めてほしいわ」

「ああ、そうおしよ。風呂にでも入ってゆっくりおしよ」

菊江も、何かに憑かれたように洗いざらい自分の恥をはきだした後のうそ寒さを持てあますように、そういった口調にはすがるような、媚びるような弱さがあった。

奈々緒は、菊江には聞かれない遠い客室の電話をつかって俊太郎を呼びだした。

母の様子が気がかりなのと、都合によれば、明日にでも関屋と逢って、決定的な話をつけるかもしれないと伝えた。

一通りの話を聞いたあとで俊太郎の声がかえってきた。

「今夜はもうおそいし、泊ってくることは賛成するけど、関屋との話はとても女の手になんて負えるものじゃないね。明日は征ちゃんを必ずつれて、もうこっちへ帰ってくる方がいいよ。そのまま、大阪へかくれてしまった方がいいくらいだ。関屋との話は、征ちゃんのことを相談してきた弁護士にまかせよう。ただし、まだ母さんの決心が全然固まっていないんじゃないかね」

電話をかけ終って、茶の間にもどると、菊江が鏡台の前に坐って双肌（もろはだ）ぬぎになって化粧している。

「どうしたの、何所へいくつもり、今から」

「やっぱり、ちょっと、関屋に話つけてくるよ」

「およしなさい。ね、今夜はやめて！」

「すぐ帰るから、お前はゆっくり眠（ねむ）っていておくれ。実はね、明日の朝十時までに必要な、手形の件で、関屋の判コが要（い）るのを思いだしたんだよ」

菊江の話が嘘なのはわかっていた。奈々緒はもうことばもなく、鏡につきだした母の、みるみる白く魔法のように若がえる顔を眺めていた。

菊江の目の中には、もう、奈々緒の顔は入っていない。真剣な目つきが、鏡の中の自分だけを喰いつくように見つめていた。

菊江の両頰の耳の下よりに二つのボタン跡のような小さな傷があった。たるんできた頰の肉をそこで吊りあげ、縫いちぢめた手術の跡だった。その手術のせいで、菊江はかくしようなく女の顔に滲（にじ）みだす頰のたるみという老醜（ろうしゅう）を征服したつもりになっていた。本当は額の皺（しわ）も吊りあげたかったけれど、人によっては表情が硬（こわ）ばると聞いて、それはまだ実行していない。目尻と目の下のたるみには、つけた後数時間は効力のある皺のばしの薬用クリームでごまかしている。若く見せる化粧法は研究しつくしていた。実際の年齢より十歳は若く化けることが出来た。

胸や腰にふくらみのため入れるパッド類は一切つかわない。男に逢う時、そんなものが衣裳の中からあらわれる不様さを、男の目にさらしたくはないのだ。着つけの工夫の腰紐一本の締め方と、衿の合せ方で、腰の肉の貧しさも胸の肉の落ちた侘しさもかくす自信があった。

鏡の中で出来上った支度を眺め直し、最後に菊江は唇にガーゼをあて、紅の色を落ちつかせた。

奈々緒はそんな母の動きのすべてを背後で見つめながら、今夜の母の軀から、不気味な炎がちろちろ燃え上っているような感じがする。妖気が漂っているということばが思いだされてきた。

菊江がそそくさと出かけていった後、奈々緒は不安で落ちつけなかった。何か異常なことが今夜の母の上に起りそうな不吉な予感があった。

寝入っている征一を、女中頭に頼むと、奈々緒は思いきって母の後を追った。

タクシーがいつもよりのろのろ走るような気がして気が気ではない。

「病人がいるんです。すまないけどスピード出してくれない？」

「こっちがけが人になってもいいんですか」

頑固らしい初老の運転手は、そんなことをいい乍らもスピードをましてくれた。

関屋の家の半町ほど手前で奈々緒は車を降りた。そこまで来てしまうと、何といって関屋の家の敷居をまたいだものかと、足がすくんでしまった。まわりの家に見覚えがある塀もあり、思いがけないアパートが建っていたりもする。ポストの位置も以前とは変っていた。

奈々緒が新婚の日をすごした頃とは塀が変っていた。ブロックが大谷石になって、門ぎわに、前にはなかった見越の松と梅が植わっている。門から玄関までの敷石も変っていたし、軒灯もモダンになっていた。

ずいぶんあれ以来、手を入れ、家全体の格がどっしりと見ちがえるようになっていた。

門はあけたままになっていて、押すとすぐ中へ開いた。

家の中にはあかあかと灯がついており、見るからに落着いたなごやかな家庭の夜がそこにあふれているように見える。

家の中の間取りも、家具の配置も、目に描ける筈なのに、奈々緒はかつて自分の家だったその建物が、全く見知らぬ家のようなよそよそしい表情で自分に向うのを感じた。

玄関まで近づいた時、家の中から関屋の声が飛んできた。玄関脇から庭があり、庭に面して六畳の居間がある。声はその居間からのものらしかった。

「うるさい婆あだな、何度云えばわかるんだ！」

その口汚さに奈々緒は水を浴びたように立ちすくんだ。

庭への柴折戸は、簡単なさしこみ錠しかかっていない。勝手知っている庭へ身をすべりこませ、庭の闇の中へ軀をかくしたまま、居間の縁側に近づいていった。

「昇さん、考え直してちょうだい。もう一度、話しあって、歩みよる手はあると思うんですよ」

奈々緒は耳を疑った。少くとももつい半時間ほど前、あれほど冷静に関屋の悪党ぶりを奈々緒に解説してみせた母の、これが同じ声だろうか。哀願で取りすがりそうな弱々しい母の声には、肉親の自分にも、いや肉親だからこそ、いっそう聞き辛い卑屈な調子がこもっていた。

「帰ってもらってよ。いつまで同じことをいってるの」

聞きなれない女の声がした。奈々緒はまたしても頭から水を浴びたような悪寒がした。

座敷には関屋と母の外に、まだ別の女がいた。

若い甲高い調子の声は思い上った自信にみちて冷酷だった。

「あたしだって、話がちがうわ。こんなお婆さんに、しょっちゅう押しかけられるなんて、聞いていなかったじゃないの。この人がいつまでも来るなら、あたしが出ていかせてもらうわ」

「さ、帰ってくれ。話はついてる筈じゃないか」

鈍(にぶ)い物音にまじり、がちゃんという金属音がつづいた。

「な、何をする！」

関屋の声より前に鈍い女の悲鳴があがった。

玄関に人影が転び出て来て、門の方へ走りだした。奈々緒は夢中でその後を追った。自分の足音をしのぶことなど、すっかり忘れていた。

追いつくと菊江は弱々しく路(みち)ばたに膝(ひざ)をついた。

「かさあん！　帰りましょう」

落ちていた菊江の肩がびくっとあがった。

「ああ、お前だったの」

奈々緒は母の声音(こわね)の中に、まだ、そこまで追って来てくれる関屋の足音を期待していたのかと情けなさに涙があふれた。

菊江は夜目にも白い足袋はだしだった。表通りへつれだせる姿ではなかった。

路地のかげに菊江を待たしておき、タクシーを呼びとめて、ようやくその中へ菊江を押し入れた。

菊江はシートに落着くと、肩を震わせて泣きはじめた。濃い化粧の顔に涙があふれおち、唇も顎も震わせて声を必死にしのんで泣いている菊江の年齢のわからない顔は、不気味な妖怪の面のように見えた。

車の中で一言も口をきかなかった菊江は、家へ帰り、奈々緒が寝床に入れるとはじめて、

「女の顔にガスストーブの上のやかんをなげつけたんだよ。でも肩から胸へかかったくらいだろうよ」

とつぶやいた。愕くほど落着いた静かな声だった。

「もうおしまいだね」

「いいじゃないの、これで関屋のことがあきらめられたら、かえってよかったのよ。おかあさん……さっきから考えてたんだけど、もうあたしたち、身内って征一と三人きりじゃないの。もっと心をよせあって生きていきましょうよ」

菊江は目を閉じたまま、瞼をひくひくと震わせた。化粧のはげ落ちた黄色い顔に脂気もなく乾ききった皮膚は、今にもひび割れそうにつっぱっている。

出かける時とは別人の山姥のような凄じい菊江の素顔だった。

目をとじたまま、菊江は乾いた唇でつぶやいた。

「奈々緒、女も五十をすぎたら、男をつくってはだめなんだよ」

「何をいってるのよ」

「ある時、ふっとうつむいて自分の裸のおなかを見る。皺ばんで、垂れ下った下腹のたるみに気づく——もうそれで女のいのちはお終いだと悟る。そのくせ、その瞬間から、女のいのちへのみれんが猛然とわきおこる……奈々緒、いつかおまえだってそんな日が来るのだよ。あたしがこんなことをいったと思いだす日が来るだろうよ。由美子は可哀そうだった。けれど考え方によっては由美子はまだ幸せなんだよ。あの子は薬をのむ前におそらく風呂に入って、裸の軀を鏡に映してみたことだろう。まだきれいな、はりきった軀のまま、あの子はそれを目の中に残して死んでいけた」

「おかあさん、もう眠りなさい。興奮してはだめ」

奈々緒は鎮静剤を母の手に渡し、水を与えてやった。

菊江はその青い薬の粒をしげしげとみつめた後、ぽろりと畳の上にこぼした。

「いらないよ。もう……」

「眠れるの？」

「ああ……征一は？」

「よく眠ってるわ。動物園へいって疲れたのよ」

「奈々緒、今度のお前の……その人はやさしいかい？」

「ええ、気があう人よ」

「よかったね」

菊江は、相変らず瞳をとじたまま、おだやかな声をだしていた。

「雑司ケ谷の家を覚えているかい？」

「ええ」

「あの玄関の入口に、青い石があったね」

「つわぶきや、都忘れが咲いてたわ」

「あそこへお前がおしっこをするといってお婆ちゃんがよくおこってた」

「へんなこと覚えてるのね」

「女の一生なんて、大したこともないね」

「おかあさん、もう眠った方がいいのよ」

「お前にも、ひどいめにあわせたね。あたしの血が騒いだんだよ。血のせいだと許しておくれ」

「何をいうのよ。さ、疲れすぎるわよ」

奈々緒は、まだしばらく、菊江の枕元に坐っていた。額に手を当てると、死人のように冷たかった。それでも、菊江はすやすやとおだやかな寝息をもらしはじめた。眠っている菊江の顔には、昔の美しさの名残りが夕映えのように次第に滲みでてくる。

奈々緒は、ふっと、今日を境に、この気の合わなかった母と、心がふれあって暮していけるのではないかという予感を持った。

関屋とどんな醜い争いをしても、きっぱりと別れてしまい、何を奪われてしまおうと、この老いの滲みはじめた孤独な母の余生をいたわりあって生きていこうという気持になってきた。

奈々緒が、菊江の枕元を離れ、征一の寝床へ軀をすべりこませた時、違い棚の置時計は一時をまわったところだった。

菊江のくびれた姿を発見したのはその翌朝の八時すぎだった。前からいる女中頭が、いつもの朝のように新聞と、番茶を持って菊江の部屋に入った時、欄間からつるした腰紐に菊江の軀が下っていた。

けたたましい叫び声で奈々緒がかけつけた時は、女中頭は縁側に腰をおとしたま
ま、動けなくなっていた。

朝日がさしこみ、菊江の喪服の姿を鮮やかに映しだした。覚悟の死だった。床の間
に香がたかれ、白縮緬のしごきで、菊江は足首をしっかりとしばっていた。真新しい
手拭いで、鼻と口を掩い、見苦しいものをみせまいとしていた。

遺書はなかったけれど、床の間に、奈々緒あてに、財産のすべての証書の入った手
下げ金庫と鍵が残されていた。

菊江の葬儀の一切が終った日、奈々緒は征一をつれて大阪へ出かけた。
由美子と母と二人の死を近々と見送った疲労がさすがに奈々緒の全身に沁みとおっ
ていた。

由美子の骨を母と拾った日のことを思い乍ら、奈々緒は同じ火葬場で、母の骨をひ
とり拾った。母の骨も、由美子のそれに似て、か細くもろく白かった。

奈々緒は、汽車の窓にしがみついて、車外の風景にみとれてはしゃいでいる征一を
見ながら、膝の上の小さな骨壺を両手で抱きしめていた。

母の骨と、由美子の骨がその中でまざりあい、かすかに触れながら、ひそひそとか

ぼそい音をたてているような気がしてくる。

――あたしの血のせいだと許しておくれ――

最後に菊江の残したことばが思いだされてきた。その母と同じ血と、同じ骨を、自分もわけあたえられているのだと思うと、奈々緒は、自分の柔かな熱い肉につつまれた軀が、震えだすような恐れを覚えた。

由美子の短い生涯も、短いなりに由美子の血が需めた激しい自爆の生き方だった。

奈々緒は残された自分の女の生涯の行方をはるかに見守るような気持になった。母がいったように、女のいのちの花は五十歳でしぼむものとすれば、もう奈々緒はその半分以上を生きてしまっている。

敏夫や珠彦の俤が、思いがけない鮮さで奈々緒の瞼に浮んできた。それらの俤を掩いつくすように俊太郎の笑顔が拡がってくる。今日、この列車に乗る時、征一を抱きながら、東京駅まで見送ってくれた俊太郎に、征一は、すっかりなついてしまっていた。

「あとからゆくからね、征坊、待っているんだよ。大きな自動車買っていってやるよ」

「ううん、飛行機」

「えっ、飛行機。よしよし、どんなに大きいの？」

「こうんななの」

征一は小さな胸を反りかえらせ、両手を力いっぱい拡げてみせた。

列車が出ようとした瞬間、征一は、開かない車窓に額を押しつけて、

「パパ！　飛行機！」

と叫んでいた。征一の声はプラットフォームの俊太郎には聞えた筈はなかった。俊太郎が、笑いながら、よしよしとうなずいている。

向いに坐っている上品な老婦人が、奈々緒になごやかな笑顔をむけた。

「御主人は子煩悩でいらっしゃいますのね。お一人ですか？　お子様は」

奈々緒は首筋が染まるのを感じながら、あいまいにうなずいていた。

他人の目に、自分たち三人が親子に見られたということが気恥しく嬉しかった。

老婦人は、奈々緒の膝の紫の風呂敷包みの中身には気づいていない。自分の顔が肉親を二人、それも不自然な死で失った者の不幸の影を一向に止めていないらしいのを奈々緒は感じた。母や妹にすまない想いから、思わず涙を誘いそうになったけれど、奈々緒は膝の上の骨壺をしっかりと握り直し、生きのこった上は、二人のいのちをあわせた分まで、女の幸福を思う存分、生ききってみせようという気持がわきあがって

きた。

菊江の初七日に、菊江が相談相手にしていた弁護士に託されていた遺言状が開封された。財産のほとんどが、征一の名義に書きかえられていることが発表された。奈々緒は関屋との離婚の件も、その弁護士と俊太郎にまかせきって来た。関屋との事件が片づくまで、征一をつれて京都や大阪で、ゆっくり静養してくるようにという俊太郎のはからいでの旅立ちなのだった。

「私にも、生きていればお宅の御主人のような息子がございましたけれど、戦死してしまいましてね」

老婦人は、地味づくりの上、髪が白髪なので一見老けて見えたけれど、菊江くらいの年齢かもしれなかった。

「一人息子でしたから、どうやって生きてゆこうかしらと当時はすっかり生きていく気力もなくしましたものですよ」

「おさっしいたします」

「でも、まあ、こうやって、息子をなくして何年も生きのびてしまいました。ふだんはあきらめていますのに、坊ちゃまのような可愛らしい人をみますと、ついぐちが出そうになってしまいます」

奈々緒は、こんな女の生涯もあったと、しみじみうなずく気持だった。

京都につくと、奈々緒は真直ぐ近藤の家を訪れた。前もって通知しておいたので、和歌子が、二階の部屋をあけて待ちかねていてくれた。

「まあ、ええぼんぼんやなあ。奈々緒さんそっくりやおへんか。目もとと、眉が、いきうつしや。口もとは俊ちゃんによう似てはる」

和歌子が征一を抱きあげていうので、奈々緒はふきだしてしまった。

「まさか。だって、この子俊ちゃんの子じゃありませんわ」

「あ、そうどしたなあ。そやかて、似てはるもの。不思議やなあ、他人の空似やろか。そのうち、俊ちゃんの子も早うつくったげとくれやす」

奈々緒が光る目に力をこめて笑いをかみころした。

「あっ、俊ちゃんのややがもう出けてはりますの」

「まだ、どうかわからないんですよ……じゃ、ないかと思うくらい」

「ひゃあ、めでた。そら、よろしおしたわ。きまってますわ。俊ちゃんのややが出来てるにきまってますわ」

奈々緒はそのことを、列車に乗るまぎわに俊太郎にささやいたことを思い浮べた。

「俊ちゃん、喜んでますやろ、あんな子煩悩どすさかい」

俊太郎は奈々緒がそれを告げた時、一瞬、きょとんとした表情をとっていた。

「かもしれないの。云おうか、どうしようか迷ってたけど」

といった奈々緒のことばをゆっくり胸の中でくりかえすようにしたとたん、俊太郎の頰がぱっと染った。

「ばかっ、なぜ早くいわないんだ」

「だって」

その時、もう発車が近づいていて、奈々緒は列車にとびのっていた。

奈々緒には確信があった。

遠い日、征一をみごもった時の覚えがありありとよみがえってきている。女の軀の不思議さは、それを全く忘れさせておくせに、一度(ひとたび)いのちを宿すと、すべての器官が、昔の感覚をよびさまされるのだ。

ちがっていたのは、愛する男の子供をみごもるという喜びの深さと激しさであった。

俊太郎は征一を自分の子供と同じように愛してくれるという安心があるだけに、奈々緒は俊太郎の子を見事な赤ん坊として俊太郎の胸に抱きとってほしいと思う。

長い生涯には、まだ、山も渓もあるだろう。若い俊太郎の行手が、晴れた明るい道ばかりともかぎらないだろう。もしかしたら、愛情にさえ、ゆらぎ、迷う日が来ないともかぎらない。

奈々緒はどんな最悪の場合を予想しても、もはや怯えも恐れもなくなっていた。長い旅路の果にようやく得た俊太郎への自分の愛だけには自信があった。片腕のとんだ俊太郎、あるいは全身不随になった俊太郎、あるいは他の恋に迷いこんだ俊太郎、そのどの場合にも、自分は、征一や、おなかの子と共に、俊太郎とのきずなを信じ、生きぬけるような力がわくのを感じていた。

京都に来て、三日めの夕方、玄関に人の訪れる声がした。征一をつれて和歌子が買物に出た留守だったので、奈々緒が玄関へ出た。

黒い地味な和服の女が、肩から紺木綿の風呂敷をよっこらしょと、ひくいかけ声と共に、上りがまちにおろすところだった。

「先日はどうも有難うございました。またこちらへ廻って来ましたから、見ていただこうと思って」

女は、腰の低いお辞儀と共に顔をあげた。

奈々緒より先に、女の方が声をあげた。

「あっ、奈々ちゃん」

もう何年も逢わなかった隆子が、見ちがえるような陽やけした顔で、奈々緒を見上げていた。

「隆子さん……いったいどうして」

奈々緒は、次のことばも出ず、まじまじと旧友の顔を見下していた。

短く切った髪をパーマで傷めつけ、頬には安白粉(やすおしろい)がはげおち、口紅の赤さばかりが毒々しい隆子は、奈々緒より七、八歳も老(ふ)けて見えた。

「ここ、あなたの?」

「いいえ、知りあいのお宅よ。今ちょっとよせてもらってるんだけど」

「ああ、そうだったの。この間、お訪ねした時、気のいい奥さんがいたから、玄関へ出て見えた時、その人とばかり思ったのよ」

隆子は、とっさの狼狽(ろうばい)がすぎると、覚悟したというような落着きをみせて、袂(たもと)から折り畳んだ手拭いを出し、馴れた手つきで、ぱっぱっと、着物の裾(すそ)の塵(ちり)を払った。

「まあ、お上りなさいな」

「いいかしら」

「遠慮のない家だから」

「それじゃ、ちょっと失礼させていただきます」

 隆子は妙に他人行儀な物堅い挨拶をして、小腰をかがめて上って来た。そういう物腰のすべてが、もうすっかり旅の行商人の姿勢になっていた。

茶の間に入ると、大切そうにそこまで持ち運んだ荷物の結びめをほどいて、反物を早くもだしはじめている。

奈々緒が茶の支度をして出てくると、隆子はひろげた一反を自分の肩から膝の方へ流してみせ、

「これなんか、奈々さんにどんぴしゃりじゃないですか」

といった。大島らしい。奈々緒は先だって、偽大島の行商人が出廻っていて、練馬でつかまったなどという記事を東京で読んだことを思いだした。指の腹でさすってみると、糊が固く、本物とは手触りだけでちがいがわかる。こういう怪しげな反物をかついで廻っている隆子の落ちぶれ方が、奈々緒には納得がいかないのだ。

「着物は、もうあんまり着ないのよ。働きにくくって」

「あら、どうして？　奈々ちゃんは昔からとても着物の似合う軀つきよ。どうしたって日本人は着物の方が美人に見えるわよ」

隆子の笑い顔までが、奈々緒には悲しいほど卑しく見えてくる。

「御主人は？　お元気？」

隆子の方がきりださないので、思いきって聞いてみた。

「ああ、珠彦？　もうとっくに別れたわ」

「えっ、いつ？」

「もうとっくよ。結婚生活なんて、三年もしたかしら」

「いったい……どういうことなの」

奈々緒と珠彦の間を、奈々緒の父のことまで種にして中傷し、珠彦との結婚を強引に強行した隆子だったのに——。

「あの人は、だめな人間よ」

隆子は噛んではきだすようにいった。

「あの人はやっぱり、奈々ちゃんが忘れられなかったのよ」

「まさか！　隆子さん、いっていいことと悪いことがあってよ」

「ふふふ、そんな、こわい顔しないでよ。もういいじゃないの、昔のことだわ、みんな。そりゃあ、確かにあの時は、あたし、是が非でもあの人を自分のものにしたくて、捨身で奈々ちゃんをだしぬいて結婚してしまったわ。でも、結局、そういう無理な結びつきはうまくいかないのよ」

「そうだったの、ちっとも知らなくって」

奈々緒は、隆子より、はるかに自分には親しかった珠彦の温良な性質をなつかしく思い出していた。最後に、隆子と抜きうちの結婚をしたという以外には、珠彦との間には何の不愉快な思い出もなかった。

我がままいっぱいに、人世の辛苦も不幸も何ひとつ知らず、のどかに暮していた少女時代の美しい思い出だけしか、珠彦との上には残されていない。

「要するに気の合わない夫婦なのよ。あたしのなすことすること、いいえ、顔から声まで、ほんとはあの人の好みではなかったのよ。一緒に暮してみて、すぐそれがどうにもならない宿命だとわかったの。あたしはそれでもつとめたつもりだわ。せいいっぱいやったつもりよ」

隆子の陽やけした頰に、はじめて昔の隆子の勝気らしいはりのある俤がのぞいてきた。

「でも、あの人の方がどうしたって受けてくれないのよ。いつでも、あたしの投げた愛情の球は突きかえされなくて宙に迷ったあげく、とぼんと二人の間に落ちてしまうの。そりゃあ、苦しかったわ。そのうち、あの人はバーの女の子に通いはじめたの。

あたし、何日も帰って来ないあの人を迎えに、何度新宿のそのバーの軒下に立ったかしれやしない。どうしても連れて帰ろうと、子供をおんぶして、冷たい雨の日に、のら犬のように雨に濡れて立っていた惨めさは忘れられないわ。あの人を送って出た女を見て、もうだめだと思ったの。奈々ちゃんに目のあたりや軀つきがそっくりだったの。やっぱりあの人は奈々ちゃんに惚れてたのよ」

「知らなかったわ」

「いいえ、あの人はよくあたしにいったわ。お前のペテンにかかって、人生をふみあやまったって。でも、はじめはあたしだって本気であの人を愛してたのよ。それだけは本当なの。ただ、あんまり、自分の気持を押し通すことに夢中で、あとは自分の愛情でどうにでもしてみせると思った自信が裏切られたのよ。はっきり……罰が当ったと思ったわ」

「そんな」

「いいえ、そうなのよ。奈々ちゃんの友情を裏切った罰が当ったのよ。それだけじゃないわ。あの人の会社が、東南アジアとの取引きで大損して、つぶれた話を聞いたでしょ」

「ええ、そういえば、そんなことあったようね。あたしは、軽井沢に長くいて、よく知らなかったけれど」

「珠彦は結局は、女と家を出てしまったの。あたしは出入りの呉服屋の若い番頭と、まちがいをおこしてしまったのよ。今の亭主がその男なの。うちも、お店をしくじるし、とうとう二人で飛びだしてしまって、これがなれの果の姿なの」

奈々緒は思いがけない隆子の告白にかえす挨拶のことばもなくなった。

「でも、あわれんでくれなくっていいのよ」

隆子は、奈々緒の目をすくいあげるようにして、唇を歪めて笑った。

「珠彦より、今の亭主の方が、ずっと若くて、満足させてくれるの、わかるでしょう」

和歌子が帰って来て、結局、隆子の弁舌にまきこまれ、まがい大島の一反を買わされてしまった。奈々緒も隆子への昔のよしみという意味でほしくもない一反を需めた。手にした紙幣の皺を膝の上でおしのばすようにして、財布にしまう隆子の、もうすっかり行商人くさいしぐさが、奈々緒にまたしても珠彦の爽やかだった俤を思いださせた。

「へえ、あのお人がねえ、昔の奈々さんの友達どすか？」

隆子の帰ったあと、和歌子はつくづくため息まじりにつぶやいた。

「業どすなあ、女はつらいもんどすなあ」

隆子の、親とも家とも縁を切ってまで、今の生活を貫いていこうとする強さは、やっぱり、女の生き方のひとつの道かもしれないと、奈々緒は前かがみになって重い荷を背負った隆子の去りぎわの姿が、いつまでも瞼の中にのこっていた。

俊太郎から、京都へ夕方着くという電話のあったのは、隆子が訪れた日から数日の後だった。

丁度、大阪からひとみが訪ねてくれた日で、奈々緒は征一をつれ、ひとみと一緒に京都駅まで出迎えに出かけることにした。

離婚の一件が解決したことは、俊太郎の電話で話されていた。

「ようやっと、天下晴れてというわけね」

ひとみの、新調の紬の着物の、すっきりした姿は、プラットフォームでも際だっていた。

「俊ちゃんは、大して、偉い人にはならないとあたしは見てるけど、心のあたたかな男よ。女を幸福にする能力のある男よ。たぶん、奈々さんはこれで幸福になれると思うわ」

「ありがとう。あたし、もう何もほしくないの。小さくて、陽当りのいい家と、それにふさわしい、おだやかなつつましい生活さえ守っていかれたら、いいんです。あたしもたぶん、俊さんにふさわしい、ぬか味噌臭い女房になると思うわ」

「あっ、来たっ、来たよっ」

征一が、奈々緒の手をひっぱって黄色い声をはりあげた。

白い巨大な蚕（かいこ）のような列車が、全身に夕陽を浴びながら、三人の方へ向って、まっしぐらに走りよって来た。

本作品は、一九七四年十二月、『瀬戸内晴美長編選集　第十三巻』に収録され、一九八五年二月に講談社文庫で刊行されたものを、本文組み、装幀を変えて、新装版として刊行したものです。

当時の時代背景に鑑み、原文を尊重しました。

|著者| 瀬戸内寂聴　1922年、徳島県生まれ。東京女子大学卒。'57年「女子大生・曲愛玲」で新潮社同人雑誌賞、'61年『田村俊子』で田村俊子賞、'63年『夏の終り』で女流文学賞を受賞。'73年に平泉・中尊寺で得度、法名・寂聴となる（旧名・晴美）。'92年『花に問え』で谷崎潤一郎賞、'96年『白道』で芸術選奨文部大臣賞、2001年『場所』で野間文芸賞、'11年『風景』で泉鏡花文学賞を受賞。'98年『源氏物語』現代語訳を完訳。'06年、文化勲章受章。また、『いのち』は、大病を乗り越え95歳で書き上げた「最後の長篇小説」として大きな話題となる。近著に『あなただけじゃないんです』『青い花　瀬戸内寂聴少女小説集』『花のいのち』『愛することば あなたへ』など。

新装版（しんそうばん）　花怨（かえん）

瀬戸内寂聴（せとうちじゃくちょう）

2018年11月15日第1刷発行

講談社文庫
定価はカバーに
表示してあります

発行者――渡瀬昌彦
発行所――株式会社　講談社
東京都文京区音羽2-12-21　〒112-8001
電話　出版（03）5395-3510
　　　販売（03）5395-5817
　　　業務（03）5395-3615

Printed in Japan

デザイン―菊地信義
本文データ制作―講談社デジタル製作
印刷―――豊国印刷株式会社
製本―――株式会社国宝社

ISBN978-4-06-513680-5

講談社文庫刊行の辞

二十一世紀の到来を目睫に望みながら、われわれはいま、人類史上かつて例を見ない巨大な転換期をむかえようとしている。

世界も、日本も、激動の予兆に対する期待とおののきを内に蔵して、未知の時代に歩み入ろうとしている。このときにあたり、創業の人野間清治の「ナショナル・エデュケイター」への志を現代に甦らせようと意図して、われわれはここに古今の文芸作品はいうまでもなく、ひろく人文・社会・自然の諸科学から東西の名著を網羅する、新しい綜合文庫の発刊を決意した。

激動の転換期はまた断絶の時代である。われわれは戦後二十五年間の出版文化のありかたへの深い反省をこめて、この断絶の時代にあえて人間的な持続を求めようとする。いたずらに浮薄な商業主義のあだ花を追い求めることなく、長期にわたって良書に生命をあたえようとつとめるところにしか、今後の出版文化の真の繁栄はあり得ないと信じるからである。

同時にわれわれはこの綜合文庫の刊行を通じて、人文・社会・自然の諸科学が、結局人間の学にほかならないことを立証しようと願っている。かつて知識とは、「汝自身を知る」ことにつきていた。現代社会の瑣末な情報の氾濫のなかから、力強い知識の源泉を掘り起し、技術文明のただなかに、生きた人間の姿を復活させること。それこそわれわれの切なる希求である。

われわれは権威に盲従せず、俗流に媚びることなく、渾然一体となって日本の「草の根」をかたちづくる若く新しい世代の人々に、心をこめてこの新しい綜合文庫をおくり届けたい。それは知識の泉であるとともに感受性のふるさとであり、もっとも有機的に組織され、社会に開かれた万人のための大学をめざしている。大方の支援と協力を衷心より切望してやまない。

一九七一年七月

野間省一

講談社文芸文庫 

大澤真幸
〈自由〉の条件
個人の自由な領域が拡大しているはずの現代社会で、閉塞感が高まるのはなぜか？他者の存在こそ〈自由〉の本来的な構成要因と説くことにより希望は見出される。

おZ1
978-4-06-513750-5

塚本邦雄
百花遊歴
解説=島内景二

花を愛し、本草学にも深く通じた博学の前衛歌人が、古今東西の偉大な言語芸術を精選、二十四の花圃に配置し、真実の言葉を結晶させようと心血を注いだ名随筆。

つE10
978-4-06-513696-6

芝村凉也 狐嫁の列〈素浪人半四郎百鬼夜行(零)〉
芝村凉也 怨鬼の執〈素浪人半四郎百鬼夜行(四)〉
芝村凉也 夢告の訣れ〈素浪人半四郎百鬼夜行(五)〉
芝村凉也 孤闘の寂〈素浪人半四郎百鬼夜行(六)〉
芝村凉也 邂逅の紅蓮〈素浪人半四郎百鬼夜行(七)〉
芝村凉也 終焉の百鬼行〈素浪人半四郎百鬼夜行(八)〉
芝村凉也 追憶の輪〈素浪人半四郎百鬼夜行(拾遺)〉
真藤順丈 畦と銃
芝　豪 朝鮮戦争(上)(下)
信濃毎日新聞取材班 不妊治療と出生前診断〈温かな手で〉
柴崎竜人 三軒茶屋星座館1〈冬のオリオン〉
柴崎竜人 三軒茶屋星座館2〈夏のキグナス〉
城平京 虚構推理
周木律 眼球堂の殺人~The Book~
周木律 双孔堂の殺人~Double Torus~
周木律 五覚堂の殺人~Burning Ship~
周木律 伽藍堂の殺人~Banach-Tarski Paradox~
周木律 教会堂の殺人〈~Game Theory~〉
下村敦史 闇に香る嘘

下村敦史 生還者
下村敦史 叛徒
下村敦史 失踪者
九把刀 阿井幸作/泉京鹿 訳 あの頃、君を追いかけた
杉本苑子 孤愁の岸(上)(下)
杉浦日向子 新装版 東京イワシ頭
杉浦日向子 新装版 呑々草子
杉浦日向子 新装版 入浴の女王
鈴木光司 神々のプロムナード
杉本章子 お狂言師歌吉うきよ暦
杉本章子 大奥二人道成寺〈お狂言師歌吉うきよ暦〉
杉本章子 精姫様一条〈お狂言師歌吉うきよ暦〉
杉本章子 東京影同心
杉山文野 ダブルハッピネス
諏訪哲史 アサッテの人
諏訪哲史 ロンバルディア遠景
末浦広海 訣別の森
末浦広海 捜査官
須藤靖貴 抱きしめたい

須藤靖貴 池波正太郎を歩く
須藤靖貴 どまんなか(1)
須藤靖貴 どまんなか(2)
須藤靖貴 どまんなか(3)
須藤靖貴 おれ、力士になる
鈴木仁志 司法占領
須藤元気 レボリューション
菅野雪虫 天山の巫女ソニン(1) 黄金の燕
菅野雪虫 天山の巫女ソニン(2) 海の孔雀
菅野雪虫 天山の巫女ソニン(3) 朱烏の星
菅野雪虫 天山の巫女ソニン(4) 夢の白鷺
菅野雪虫 天山の巫女ソニン(5) 大地の翼
鈴木大介 ギャングース・ファイル〈家のない少年たち〉
鈴木みき 日帰り登山のススメ〈あした、山へ行こう!〉
瀬戸内晴美 かの子撩乱
瀬戸内晴美 京まんだら(上)(下)
瀬戸内晴美 祇園女御(上)(下)
瀬戸内晴美 花怨
瀬戸内寂聴 新寂庵説法 愛なくば

講談社文庫　目録

瀬戸内寂聴　人が好き［私の履歴書］
瀬戸内寂聴　白　道
瀬戸内寂聴　寂聴相談室 人生道しるべ
瀬戸内寂聴　花　芯
瀬戸内寂聴　瀬戸内寂聴の源氏物語
瀬戸内寂聴　愛する能力
瀬戸内寂聴　藤　壺
瀬戸内寂聴　生きることは愛すること
瀬戸内寂聴　寂聴と読む源氏物語
瀬戸内寂聴　月の輪草子
瀬戸内寂聴　新装版 寂庵説法
瀬戸内寂聴　死に支度
瀬戸内寂聴　新装版 蜜と毒
瀬戸内寂聴・訳　源氏物語 巻一
瀬戸内寂聴・訳　源氏物語 巻二
瀬戸内寂聴・訳　源氏物語 巻三
瀬戸内寂聴・訳　源氏物語 巻四
瀬戸内寂聴・訳　源氏物語 巻五
瀬戸内寂聴・訳　源氏物語 巻六
瀬戸内寂聴・訳　源氏物語 巻七
瀬戸内寂聴・訳　源氏物語 巻八
瀬戸内寂聴・訳　源氏物語 巻九
瀬戸内寂聴・訳　源氏物語 巻十
関川夏央　子規、最後の八年
先崎　学　先崎学の実況！盤外戦
妹尾河童　少年H(上)(下)
妹尾河童　河童が覗いたインド
妹尾河童　河童が覗いたヨーロッパ
妹尾河童　河童が覗いたニッポン
妹尾河童・野坂昭如　少年Hと少年A
瀬尾まいこ　幸福な食卓
関原健夫　がん六回 人生全快
瀬川晶司　泣き虫しょったんの奇跡 完全版〈サラリーマンから将棋のプロへ〉
瀬名秀明　月と太陽
曽野綾子　透明な歳月の光
曽野綾子　新装版 無名碑(上)(下)
蘇部健一　六枚のとんかつ
蘇部健一　六とん2
蘇部健一　届かぬ想い
曽根圭介　沈底魚
曽根圭介　本ボシ
曽根圭介　藁にもすがる獣たち
曽根圭介　TATSUMAKI〈特命捜査対策室7係〉
zopp　ソングス・アンド・リリックス
田辺聖子　川柳でんでん太鼓
田辺聖子　おかあさん疲れたよ(上)(下)
田辺聖子　ひねくれ一茶
田辺聖子　愛の幻滅(上)(下)
田辺聖子　うたかた
田辺聖子　春情蛸の足
田辺聖子　蝶花嬉遊図
田辺聖子　言い寄る
田辺聖子　私的生活
田辺聖子　苺をつぶしながら
田辺聖子　不機嫌な恋人
田辺聖子　どんぐりのリボン
田辺聖子　女の日時計

谷川俊太郎訳 和田誠絵 マザー・グース全四冊
立花隆 中核VS革マル(上)(下)
立花隆 日本共産党の研究全三冊
立花隆 青春漂流
立花隆 生、死、神秘体験
滝口康彦 一命
滝口康彦 粟田口の狂女〈レジェンド歴史時代小説〉
高杉良 労働貴族
高杉良 広報室沈黙す(上)(下)
高杉良 会社蘇生
高杉良 炎の経営者(上)(下)
高杉良 小説日本興業銀行全五冊
高杉良 社長の器
高杉良 祖国へ、熱き心を〈東京にオリンピックを呼んだ男〉
高杉良 その人事に異議あり〈女性広報主任のジレンマ〉
高杉良 人事権！
高杉良 小説消費者金融〈クレジット社会の罠〉
高杉良 小説新巨大証券(上)(下)
高杉良 局長罷免-小説通産省

高杉良 首魁(しゅかい)の宴(うたげ)〈政官財腐敗の構図〉
高杉良 指名解雇
高杉良 燃ゆるとき
高杉良 挑戦つきることなし〈小説ヤマト運輸〉
高杉良 銀行大合併〈短編小説全集(上)〉
高杉良 エリートの反乱〈短編小説全集(中)〉
高杉良 金融腐蝕列島(上)(下)
高杉良 銀行大統合〈小説みずほFG〉
高杉良 勇気凜々
高杉良 混沌(こんとん) 新・金融腐蝕列島(上)(下)
高杉良 乱気流(上)(下)
高杉良 小説会社再建
高杉良 小説ザ・ゼネコン
高杉良 新装版懲戒解雇
高杉良 新装版虚構の城
高杉良 新装版大逆転！〈小説 三菱・第一銀行合併事件〉
高杉良 新装版バンダルの塔
高杉良 新・燃ゆるとき
高杉良 管理職の本分

高杉良 挑戦巨大外資(上)(下)
高杉良 破戒者たち〈小説・新銀行崩壊〉
高杉良 第四権力〈巨大メディアの罪〉
高杉良 巨大外資銀行
高杉良 最強の経営者〈アサヒビールを再生させた男〉
竹本健治 新装版匣(はこ)の中の失楽
竹本健治 囲碁殺人事件
竹本健治 将棋殺人事件
竹本健治 トランプ殺人事件
竹本健治 狂い壁狂い窓
竹本健治 涙香(るいこう)迷宮(めいきゅう)
竹本健治 新装版ウロボロスの偽書(上)(下)
竹本健治 ウロボロスの基礎論(上)(下)
竹本健治 ウロボロスの純正音律(上)(下)
高橋源一郎 日本文学盛衰史
高橋源一郎 山田詠美 顰蹙文学カフェ
高橋克彦 写楽殺人事件
高橋克彦 総門谷
高橋克彦 北斎殺人事件

講談社文庫　目録

高田崇史　カンナ　鎌倉の血陣
高田崇史　カンナ　天満の葬列
高田崇史　カンナ　出雲の顕在
高田崇史　カンナ　京都の霊前
高田崇史　鬼神伝　鬼の巻
高田崇史　鬼神伝　神の巻
高田崇史　鬼神伝　龍の巻
高田崇史　軍神の血脈〈楠木正成秘伝〉
高田崇史　神の時空　鎌倉の地龍
高田崇史　神の時空　倭の水霊
高田崇史　神の時空　貴船の沢鬼
高田崇史　神の時空　三輪の山祇
竹内玲子　永遠に生きる犬〈ニューヨーク チョビ物語〉
団　鬼六　悦楽王〈鬼プロ繁盛記〉
高野和明　13階段
高野和明　グレイヴディッガー
高野和明　K・Nの悲劇
高野和明　6時間後に君は死ぬ
高里椎奈　銀の檻を溶かして〈薬屋探偵妖綺談〉
高里椎奈　黄色い目をした猫の幸せ〈薬屋探偵妖綺談〉
高里椎奈　悪魔と詐欺師〈薬屋探偵妖綺談〉
高里椎奈　金糸雀が啼く夜〈薬屋探偵妖綺談〉
高里椎奈　緑陰の雨　灼けた月〈薬屋探偵妖綺談〉
高里椎奈　白兎が歌った蜃気楼〈薬屋探偵妖綺談〉
高里椎奈　本当は知らない〈薬屋探偵妖綺談〉
高里椎奈　蒼い千鳥　花霞に泳ぐ〈薬屋探偵妖綺談〉
高里椎奈　双樹に赤　鴉の暗〈薬屋探偵妖綺談〉
高里椎奈　蟬の羽〈薬屋探偵妖綺談〉
高里椎奈　ユルユルカ〈薬屋探偵妖綺談〉
高里椎奈　雪下に咲いた日輪と〈薬屋探偵妖綺談〉
高里椎奈　海紡ぐ螺旋　空の回廊〈薬屋探偵妖綺談〉
高里椎奈　深山木薬店説話集〈薬屋探偵妖綺談〉
高里椎奈　孤狼と月〈フェンネル大陸 偽王伝1〉
高里椎奈　騎士の系譜〈フェンネル大陸 偽王伝2〉
高里椎奈　虚空の王者〈フェンネル大陸 偽王伝3〉
高里椎奈　闇と光の双翼〈フェンネル大陸 偽王伝4〉
高里椎奈　風牙天明〈フェンネル大陸 偽王伝5〉
高里椎奈　雲の花嫁〈フェンネル大陸 偽王伝6〉
高里椎奈　終焉の詩〈フェンネル大陸 偽王伝7〉
高里椎奈　ソラチルサクハナ〈薬屋探偵怪奇譚〉
高里椎奈　天上の羊　砂糖菓子の迷児〈薬屋探偵怪奇譚〉
高里椎奈　ダウスに堕ちた星と嘘〈薬屋探偵怪奇譚〉
高里椎奈　遠に呱々泣く八重の繭〈薬屋探偵怪奇譚〉
高里椎奈　童話を失くした明時に〈薬屋探偵怪奇譚〉
高里椎奈　来鳴く木菟　日知り月〈薬屋探偵怪奇譚〉
高里椎奈　星空を願った狼の〈薬屋探偵怪奇譚〉
高里椎奈　雰囲気探偵　鬼鶫航
大道珠貴　ショッキングピンク
高橋和　女流棋士
高木　徹　ドキュメント戦争広告代理店〈情報操作とボスニア紛争〉
平　安寿子　グッドラックららばい
たつみや章　ぼくの・稲荷山戦記
たつみや章　夜の神話
武田葉月　横綱
高橋祥友　自殺のサインを読みとる〈改訂版〉
田中啓文　猿猴
高嶋哲夫　メルトダウン

高嶋哲夫 命の遺伝子
高嶋哲夫 首都感染
たかのてるこ 淀川でバタフライ
高野秀行 西南シルクロードは密林に消える
高野秀行 怪獣記
高野秀行 アジア未知動物紀行〈ベトナム・奄美・アフガニスタン〉
高野秀行 イスラム飲酒紀行
高野秀行 移民の宴〈日本に移り住んだ外国人の不思議な食生活〉
高野秀行 角幡唯介 地図のない場所で眠りたい
田牧大和 花合せ〈濱次お役者双六〉
田牧大和 質草破り〈濱次お役者双六 二ます目〉
田牧大和 翔ぶ梅〈濱次お役者双六 三ます目〉
田牧大和 半可心中〈濱次お役者双六〉
田牧大和 長屋狂言〈濱次お役者双六〉
田牧大和 身をつくし〈清四郎よろづ屋始末〉
田牧大和 錠前破り、銀太
田牧大和 錠前破り、銀太 紅蜆(べにしじみ)
田丸公美子 シモネッタの本能三昧イタリア紀行
田丸公美子 シモネッタのどこまでいっても男と女

竹内明 秘匿捜査〈警視庁公安部スパイハンターの真実〉
高殿円 カーリー〈I. 黄金の尖塔の国とあひると小公女〉
高殿円 カーリー〈II. 二十一発の祝砲とプリンセスの休日〉
高殿円 カーリー〈III. 孵化(ふか)する恋と帝国の終焉〉
高殿円 メサイア〈警備局特別公安五係〉
田中慎弥 犬と鴉
高野史緒 カント・アンジェリコ
高野史緒 カラマーゾフの妹
瀧本哲史 僕は君たちに武器を配りたい〈エッセンシャル版〉
竹吉優輔 襲名犯
竹吉優輔 レミングスの夏
高田大介 図書館の魔女 第一巻 第二巻
高田大介 図書館の魔女 第三巻 第四巻
高田大介 図書館の魔女 烏(からす)の伝言(つてこと)(上)(下)
大門剛明 反撃のスイッチ(オーバードライブ)
橘もも OVERDRIVE
橘もも 著 沖田×華 原作 安達奈緒子 脚本 小説 透明なゆりかご(上)(下)
陳舜臣 中国五千年(上)(下)
陳舜臣 中国の歴史全七冊

陳舜臣 中国の歴史 近・現代篇 (一)(二)
陳舜臣 小説十八史略全六冊
陳舜臣 新装版 阿片戦争全四冊
陳舜臣 琉球の風(上)(下)〈レジェンド歴史時代小説〉
千早茜 森の家
千野隆司 大店の暖簾(のれん)〈下り酒一番〉
知野(ちの)みさき 江戸は浅草
筒井康隆 創作の極意と掟
筒井康隆 読書の極意と掟
筒井康隆ほか12名 名探偵登場!
津島佑子 黄金の夢の歌
津村節子 遍路みち
津村節子 三陸の海
津本陽 真田忍俠記(上)(下)
津本陽 本能寺の変
津本陽 武蔵と五輪書
津本陽 幕末御用盗
土屋賢二 純粋ツチヤ批判
塚本青史 呂后

塚本青史 王莽
塚本青史 光武帝 (上)(中)(下)
塚本青史 張騫
塚本青史 凱歌の後
塚本青史 始皇帝
塚本青史 三国志 曹操伝 上〈落暉の洛陽〉
塚本青史 三国志 曹操伝 中〈群雄の彷徨〉
塚本青史 三国志 曹操伝 下〈赤壁に決す〉
辻原 登 マノンの肉体
辻原 登 寂しい丘で狩りをする
辻村深月 冷たい校舎の時は止まる (上)(下)
辻村深月 子どもたちは夜と遊ぶ (上)(下)
辻村深月 凍りのくじら
辻村深月 ぼくのメジャースプーン
辻村深月 スロウハイツの神様 (上)(下)
辻村深月 名前探しの放課後 (上)(下)
辻村深月 ロードムービー
辻村深月 ゼロ、ハチ、ゼロ、ナナ。
辻村深月 V. T. R.

辻村深月 光待つ場所へ
辻村深月 ネオカル日和
辻村深月 島はぼくらと
辻村深月 家族シアター
新川直司 漫画 辻村深月 原作 コミック 冷たい校舎の時は止まる (上)(下)
常光 徹 学校の怪談〈K峠のうわさ〉
常光 徹 学校の怪談〈百円のビデオ〉
坪内祐三 ストリートワイズ
津村記久子 ポトスライムの舟
津村記久子 カソウスキの行方
津村記久子 やりたいことは二度寝だけ
恒川光太郎 竜が最後に帰る場所
月村了衛 神子上典膳
出久根達郎 作家の値段
フランソワ・デュボワ 太極拳が教えてくれた人生の宝物〈中国・武当山90日間修行の記〉
戸川昌子 新装版 猟人日記
土居良一 海翁伝
土居良一 修徳記〈直参松前八兵衛〉
土居良一 京都花暦〈直参松前八兵衛〉

ドウス昌代 イサム・ノグチ〈宿命の越境者〉(上)(下)
鳥羽 亮 疾風剣谺返し〈深川狼虎伝〉
鳥羽 亮 修羅剣雷斬り〈深川狼虎伝〉
鳥羽 亮 狼虎血闘〈深川狼虎伝〉
鳥羽 亮 御隠居剣法〈駆込み宿 影始末(一)〉
鳥羽 亮 ねむり鬼剣〈駆込み宿 影始末〉
鳥羽 亮 霞隠れの女〈駆込み宿 影始末〉
鳥羽 亮 のっとり奥坊主〈駆込み宿 影始末〉
鳥羽 亮 かげろう妖剣〈駆込み宿 影始末〉
鳥羽 亮 霞と飛燕〈駆込み宿 影始末〉
鳥羽 亮 闇姫変化〈駆込み宿 影始末〉
鳥羽 亮 鶴亀横丁の風来坊
鳥越 碧 漱石の妻
鳥越 碧 兄いもうと〈子規庵日記〉
鳥越 碧 花筏 谷崎潤一郎・松子 たゆたう記
東郷 隆 銃士伝
東郷 隆 定吉七番の復活
東郷 隆 上田 信 絵 【絵解き】戦国武士の合戦心得〈歴史・時代小説ファン必携〉
東郷 隆 上田 信 絵 【絵解き】雑兵足軽たちの戦い〈歴史・時代小説ファン必携〉

講談社文庫　目録

東嶋和子　メロンパンの真実
戸梶圭太　アウトオブチャンバラ
東良美季　猫の神様
堂場瞬一　八月からの手紙
堂場瞬一　壊れる心〈警視庁犯罪被害者支援課〉
堂場瞬一　邪心〈警視庁犯罪被害者支援課2〉
堂場瞬一　二度泣いた少女〈警視庁犯罪被害者支援課3〉
堂場瞬一　身代わりの空(上)(下)〈警視庁犯罪被害者支援課4〉
堂場瞬一　影の守護者〈警視庁犯罪被害者支援課5〉
堂場瞬一　傷
堂場瞬一　埋れた牙
堂場瞬一　Killers(上)(下)
土橋章宏　超高速！参勤交代
土橋章宏　超高速！参勤交代 リターンズ
戸谷洋志　Jポップで考える哲学〈自分を問い直すための15曲〉
富樫倫太郎　信長の二十四時間
富樫倫太郎　風の如く 吉田松陰篇
富樫倫太郎　風の如く 久坂玄瑞篇
富樫倫太郎　風の如く 高杉晋作篇
富樫倫太郎　スカーフェイス〈警視庁特別捜査第三係・淵神律子〉
夏樹静子　新装版 二人の夫をもつ女
中井英夫　新装版 虚無への供物(上)(下)
長井彬　新装版 原子炉の蟹
中島らも　しりとりえっせい
中島らも　今夜、すべてのバーで
中島らも　白いメリーさん
中島らも　寝ずの番
中島らも　さかだち日記
中島らも　バンド・オブ・ザ・ナイト
中島らも　休みの国
中島らも　異人伝 中島らものやり口
中島らも　空からぎろちん
中島らも　僕にはわからない
中島らも　中島らものたまらん人々
中島らも　エキゾティカ
中島らも　あの娘は石ころ
中島らも　ロバに耳打ち
中島らも　ロカ
中島らも 編著　なにわのアホぢから
中島らもほか　輝きの一瞬〈短くて心に残る30編〉
中島らも チチ松村　らもチチ わたしの半生〈青春篇〉〈中年篇〉
鳴海章　マルス・ブルー
鳴海章　中継刑事〈捜査五係申し送りファイル〉
鳴海章　フェイスブレイカー
鳴海章　謀略航路
中嶋博行　違法弁護
中嶋博行　司法戦争
中嶋博行　第一級殺人弁護
中嶋博行　ホカベン ボクたちの正義
中嶋博行　新装版 検察捜査
中嶋博行　新検察捜査
中村天風　運命を拓く〈天風瞑想録〉
中山康樹　ジョン・レノンから始まるロック名盤
永井隆　ドキュメント 敗れざるサラリーマンたち
中島誠之助　ニセモノ師たち
梨屋アリエ　でりばりぃAge
梨屋アリエ　ピアニッシシモ

2018年9月15日現在